Donna Leon

DAS GESETZ DER LAGUNE

Commissario Brunettis zehnter Fall

Roman

Aus dem Amerikanischen
von Monika Elwenspoek

Lizenzausgabe der Axel Springer AG, Berlin
1. Auflage April 2013

Lizenzausgabe mit freundlicher Genehmigung der
Diogenes Verlag AG Zürich
Titel des Originals: A Sea of Troubles
Das Motto aus: Mozart, Così fan tutte, in der Übersetzung von
Hermann Levi, Breitkopf und Härtel, Leipzig 1898
Alle Rechte vorbehalten
Copyright © 2002 Diogenes Verlag AG Zürich

Konzeption und Gestaltung: Klaus Fuereder, Berlin
Projektkoordination: Stephan Pallmann, Alexandra Wesner,
Tim Steinmetzger
Satz: CPI – Ebner & Spiegel, Ulm
Druck und Verarbeitung: CPI – Ebner & Spiegel, Ulm

ISBN: 978-3-942656-54-2

Soave sia il vento
Tranquilla sia l'onda
Ed ogni elemento
Benigno risponda
Ai vostri desir.

Weht leiser, ihr Winde,
sanft schaukle die Welle;
seid freundlich und linde,
ihr wogenden Fluten,
seid hold ihrer Fahrt.

COSÌ FAN TUTTE

1

PELLESTRINA IST EINE LANGE SCHMALE INSEL aus Sand, die im
Lauf der Jahrhunderte zu bebaubarem Grund wurde. Sie verläuft in
Nord-Süd-Richtung von San Pietro in Volta bis Caroman und ist
zwar zehn Kilometer lang, aber an keiner Stelle breiter als ein paar
hundert Meter. An ihrer Ostseite beginnt die Adria, ein Meer, das
nicht für seine Gutmütigkeit bekannt ist; ihre Westseite hingegen
begrenzt die Lagune von Venedig und ist daher vor Wellen, Wind
und Sturm geschützt. Der Sandboden ist unfruchtbar, so daß die
Bewohner von Pellestrina, auch wenn sie säen, kaum etwas ernten
können. Doch ändert das für sie wenig; über den Gedanken, von
den Erträgen des Bodens zu leben, auch üppig zu leben, könnten
die meisten von ihnen ohnehin nur die Nase rümpfen, denn die
Leute von Pellestrina haben sich ihren Lebensunterhalt schon immer aus dem Meer geholt.

Man erzählt sich viele Geschichten über die Männer von Pellestrina, die Ausdauer und Kraft, die ihnen aufgezwungen wurden
bei ihrem Bemühen, dem Meer ihre Lebensgrundlage abzuringen.
Alte Venezianer erinnern sich an Zeiten, in denen es hieß, die Pellestrinotti schliefen auf dem Lehmboden ihrer Hütten statt in Betten, damit ihnen am frühen Morgen das Aufstehen leichter fiel und
sie sich vom Ebbstrom in die Adria und zu den Fischen hinaustragen lassen konnten. Wie das meiste, was man sich über die gute
alte Zeit erzählt und was die Menschen da alles ertragen haben
sollen, ist auch dies wahrscheinlich ein Märchen. Wahr ist hingegen, daß die Leute, soweit sie Venezianer sind, es glauben, denn sie
glauben eben alles, was über die Härte der Männer von Pellestrina
und ihre Gleichgültigkeit gegenüber Schmerzen oder Leiden, eigenen wie fremden, berichtet wird.

Im Sommer lebt Pellestrina auf, denn da kommen aus Venedig
und vom Lido, oder über Chioggia vom Festland, die Touristen,
um frische Meeresfrüchte zu essen und den herben, fast schon

schäumenden Weißwein zu trinken, der in den Bars und Restaurants ausgeschenkt wird. Statt Brot bekommen sie *bussolai* vorgesetzt, harte ovale Kringel, die ihren Namen vielleicht von *la bussola* haben, dem Kompaß, der ebenfalls oval geformt ist. Zu den *bussolai* gibt es Fisch, der oft so frisch ist, daß er noch am Leben war, als die Touristen den weiten, beschwerlichen Weg nach Pellestrina antraten. Während sie sich aus ihren Hotelbetten schälten, kämpften die Kiemen der *orata* noch gegen das ihnen fremde Element Luft; während sie sich schon am Rialto nach einem frühmorgendlichen Vaporetto anstellten, zappelten die *sardelle* noch in den Netzen; während jene aus dem Vaporetto stiegen, den Piazzale Santa Maria Elisabetta überquerten und nach dem Bus Ausschau hielten, der sie nach Malamocco und Alberoni bringen sollte, wurde der *cefalo* gerade aus dem Meer gehievt. Oft verlassen die Touristen in Malamocco oder Alberoni kurz den Bus, um einen Kaffee zu trinken, sich auf dem Sandstrand die Beine zu vertreten und die gewaltigen Wellenbrecher zu bewundern, die sich weit in die Adria hinein erstrecken, damit deren Wasser nicht in die Lagune schwappt. In der Zwischenzeit sind die Fische alle tot, aber man kann von den Touristen nicht erwarten, daß sie das wissen oder sich überhaupt dafür interessieren, also steigen sie wieder in den Bus, bleiben für die kurze Überfahrt mit der Fähre über den schmalen Kanal darin sitzen und setzen ihren Weg per Bus oder zu Fuß nach Pellestrina fort, wo ihr Mittagessen sie erwartet.

Im Winter sieht es völlig anders aus. Allzu oft weht da der Wind aus dem ehemaligen Jugoslawien über die Adria hinüber, treibt Regen oder leichten Schnee vor sich her und beißt sich jedem in die Knochen, der sich im Freien aufzuhalten versucht, und sei es auch nur kurz. Die im Sommer überfüllten Restaurants sind geschlossen und werden es bis ins späte Frühjahr bleiben; Touristen, die dennoch kommen, müssen sich selbst versorgen.

Unverändert aber liegen an der Innenseite der schmalen Insel in langer Reihe nebeneinander die *vongolare*, wie die Muschelfänger heißen, die – unbeirrt von Touristen, Regen, Kälte oder Hitze – das ganze Jahr über auslaufen, ungeachtet auch aller Legenden über die noblen, fleißigen Männer von Pellestrina und ihren unablässigen Kampf, der gnadenlosen See einen Lebensunterhalt für ihre

Frauen und Kinder abzutrotzen. Diese Boote haben klangvolle Namen: *Concordia, Serena, Assunta*. Dick und hochnäsig liegen sie da und sehen ein bißchen aus wie die Boote in Kinderbüchern. Wenn man in der strahlenden Sommersonne an ihnen vorbeigeht, möchte man den Arm ausstrecken und ihre Nasen streicheln, wie man es bei einem ausnehmend netten Pony oder einem besonders liebenswerten Labrador täte.

Auf das ungeschulte Auge wirken diese Boote alle mehr oder weniger gleich mit ihren ehernen Masten und den metallenen Sieben am Bug, die in die Luft ragen, wenn das Boot im Hafen liegt. Die viereckigen Rahmen der Siebe sind mit Draht bespannt, starkem Draht, weil er Steinen und allen möglichen anderen Hindernissen auf dem Meeresboden standhalten muß, natürlich auch dem Meeresboden selbst, den er aufgräbt, wenn er sich unter die Muschelkolonien schiebt und die Schalentiere kiloweise aus dem Wasser holt, große und kleine, gefangen auf diesem Tablett, während Sand und Wasser durch das Sieb zurückplatschen in die Lagune.

Die sichtbaren Unterschiede zwischen den Booten sind unbedeutend: Mal ist das Muschelsieb größer, mal kleiner als an dem Boot nebenan; Rettungsbojen schreien nach einem neuen Anstrich oder glänzen satt von frischer Farbe; hier ist ein Deck so sauber, daß es in der Sonne funkelt, daneben ist eines voller Rostflecken an den Kanten. Tagsüber schaukeln die Boote von Pellestrina nebeneinander in gemütlicher Promiskuität. Ihre Besitzer wohnen in ähnlicher Nähe zueinander in den niedrigen Häusern, die sich vom einen Ende des Dorfes bis zum anderen und von der Lagune bis zum Meer erstrecken.

Anfang Mai brach gegen halb vier Uhr nachts in der Kabine eines dieser Boote, der *Squallus,* ein kleines Feuer aus. Besitzer und Kapitän des Bootes war Giulio Bottin, der in der Via Santa Giustina 242 wohnte. Die Männer von Pellestrina sind nicht mehr ganz und gar von der Kraft der Winde und Gezeiten abhängig und darum auch nicht mehr darauf angewiesen, bei günstigen Bedingungen auszulaufen, aber jahrhundertealte Gewohnheiten sterben nicht so leicht aus, und so stehen die meisten Fischer früh auf und legen im Morgengrauen ab, als bestimme noch immer der Morgenwind darüber, wieviel Fahrt sie machen. Es blieben noch zwei Stunden, bis die Fischer von Pellestrina – die jetzt zu Hause und in ihren Betten schliefen – aufstehen mußten, und so lagen sie alle noch im tiefsten Schlaf, als auf der *Squallus* das Feuer ausbrach. Die Flammen breiteten sich gemächlich über den Kabinenboden aus und erreichten die hölzernen Seitenleisten und das Steuerpult aus Teakholz. Teak ist ein hartes Holz und brennt langsamer als weichere Holzarten, aber bei höherer Temperatur, und die Flammen, die am Steuerpult hinaufkrochen, am Kabinendach emporzüngelten und zum Deck vordrangen, breiteten sich mit beängstigendem Tempo aus, kaum daß sie diese weicheren Hölzer erreichten. Sie brannten ein Loch ins Kabinendach, brennende Holzteile fielen in den Maschinenraum, eines davon auf einen Haufen ölgetränkter Lappen, die sofort aufloderten und den Brand zuvorkommend in Richtung Kraftstoffleitung weiterreichten.

Langsam fraß sich das Feuer an die dünne Leitung heran, langsam verbrannte es das umgebende Holz, und als dieses zu Asche zerfiel, schmolz eine kleine Lötstelle durch, und es entstand eine Öffnung, aus der Kraftstoff lief und den Flammen Nahrung gab, worauf sie sich mit rasender Geschwindigkeit in Richtung Motor und Doppeltank ausbreiteten.

Keiner von denen, die in dieser Nacht in Pellestrina schliefen, ahnte etwas von der Ausbreitung des Feuers, aber sie alle wurden hochgeschreckt, als die Tanks der *Squallus* explodierten, ein greller Lichtschein die Nacht erhellte und Sekunden später die Luft von einem so lauten Knall erzitterte, daß am nächsten Tag sogar Leute im fernen Chioggia behaupteten, sie hätten ihn gehört.

Feuer macht angst, überall, aber aus irgendeinem Grund ist es noch furchterregender auf See, oder überhaupt auf dem Wasser. Die ersten Leute, die aus ihren Schlafzimmerfenstern schauten, sagten hinterher, sie hätten das Boot in dicken, öligen Rauch gehüllt gesehen, der sich lichtete, als das Wasser den Brand löschte. Inzwischen aber hatten die Flammen Zeit gehabt, sich durch den Rumpf der *Squallus* zu fressen und auf die beiden Boote überzugreifen, die daneben lagen und schon zu schwelen anfingen, und die explodierenden Tanks hatten ihren Inhalt in tödlichen Bögen ausgespien, nicht nur auf die Decks der Nachbarboote, sondern auch auf den Anlegeplatz davor, wo drei Holzbänke in Brand gerieten.

Auf den Knall aus den Treibstofftanks der *Squallus* folgte ein Augenblick bestürzter Stille, dann war ganz Pellestrina auf den Beinen. Türen flogen auf, und Männer rannten in die Nacht hinaus; einige hatten ihre Hosen kurzerhand über den Pyjama gezogen, andere waren nur im Schlafanzug, ein paar hatten sich die Zeit genommen, sich anzuziehen, zwei waren splitternackt, was aber niemand weiter beachtete, so sehr dachten alle nur daran, ihre Boote in Sicherheit zu bringen. Die Besitzer der beiden Boote, die rechts und links von der *Squallus* lagen, sprangen fast gleichzeitig von der Mole aufs Deck, obwohl der eine aus dem Bett der Frau seines Vetters hatte springen müssen und von doppelt so weit herkam wie der andere. Beide rissen die Feuerlöscher aus ihren Halterungen an Deck und begannen die Flammen zu besprühen, die dem brennenden Öl gefolgt waren.

Die Besitzer der Boote, die weiter weg von dem nun leeren Liegeplatz der *Squallus* auf dem Wasser dümpelten, ließen ihre Motoren an und entfernten sich eiligst von der Brandstelle. Einer von ihnen vergaß in seiner Panik, die Leine loszuwerfen, und riß ein meterlanges Holzstück aus der Reling seines Boots. Doch auch noch als er zurückblickte und an seinem vormaligen Liegeplatz das zersplitterte Holz im Wasser treiben sah, fuhr er weiter, bis er mindestens hundert Meter fort vom Land und den Flammen war.

Während er noch zurückschaute, wurden diese Flammen auf den Decks der anderen Boote kleiner. Zwei weitere Männer, jeder mit einem Feuerlöscher, kamen aus den umliegenden Häusern gerannt, sprangen auf das eine Boot und begannen in die Flammen zu spritzen, die schnell unter Kontrolle und schließlich erstickt waren. Ungefähr im selben Moment gelang es auch dem Besitzer des anderen Bootes, das nicht soviel Kraftstoff abbekommen hatte, den Brand unter Kontrolle zu bringen und mit dickem weißem Schaum zu ersticken. Noch lange nachdem von den Flammen nichts mehr zu sehen war, sprühte er immer noch hin und her, hin und her, bis der Schaum alle war; dann erst stellte er den Feuerlöscher aufs Deck.

Inzwischen drängten sich über hundert Menschen auf der Mole und versuchten sich schreiend zu verständigen; mit denen, die ihre

Boote aus dem Hafen hatten bringen können; mit denen, die auf ihren Booten über die Flammen gesiegt hatten; und mit denen, die um sie herum standen. Alle brachten ihr Entsetzen zum Ausdruck, ihre Sorge, und alle stellten bange Fragen nach den möglichen Ursachen des Brandes.

Die Frage jedoch, die alle zum Schweigen brachte, als breitete sich Stummheit um sie herum aus wie eine Infektion um eine ungereinigte Wunde, diese Frage stellte als erste Chiara Petulli, Giulio Bottins Nachbarin. Sie stand in der ersten Reihe, kaum zwei Meter von dem großen Eisenpoller entfernt, von dem noch das versengte Tau herunterhing, das die *Squallus* an ihrem Liegeplatz festgehalten hatte. Sie wandte sich an die neben ihr stehende Frau, die Witwe eines Fischers, der erst vor einem Jahr tödlich verunglückt war, und fragte: »Wo ist Giulio?«

Die Witwe blickte sich um. Dann wiederholte sie die Frage. Jemand, der neben ihr stand, griff die Frage auf und gab sie weiter, in Sekundenschnelle hatte sie sich durch die ganze Menge fortgepflanzt, war aber unbeantwortet geblieben.

»Und Marco?« fügte Chiara Petulli hinzu. Diesmal hörten alle die Frage zugleich. Da lag das Boot im seichten Wasser, kaum daß die versengten Masten noch herausragten, doch von Giulio Bottin war nichts zu sehen, auch nicht von seinem Sohn Marco, achtzehn Jahre alt und schon Teileigner der *Squallus,* die an diesem plötzlich klammen Frühlingsmorgen verbrannt und leblos auf dem Grund des Hafens von Pellestrina lag.

2

NUN BEGANN DAS GERAUNE, denn alle versuchten sich zu erinnern, wann sie Giulio oder Marco zuletzt gesehen hatten. Giulio spielte gewöhnlich nach dem Abendessen Karten in der Bar; hatte ihn gestern abend jemand gesehen? Marco hatte eine Freundin in San Pietro in Volta, aber der Bruder dieses Mädchens stand mit in der Menge und sagte, sie sei mit ihren Schwestern auf dem Lido ins

Kino gegangen. Niemandem fiel eine Frau ein, mit der Giulio Bottin hätte zusammensein können. Jemand kam auf die Idee, einen Blick in den Hof neben Bottins Haus zu werfen; beide Autos standen dort, aber im Haus war es dunkel.

Ein seltsames Widerstreben, so etwas wie Takt im Angesicht gegebener Möglichkeiten, hielt die Menge von Spekulationen darüber ab, wo sie wohl sein mochten. Renzo Marolo, der schon seit über dreißig Jahren im Haus nebenan wohnte, fand den Mut zu tun, was sonst niemand zu tun gewillt war, nämlich den Ersatzschlüssel aus dem Versteck zu holen, das dem ganzen Dorf bekannt war: unter dem Topf mit rosa Geranien auf dem Fenstersims rechts von der Eingangstür. Unter lautem Rufen öffnete er die Tür und ging in das ihm vertraute Haus. Er knipste das Licht in dem kleinen Wohnzimmer an, und als er dort niemanden sah, ging er weiter zur Küche und warf auch dort einen Blick hinein, obwohl er nicht hätte sagen können, warum er das tat, denn der Raum war dunkel, und Marolo hielt sich gar nicht erst damit auf, Licht zu machen. Weiter die Namen der beiden Männer wie einen unmelodischen Gesang vor sich hin rufend, stieg Marolo die kurze Treppe hinauf ins obere Stockwerk und ging dort den Flur hinunter zu dem größeren der beiden Schlafzimmer.

»Giulio, ich bin's, Renzo«, rief er, wartete einen Moment, ging dann in das Schlafzimmer hinein und knipste das Licht an. Das Bett war leer und unberührt. Beunruhigt überquerte er den Flur und knipste das Licht in Marcos Zimmer an. Auch hier waren, obwohl ein Paar Jeans und ein leichter Pullover zusammengefaltet auf einem Stuhl lagen, Bett und Zimmer leer.

Marolo ging wieder hinunter, zog von draußen leise die Haustür zu und legte den Schlüssel an seinen Platz. Zu den wartenden Leuten sagte er: »Sie sind nicht da.«

Irgendwie beruhigt durch den Umstand, daß sie zu mehreren waren, begaben sie sich gemeinsam zurück zum Wasser, wo die meisten Bewohner Pellestrinas inzwischen auf der Mole versammelt waren. Einige der Boote, die im tieferen Wasser Schutz gesucht hatten, kamen nun langsam zurück und nahmen ihre angestammten Plätze ein. Nachdem sie alle wieder an der *riva* vertäut waren, wirkte die von der *Squallus* zwischen den beiden beschädig-

11

ten Booten zurückgelassene leere Stelle größer denn je. Einzig die Masten der *Squallus* in der Mitte des leeren Liegeplatzes ragten seltsam schief aus dem Wasser.

Marolos Sohn Luciano, sechzehn Jahre alt, kam und stellte sich neben seinen Vater. Irgendwo in der Ferne rief ein Wasservogel. »Was meinst du, *papà*?« fragte der Junge.

Renzo hatte seinen Sohn in Marco Bottins Schatten – oder Kielwasser, um einen seemännischeren Ausdruck zu gebrauchen – aufwachsen sehen: Marco, ihm in der Schule immer um zwei Jahre voraus, war Gegenstand der Bewunderung und Nachahmung gewesen.

Luciano hatte sich, vom Rufen seines Vaters geweckt, eine abgeschnittene Jeans angezogen, für ein Hemd blieb keine Zeit. Jetzt ging er näher ans Wasser und gab seinem Vetter Franco, der mit einer großen Taschenlampe in der linken Hand vorn in der Menge stand, ein Zeichen. Franco, den es verlegen machte, die Blicke aller versammelten Pellestrinotti auf sich zu ziehen, trat zögernd vor.

Luciano streifte seine Sandalen ab und hechtete links neben der gesunkenen *Squallus* in die Fluten. Franco richtete den Strahl seiner Taschenlampe ins Wasser, wo sich der Körper seines Vetters so selbstverständlich wie ein Fisch bewegte. Eine Frau trat vor, dann noch eine, und zuletzt stand die ganze vorderste Reihe der Leute an der Kante der Mole und starrte nach unten. Zwei Männer, die ebenfalls Taschenlampen bei sich hatten, drängten sich nach vorn und halfen Franco beim Leuchten.

Nach einer guten Minute, die einem wie eine Ewigkeit vorkam, tauchte Lucianos Kopf aus dem Wasser auf. Er schüttelte sich die Haare aus den Augen und rief seinem Vetter zu: »Leuchte mal nach hinten, zur Kabine«, und schon war er wieder verschwunden, untergetaucht mit der Behendigkeit einer Robbe.

Die drei Taschenlampenstrahlen wanderten am Rumpf der *Squallus* entlang. Hin und wieder blitzte unten etwas Weißes auf: Lucianos Fußsohlen, das einzige an seinem Körper, das nicht von der Sonne fast schwarz gebrannt war. Ganz kurz verloren sie den Jungen, dann tauchten dessen Kopf und Schultern aus dem Wasser auf, und schon war er wieder fort. Noch zweimal kam er nach oben, um seine Lungen zu füllen und gleich wieder hinunterzutauchen zu dem Wrack. Endlich kam er ganz herauf, drehte sich auf den Rükken und schnappte keuchend nach Luft. Die Leute mit den Taschenlampen richteten diese von ihm weg und ließen ihn in Ruhe wieder zu Atem kommen, angeleuchtet nur noch von der Neugier der Zuschauer und dem heller werdenden Himmel.

Dann plötzlich warf Luciano sich auf den Bauch und kam nach Hundeart zur Mole gepaddelt, was bei einem so guten Schwimmer wie ihm komisch wirkte. Sowie er die dort angenagelte Leiter erreichte, zog er sich daran nach oben.

Die Menge teilte sich vor der Leiter, und genau in diesem Augenblick tauchte die Sonne aus dem Wasser der Adria empor. Als sie ihre ersten Strahlen über den Damm und die Halbinsel schickte, fielen diese auf Luciano, der soeben auf der obersten Leitersprosse innehielt, und verwandelten den Fischersohn in eine Art Gottheit, die schimmernd den Wassern entstieg. Allen zugleich stockte für einen Augenblick der Atem, als wüßten sie sich in der Gegenwart übernatürlicher Mächte.

Luciano schüttelte den Kopf, daß die Wassertropfen nach allen Seiten flogen. Dann blickte er seinen Vater an und sagte: »Beide sind in der Kabine.«

3

DIE MITTEILUNG DES JUNGEN sorgte kaum für Überraschung bei den Leuten auf der Mole. Wer nicht von dort war, hätte wohl anders auf die Eröffnung reagiert, daß da im Wasser zwei Tote lagen, aber die Leute von Pellestrina kannten Giulio Bottin seit dreiundfünfzig Jahren; viele von ihnen hatten schon seinen Vater gekannt; einige sogar noch seinen Großvater. Die Männer aus der Familie Bottin waren schon immer als hart und gnadenlos bekannt gewesen, Männer, deren Charakter von der Grausamkeit der See vielleicht geformt, bestimmt jedoch beeinflußt worden war. Sollte Giulio ein Opfer von Gewalt geworden sein, so hätte das nur wenige gewundert.

Manche hatten Marco als anders empfunden, vielleicht eine Folge davon, daß er als erster und einziger aus der Familie Bottin länger als ein paar Jahre zur Schule gegangen war und mehr gelernt hatte, als nur ein paar Worte zu lesen und eine krakelige Unterschrift zu produzieren. Hinzu kam der Einfluß seiner Mutter, die nun schon fünf Jahre tot war. Sie, die ursprünglich von Murano stammte, war eine sanftmütige, liebevolle Frau gewesen, die vor zwanzig Jahren Giulio geheiratet hatte, weil sie, wie einige glaubten, etwas mit ihrem Vetter Maurizio gehabt hatte, der sie verließ, um nach Argentinien zu gehen; andere meinten, ihr Vater, der ein Spieler war, habe bei Giulio hohe Schulden gehabt und ihm zur Begleichung derselben seine Tochter zur Frau gegeben. Die wahre Vorgeschichte dieser Ehe war nie richtig bekannt geworden, aber vielleicht gab es da auch gar nichts zu erzählen. Hingegen hatten alle im Dorf schon immer gewußt, daß zwischen den Eheleuten keinerlei Liebe oder auch nur Sympathie bestand, und die umlaufenden Geschichten waren nichts weiter als Versuche, aus diesem Nichtvorhandensein von Gefühlen schlau zu werden.

Aber wie auch immer Bianca zu ihrem Gatten gestanden hatte, ihr Sohn war ihr ein und alles gewesen. Flinke Zungen hatten darin den Grund für Giulios Verhalten ihm gegenüber gesehen: kalt, hart, unnachsichtig, ganz in der Tradition der männlichen Linie der Bottins. An diesem Punkt der Geschichte rissen die Leute meist die Arme hoch und sagten, jene beiden hätten nie heiraten dürfen – unweigerlich sagte daraufhin jemand anders, dann hätte es auch nie einen Marco gegeben, und man müsse doch sehen, wie glücklich er Bianca gemacht habe; man brauche ihn ja auch nur anzusehen, um zu wissen, was für ein guter Junge er sei.

Das würde nun nie mehr einer in der Gegenwartsform sagen, ab sofort nicht mehr, denn Marco lag tot auf dem Grund des Hafens im ausgebrannten Boot seines Vaters.

Je heller es wurde, desto weniger wurden die Leute auf der Mole: Nach und nach begab man sich in aller Stille wieder nach Hause. Bald waren die meisten verschwunden, doch dann kehrten die Männer zurück, die man den Platz überqueren und zu ihren Booten gehen sah. Bottin und Sohn waren tot, aber das war kein Grund, auf die Muschelernte eines Tages zu verzichten. Die Saison war so schon kurz genug bei den vielen Vorschriften, die besagten, was man wo und wann überhaupt durfte.

Schon eine halbe Stunde später lag nur noch ein Boot an der Mole, nämlich der linke Nachbar der gesunkenen *Squallus,* deren Treibstofftank mit solcher Gewalt explodiert war, daß eine Eisenstange die Seitenwand der *Anna Maria* etwa einen Meter über der Wasserlinie durchschlagen hatte. Ihr Kapitän, Ottavio Rusponi, hatte zuerst geglaubt, er könne es riskieren und mit den anderen zu den Muschelbänken hinausfahren, doch dann sah er die Wolken, hob die linke Hand in den Wind und entschied sich doch lieber anders, denn dieser Wind kam von Osten auf und wurde stärker.

Erst um acht Uhr morgens, als Kapitän Rusponi den Versicherungsagenten anrief, um den Schaden an seinem Boot zu melden, kam jemand auf den Gedanken, die Polizei zu benachrichtigen, und dieser Jemand war der Agent, nicht der Kapitän. Alle, die später gefragt wurden, warum sie es unterlassen hatten, die Behörden zu verständigen, beriefen sich darauf, daß sie geglaubt hätten, jemand anders habe das bereits getan. Und das Versäumnis, den Tod der beiden Bottins auch nur zu melden, wurde von vielen als ein Zeichen dafür gewertet, in welchem Ansehen die Familie bei den übrigen Bürgern von Pellestrina stand.

Es dauerte geraume Zeit, bis die Carabinieri, die mit einem Boot von ihrer Station auf dem Lido kamen, endlich da waren. Offenbar hatte es auch Mißverständnisse bei der Meldung der Todesfälle gegeben, denn die Carabinieri kamen in voller Uniform und hatten niemanden mitgebracht, der zu dem Wrack tauchen konnte, weil ihnen niemand gesagt hatte, wo die Leichen sich befanden. Die daraufhin einsetzende Diskussion war sowohl juristischer als auch administrativer Art, denn niemand wußte so genau, welcher Arm des Gesetzes für einen verdächtigen Tod im Wasser zuständig war. Endlich beschloß man, die Stadtpolizei einzuschalten und Taucher von der Feuerwehr anzufordern. Nicht der unbedeutendste Grund für die Entscheidung war der Umstand, daß die beiden Carabinieri, die als Taucher arbeiteten, sich an diesem Tag im illegalen Unterwassereinsatz hinter Murano befanden, denn dort hatte man kürzlich eine Stelle entdeckt, an der im sechzehnten Jahrhundert mißglückte oder beim Brennen zu Bruch gegangene Keramik versenkt worden war. Der Lauf der Zeit hatte aus wertlosem Ausschuß kostbare Fundstücke gemacht, und die *Sopraintendenza ai Beni Culturali*, der die Entdeckung der Fundstelle vor zwei Monaten gemeldet worden war, hatte diese auf die Liste der archäologisch wertvollen Stätten gesetzt, an denen das Tauchen verboten war. Bei Nacht sollte sie wie auch andere Stellen in der Lagune, an denen Reliquien aus der Vergangenheit im Wasser ruhten – abgeriegelt werden. Tagsüber konnte es aber durchaus vorkommen, daß man in dem Gebiet ein Boot vor Anker liegen sah, das mit dem Emblem irgendeiner Strafverfolgungsbehörde geschmückt war. Und wer hätte die fleißigen Taucher, die allen Anschein erweckten, in amtlichen Geschäften da zu sein, zur Rede stellen wollen?

Die Carabinieri kehrten mit ihrem Boot zum Lido zurück. Nach über einer Stunde näherte sich ein Polizeiboot von hinten der Flotte von Pellestrina, die jetzt wieder vollzählig und wohlbehalten an der Mole lag, alle Kapitäne zu Hause.

Der Bootsführer verlangsamte seine Fahrt, als er auf ein Boot zukam, das die Embleme der Feuerwehr trug und hinter dem einzigen freien Platz in der langen Reihe festgemachter Boote ankerte. Er schaltete kurz in den Rückwärtsgang, um anzuhalten. Sergente Lorenzo Vianello trat an die Reling und sah ins Wasser hinunter, das den freien Platz füllte, aber die Sonne funkelte so hell darauf, daß er nur die Masten sah, die schräg aus dem Wasser ragten. »Ist es das?« rief er zu den beiden Männern hinüber, die in schwarzen Taucheranzügen an Deck des Feuerwehrbootes standen.

Einer der Taucher rief etwas zurück, was Vianello nicht verstand, und wandte sich wieder der Schwimmflosse zu, die er sich gerade an den linken Fuß zog.

Paolo Montisi, der Führer des Polizeiboots, kam aus seiner kleinen Kabine herauf und blickte zu dem gesunkenen Boot hinunter. Er hob die Hand, um seine Augen gegen die gleißende Sonne abzuschirmen, und folgte Vianellos Blick. »Das muß es sein«, sagte er. »Der Anrufer hat gesagt, es ist in Brand geraten und gesunken.« Er warf einen Blick zu den Booten rechts und links von dem leeren Liegeplatz und sah, daß ihre Seitenwände und Decks stellenweise angekohlt waren.

16

Neben ihnen hantierten die beiden Taucher mit ihren Masken und zurrten die Riemen fest, mit denen sie sich die Preßluftflaschen auf den Rücken geschnallt hatten. Dann steckten sie sich die Atemregler in den Mund, atmeten probeweise ein paarmal durch und traten an den Rand ihres Boots.

Vianello stand groß und breitschultrig neben seinem kleineren Kollegen und blickte noch immer ins Wasser hinunter. Mit einer Kopfbewegung zu den Tauchern fragte er Montisi: »Würdest du in dieses Wasser gehen?«

Der Bootsführer zuckte die Achseln. »Ist nicht so schlimm hier draußen. Außerdem sind sie geschützt«, sagte er mit einem Blick auf die schwarzen Taucheranzüge.

Der erste Taucher trat über den Bootsrand und stieg, behutsam die Fersen seiner Schwimmflossen auf die Sprossen der Außenleiter setzend, mit dem Rücken zum Boot ins Wasser, wohin der andere ihm unverzüglich folgte.

»Lassen die sich nicht immer rückwärts hineinfallen?« fragte Vianello.

»Nur bei Jacques Cousteau«, antwortete Montisi, dann ging er in seine Kabine zurück. Sekunden später war er mit einer brennenden Zigarette in der hohlen Hand wieder da. »Was hat man dir sonst noch gesagt?« fragte er den Sergente.

»Die Carabinieri vom Lido«, begann Vianello, worauf Montisi ihn mit einem stimmlosen »Sauhunde« unterbrach, das Vianello überhörte, »die haben angerufen und gemeldet, hier lägen zwei Tote in einem gesunkenen Boot, wir sollten Taucher schicken, die mal nachgucken.«

»Sonst nichts?« fragte Montisi.

Vianellos Achselzucken sollte heißen: Was kann man von Carabinieri schon erwarten?

Schweigend sahen die beiden den Luftblasen zu, die jetzt vor ihnen aus dem Wasser aufstiegen. Langsam zog der Ebbstrom ihr Boot nach hinten fort. Montisi ließ das ein paar Minuten geschehen, dann ging er in die Kabine, schaltete den Motor an und lenkte das Boot wieder hinter die Lücke. Er stellte den Motor ab, kam wieder an Deck, hob eine Leine vom Deck auf und warf sie mühelos zu dem Feuerwehrboot hinüber, wo sie sich beim ersten Versuch um eine Klampe legte, so daß er ihr Boot an dem anderen festmachen konnte. Unter ihnen sahen sie Bewegungen, aber es war immer nur ein kurzes Aufschimmern, dem sie nichts entnehmen konnten. Montisi rauchte seine Zigarette zu Ende und warf die Kippe einfach über Bord, völlig gedankenlos wie die meisten Venezianer. Die beiden Männer sahen den Filter zwischen den aufsteigenden Luftblasen an der Oberfläche tanzen, sich schließlich losreißen und fortschwimmen.

Nach etwa fünf Minuten kamen die Taucher nach oben und schoben ihre Masken zurück. Graziano, der ranghöhere von beiden, rief den Männern auf dem Polizeiboot zu: »Zwei Männer sind da unten.«

»Was ist passiert?« fragte Vianello.

Graziano schüttelte den Kopf. »Keine Ahnung. Sind anscheinend ertrunken, als ihr Boot unterging.«

»Das sind doch Fischer«, sagte Montisi ungläubig. »Die würden nicht mit einem sinkenden Boot untergehen.«

Grazianos Arbeit war Tauchen, nicht Nachdenken über das, was er da unten fand, also sagte er nichts. Als Montisi weiter schwieg, fragte der andere, der neben Graziano an der Oberfläche trieb: »Sollen wir sie raufbringen?«

Vianello und Montisi wechselten einen Blick. Sie hatten beide keine Ahnung, wie es zugegangen war, daß zwei Männer mit ihrem Boot versunken waren, aber eine derartige Entscheidung mochten sie nicht treffen, weil die Gefahr bestand, dort unten eventuell vorhandene Beweise zu vernichten.

Schließlich sagte Graziano: »Die Krabben sind schon dran.«

»Also gut, rauf damit«, sagte Vianello.

Graziano und sein Partner setzten ihre Masken wieder auf, steckten sich die Atemregler in den Mund, reckten nach Entenart die Hinterteile in die Höhe und verschwanden. Der Bootsführer ging in seine Kabine hinunter, klappte eine der Sitzbänke hoch und holte darunter irgendein kompliziert aussehendes Geschirr hervor, an dessen Ende eine doppelte Schlaufe aus Segeltuch hing. Er kam wieder nach oben und stellte sich neben Vianello. Dann hob er das Geschirr über die Reling und ließ es ins Wasser hinunter.

Eine Minute später tauchten Graziano und sein Partner wieder auf, zwischen sich den kraftlosen Körper eines Dritten. Mit so routinierten Bewegungen, daß Vianello beim Zusehen ganz unbehaglich wurde, steckten sie die Arme des Toten durch die Schlinge, die Montisi ihnen hinuntergelassen hatte; dann tauchte einer kurz unter, um ein Seil zwischen den Beinen des Mannes durchzuziehen, und klinkte es in einen Haken vorn an der Schlaufe ein.

Er gab Montisi ein Zeichen, und die beiden Polizisten hievten den Toten hoch, überrascht, wie schwer er war. Vianello fragte sich dabei unwillkürlich, ob daher wohl der Ausdruck »totes Gewicht« stamme, und verdrängte diesen Gedanken beschämt gleich wieder. Sowie die Leiche aus dem Wasser war, mußten die beiden Männer an Deck sich weit hinauslehnen, damit sie nicht gegen den Bootsrumpf schlug. Ganz verhindern konnten sie es nicht, aber schließlich vermochten sie den Toten über die Reling zu wuchten und aufs Deck zu legen. Seine blinden Augen starrten in den Himmel.

Bevor sie sich den Toten näher ansehen konnten, hörten sie unten ein Platschen und beeilten sich, die Schlaufe loszumachen und wieder ins Wasser zu lassen. Noch vorsichtiger diesmal, damit der Leichnam nicht wieder gegen die Bootswand schlug, hoben sie nun auch den zweiten Toten an Deck und legten ihn neben den ersten.

Zwei Krabben hingen noch in den Haaren des ersten Toten, und Vianello war über den Anblick so entsetzt, daß er nichts weiter tun konnte als hinstarren. Montisi pflückte die Tiere ab und warf sie lässig ins Meer zurück.

Die Taucher kamen über die Leiter auf das Polizeiboot gestiegen. Sie schnallten ihre Preßluftflaschen ab und legten sie vorsichtig hin, dann streiften sie ihre Masken und zuletzt die schwarzen Gummikapuzen von den Köpfen.

Die vier Männer standen an Deck des Polizeiboots und blickten auf die Leichen zu ihren Füßen. Vianello ging in die Kabine hinunter und kam mit zwei Wolldecken zurück. Die eine klemmte er sich unter den Arm, dann gab er Montisi ein Zeichen und schüttelte die zweite aus. Der Bootsführer bekam das andere Ende zu fassen, und gemeinsam ließen sie die Decke auf die Leiche des älteren Mannes hinunter. Vianello nahm die andere Decke, und sie wiederholten das Ganze bei dem Sohn.

Erst jetzt, nachdem die Leichen zugedeckt und den Blicken entzogen waren, sagte Grazianos Partner, der jüngste von den Lebenden auf dem Boot: »Das mit seinem Gesicht, das waren keine Krabben.«

4

VIANELLO HATTE DIE KNOCHENSPLITTER in der blutleeren Wunde am Kopf des Älteren schimmern sehen, am Körper des Sohnes aber auf den ersten Blick keine Spuren von Gewalt entdeckt. Er bestätigte mit einem Kopfnicken die Ansicht des Tauchers, nahm sein *telefonino* aus der Tasche, wählte die Nummer der Questura und verlangte nach seinem Vorgesetzten, Commissario Guido Brunetti. Während er auf die Verbindung wartete, stiegen die beiden Taucher auf ihr eigenes Boot um. Endlich meldete sich Brunetti, und der Sergente sagte: »Ich bin auf Pellestrina, Commissario. Wie es aussieht, ist hier einer gewaltsam ums Leben gekommen.« Und damit nur ja kein Mißverständnis aufkam, da die Männer ja scheinbar bei einem Unfall gestorben waren, stellte er klar: »Ich meine, ermordet.«

»Wie?« fragte Brunetti.

»Der ältere hat einen Schlag auf den Kopf bekommen – das heißt, ihm wurde der Schädel eingeschlagen. Bei dem anderen, dem Sohn, weiß ich es noch nicht.«

»Wissen Sie mit Bestimmtheit, wer die beiden sind?« fragte sein Vorgesetzter.

Vianello hatte diese Frage erwartet. »Nein. Das heißt, bisher hat noch niemand die Leichen offiziell identifiziert, aber laut dem Mann, der die Carabinieri angerufen hat, handelt es sich um die Besitzer des Bootes, Giulio Bottin und seinen Sohn. Wir sind einfach mal davon ausgegangen, daß es so ist.«

»Sorgen Sie dafür, daß Sie noch eine Bestätigung bekommen.«

»Ja, Commissario. Noch etwas?«

»Das Übliche. Fragen Sie ein bißchen herum, hören Sie, was die

Leute erzählen, vor allem was sie von sich aus über die beiden sagen.« Ehe Vianello nachfragen konnte, fuhr Brunetti schon fort: »Lassen Sie sich durch Ihr Verhalten nicht anmerken, daß es noch etwas anderes als ein Unfall sein könnte. Und reden Sie mit den Tauchern. Die sollen auch nichts ausplaudern.«

»Was glauben Sie, wie lange das vorhält?« fragte Vianello mit einem Blick zu dem anderen Boot, auf dem die beiden Männer inzwischen ihre Taucheranzüge abgelegt hatten und gerade wieder ihre normalen Uniformen anzogen.

»Schätzungsweise zehn Minuten«, antwortete Brunetti, und sein kurzes Schnauben hätte man unter anderen Umständen vielleicht für ein Lachen halten können.

»Am besten schicke ich sie zum Lido zurück«, meinte Vianello, »dann dauert es etwas länger.« Ehe Brunetti dazu einen Kommentar abgeben konnte, fragte der Sergente: »Was haben Sie vor, Commissario?«

»Ich möchte so lange wie möglich nicht bekannt werden lassen, daß die beiden ermordet wurden. Fangen Sie schon einmal an, sich vorsichtig umzuhören, inzwischen komme ich zu Ihnen raus. Falls hier ein Boot zu haben ist, dürfte ich in ungefähr einer Stunde draußen sein, vielleicht sogar früher.«

Vianello war erleichtert. »Gut. Soll Montisi die Toten ins Krankenhaus bringen?«

»Ja, sobald sie identifiziert sind. Ich rufe dort an und sage Bescheid, daß er kommt.« Auf einmal gab es nichts weiter zu reden, keine weiteren Anweisungen zu geben. Brunetti wiederholte, daß er herauskommen werde, sowie es ihm möglich sei, und legte auf.

Er warf erneut einen Blick auf seine Uhr und sah, daß es schon nach elf war. Gewiß war Vice-Questore Giuseppe Patta, sein Chef, mittlerweile an seinem Schreibtisch. Brunetti ging nach unten, ohne sich erst telefonisch anzumelden, und trat in das kleine Vorzimmer, das in das viel größere Dienstzimmer des Vice-Questore führte.

Pattas Sekretärin, Signorina Elettra Zorzi, saß an ihrem Schreibtisch, vor sich ein aufgeschlagenes Buch. Es überraschte ihn, sie im Dienst ein Buch lesen zu sehen, denn er war es gewohnt, sie vor Zeitungen und Illustrierten anzutreffen. Da sie das Kinn auf die Handballen gestützt und die Finger über den Ohren hatte, sah er erst, als sie bei seinem Eintreten den Kopf hob, daß sie sich die Haare hatte schneiden lassen. Sie waren kürzer als sonst, und wenn ihre runde Gesichtsform und das Vermillon ihrer Lippen nicht so ausgesprochen weiblich gewesen wären, hätte dieser Haarschnitt streng auf ihn gewirkt, beinah maskulin.

Er wußte nicht, wie er auf ihr neues Aussehen hätte eingehen können, und da er wie alle anderen Leute in einer Stadt, in der es seit drei Monaten nicht mehr geregnet hatte, die Frage satt hatte, wann es wohl wieder einmal regnen werde, fragte er, indem er mit dem Kopf in Richtung Buch deutete: »Mal etwas Seriöseres als sonst?«

»Veblen«, antwortete sie, »*Theorie der feinen Leute*«. Er fühlte sich geschmeichelt, als sie ihn nicht erst fragte, ob er das Buch kenne.

»Ist das nicht ein bißchen schwer verdaulich?«

Sie bejahte und meinte dann: »Hier kommt man ja nie dazu, einmal etwas Seriöses zu lesen, wenn man dauernd gestört wird.« Sie schürzte die Lippen und ließ ihren Blick durchs ganze Vorzimmer schweifen, über das Telefon und den Computer bis hin zu Pattas Tür. »Aber es hat sich ja einiges geändert, so daß ich meine Zeit jetzt besser nutzen kann.«

»Gut zu wissen«, meinte Brunetti, um mit einem Blick auf das Buch hinzuzufügen: »Seine Ansichten über Rasenanlagen haben mich fasziniert.«

Sie lächelte zu ihm auf. »Ja, und über Zeitvertreib.«

Er konnte nicht widerstehen. »Und wenn Sie das ausgelesen haben?«

»Danach habe ich noch nichts vor.« Plötzlich strahlte sie. »Vielleicht kann ich mir ja vom Vice-Questore einen Rat geben lassen.«

»Recht so«, versetzte Brunetti. »Übrigens will ich zu ihm. Ist er da?«

»Noch nicht. Er hat vor ungefähr einer Stunde angerufen und gesagt, daß er in einer Besprechung ist und wahrscheinlich erst nach dem Mittagessen kommt.«

»Ah«, machte Brunetti, den nicht die Mitteilung als solche überraschte, sondern nur, daß Patta es für nötig befunden hatte, deswegen anzurufen. »Wenn er kommt, sagen Sie ihm bitte, daß ich nach Pellestrina gefahren bin.«

»Zu Vianello?« fragte sie sofort, allwissend wie immer.

Er nickte. »Einer der beiden Männer in dem Boot wurde anscheinend ermordet.« An dieser Stelle unterbrach er sich, nicht sicher, ob sie das nicht auch schon wußte.

»Pellestrina, aha«, meinte sie, und es klang, obwohl es so gemeint war, nicht fragend, sondern mehr nach einer bloßen Feststellung.

»Ja. Diese Leute sind doch eine einzige Plage, wie?«

»Nicht so schlimm wie die Chiogiotti«, antwortete sie mit einem Schaudern, das weder geziert noch künstlich wirkte.

Chioggia war eine Stadt auf dem Festland, in Reiseführern unverdrossen als »getreue Tochter Venedigs« bezeichnet, denn sie war der Serenissima, solange ihre Herrschaft währte, durchaus immer treu gewesen. Ständige Reibereien und Gewalttätigkeiten gab es erst jetzt, seit die Fischer beider Städte sich um die immer kleineren Fänge in Gewässern stritten, die zunehmend von den Auflagen des *Magistrato alle Acque* betroffen waren, denn in immer größeren Teilen der Lagune war der Fischfang verboten.

Der Gedanke, daß die jüngsten Todesfälle etwas mit diesem Konkurrenzkampf zu tun haben könnten, war Brunetti durchaus schon gekommen, und keinem Venezianer wäre es anders ergangen. Es hatte in der Vergangenheit schon Kämpfe gegeben, bei denen auch Schüsse gefallen waren, aber so etwas wie jetzt war bisher noch nicht passiert. Es waren Boote gestohlen und angezündet worden, auch waren schon Männer bei Kollisionen auf dem Wasser umgekommen, aber kaltblütig gemordet hatte bisher noch keiner.

»*Una brutta razza*«, erklärte Signorina Elettra mit jener Geringschätzung im Ton, die alle, deren Familien schon seit den Kreuzzügen Venezianer sind, für alle Nichtvenezianer hegen, gleich welcher Herkunft diese sind.

Brunetti übte sich in der gebotenen Zurückhaltung, indem er seinen zustimmenden Kommentar für sich behielt, und überließ Signorina Elettra wieder ihrem Veblen und seiner Analyse der Probleme und unausbleiblichen Laster des Reichtums. Er ging in den Bereitschaftsraum, wo er nur einen von den Bootsführern antraf, Rocca, dem er sagte, daß er nach Pellestrina müsse. Roccas Gesicht leuchtete bei dieser Mitteilung auf: eine weite Fahrt, ein herrlicher Tag und frischer Wind aus Westen.

Auf der ganzen Fahrt stand Brunetti an Deck und blickte zu den Inseln hinüber, die sie passierten: Santa Maria della Grazia, San Clemente, Santo Spirito, selbst das kleine Poveglia, bis er links von ihnen die Häuser von Malamocco sah. Brunetti hatte zwar einen Großteil seiner Jugend auf Booten und in der Lagune verbracht, aber nie gelernt, selbst ein Boot zu steuern, und so hatte sich seinem Gedächtnis nie eine Skizze der direktesten Routen zwischen verschiedenen Punkten der Lagune eingebrannt. Er wußte, daß Pellestrina voraus lag, etwa in der Mitte dieses schmalen Streifens Land, und er wußte auch, daß sie mit ihrem Boot genau zwischen den schräg aus dem Wasser ragenden Holzpfählen bleiben mußten, aber wären sie vom Weg abgekommen und in das weite Wasser zu ihrer Rechten geraten, es wäre ihm beschämend schwergefallen, sicher wieder nach Venedig zu finden.

Rocca, dessen junges Gesicht simple Freude darüber ausstrahlte, an so einem schönen Tag draußen und in Aktion zu sein, rief seinem Vorgesetzten über die Schulter zu: »Wohin fahren wir, Commissario?«

»Zum Hafen. Da sind Vianello und Montisi. Eigentlich müßten wir sie schon sehen.«

Links von ihnen standen Bäume; hin und wieder rauschte ein Auto vorbei. Vor ihnen erkannte Brunetti jetzt Boote, eine lange Reihe von Booten, wie es schien, und alle mit dem Bug an einer betonierten Mole. Er suchte die stumpfen Hecks ab, sah aber nirgendwo das Polizeiboot. Sie kamen an eine Lücke in der Bootsreihe, und da erblickte er Vianello, der nur ein paar Meter entfernt am Ufer in der Sonne stand und sich die eine Hand schützend über die Augen hielt.

Brunetti winkte, und Vianello wandte sich sogleich nach rechts, auf das Ende der Bootsreihe zu; seine Geste bedeutete, daß sie ihm folgen sollten. Als sie endlich die freien Plätze am Ende der Mole erreichten, legte Rocca an, und Brunetti sprang ans Ufer, einen Moment ganz überrascht, wie fest sich der Boden unter seinen Füßen anfühlte.

»Ist Montisi zurückgefahren?« fragte er.

»Einer der Nachbarn ist auf unser Boot gekommen und hat sie identifiziert. Unsere Vermutung war richtig: Es sind Giulio Bottin und sein Sohn Marco. Ich habe sie von Montisi ins Krankenhaus bringen lassen.« Er deutete mit einer Kopfbewegung zu Rocca, der damit beschäftigt war, eine Leine an einem der Poller festzumachen. »Ich kann ja mit Ihnen zurückfahren.«

»Was weiter?« fragte Brunetti.

»Ich habe mit ein paar Leuten gesprochen, und alle haben mir so ziemlich das gleiche erzählt: daß sie gegen drei Uhr morgens vom Knall des explodierenden Treibstofftanks aufgewacht sind. Bis sie draußen an der Mole waren, stand das Boot in Flammen, und ehe sie etwas unternehmen konnten, war es schon gesunken.«

Vianello machte kehrt und ging auf die Reihe niedriger Häuser zu, die das Dorf Pellestrina bildeten. Brunetti nahm neben ihm Schritt auf. »Und dann der übliche Murks«, fuhr Vianello fort. »Niemand hielt es für nötig, die Carabinieri zu rufen, weil alle dachten, jemand anders hätte das schon getan. Folglich wurden die Carabinieri erst am Vormittag verständigt.« Vianello blieb abrupt stehen und blickte zu den Häusern, als könnte er nicht glauben, daß darin Menschenwesen wohnen sollten. »Es ist doch nicht zu fassen: Da kommen zwei Männer durch eine Explosion ums Leben, und keiner ruft uns an, keiner ruft überhaupt irgendwen an.«

Er setzte sich wieder in Bewegung. »Also, die Carabinieri sind jedenfalls herausgekommen und haben sofort uns angerufen, weil sie meinten, für so etwas wären wir zuständig.« Er zeigte zu der Lücke zwischen den Booten. »Die Taucher haben sie heraufgeholt.«

»Sie sagen, der Vater hatte eine Kopfwunde?«

»Ja, schrecklich. Schädel eingeschlagen.«

»Und der Sohn?«

»Messer«, sagte Vianello. »In den Bauch. Ich nehme an, er ist daran verblutet.« Ehe Brunetti nachfragen konnte, fuhr er schon fort: »Er sah aus, als wenn ihn einer regelrecht geschlachtet hätte. Das Messer unten in den Bauch gestoßen und hochgezogen. Sein Hemd war darüber, als die Leiche heraufgeholt wurde, aber als sie dann hier lag, haben wir es gesehen.« Vianello blieb wieder stehen und blickte über die stillen Wasser der Lagune. »Er muß in Minu-

25

tenschnelle verblutet sein, aber«, fügte er eingedenk seiner Stellung gleich hinzu, »das wird die Autopsie wohl klären.«

»Mit wem haben Sie gesprochen?«

Vianello klopfte an seine Jackentasche, in der er das Notizbuch hatte. »Die Namen stehen hier drin. Überwiegend Nachbarn. Ein paar Bootseigner, die mit ihnen gefischt haben – das heißt, die mit ihnen ausgefahren sind, denn ich habe nicht den Eindruck, daß der Fischfang für diese Leute eine Gemeinschaftsaufgabe ist.«

»Hat Ihnen das jemand so gesagt?«

Vianello schüttelte den Kopf. »Nein, gesagt hat überhaupt niemand etwas, jedenfalls nicht direkt. Aber immer hatte man dieses Gefühl, daß sie sich zum Reden zwingen mußten, als fühlten sie sich einerseits zur Loyalität untereinander verpflichtet, weil sie doch alle Fischer sind, während sie nach meinem Eindruck auf der anderen Seite jeden wegputzen würden, der irgendwo fischen will, wo sie selbst gerade fischen wollen oder wo sie irgendwelche Ansprüche zu haben glauben.«

»Wegputzen?« fragte Brunetti.

»Na ja, wie man so sagt«, antwortete Vianello. »Ich weiß noch nicht genau, wie hier die Dinge laufen, aber mir drängt sich dieses Gefühl auf: Es gibt hier zu viele Fischer und zuwenig Fisch. Und für die meisten ist es zu spät, um noch etwas anderes zu lernen.«

Brunetti wartete, ob Vianello sonst noch etwas zu berichten hatte, aber der Sergente schien fertig zu sein, also sagte er: »Wenn man früher hier nach rechts ging, kam man zu einem Restaurant.«

Vianello nickte. »Da habe ich vorhin einen Kaffee getrunken, während ich mich mit einem von den Leuten unterhielt.«

»Es hat wohl keinen Sinn, wenn ich versuche, mich hier als Tourist auszugeben, oder?« fragte Brunetti.

Vianello hatte für solchen Unfug nur ein Lächeln übrig. »Alle im Dorf haben Sie mit diesem Boot kommen sehen, und jetzt sieht man Sie mit mir hierher zurückkommen, Commissario. Sage mir, mit wem du gehst, und ich sage dir, wer du bist – mit Verlaub.«

»Das heißt, wir können auch gleich zusammen hingehen und dort zu Mittag essen«, schlug Brunetti vor.

Vianello führte ihn ins Dorf zurück. Bei der ersten Häuserreihe angekommen, hielt er vor den großen Fenstern eines Restaurants

26

an. Er öffnete die Holztür, hielt sie für Brunetti auf und machte sie dann hinter sich wieder zu.

Hinter einer mit Weißblech verkleideten Bar stand ein Mann mit langer Schürze und trocknete ein kleines Glas mit einem so großen Tuch ab, daß es für einen kleinen Tisch als Decke gereicht hätte. Er nickte zuerst Vianello, einen Sekundenbruchteil später dann auch Brunetti zu.

»Können wir hier zu Mittag essen?« fragte der Sergente.

Der Mann deutete mit dem Kopf zu einem Durchgang, dann widmete er sich wieder dem Glas und fuhr gewissenhaft mit seiner Arbeit fort.

Der Durchgang neben der Bar war von einer Art, die Brunetti seit Jahrzehnten nicht mehr gesehen hatte: sehr schmal, und dicht mit langen, grünweißen, jeweils einen Zentimeter breiten und auf beiden Seiten geriffelten Plastikbändern behängt. Als er die rechte Hand in diesen Vorhang steckte, um die eine Hälfte zurückzuschlagen, gaben sie tatsächlich auch dieses leise Schnalzen von sich, das er noch aus seiner Jugend kannte. Einstmals hatten alle Bars und alle Trattorien solche Vorhänge in den Eingängen gehabt, aber in den letzten Jahrzehnten waren sie alle verschwunden; er konnte sich schon gar nicht mehr erinnern, wann er den letzten gesehen hatte. Er hielt die immer noch schnalzenden Bänder fest, bis Vianello hindurch war, dann ließ er sie los und hörte sie in der Mitte zusammenschlagen.

Der Raum, in den sie traten, war überraschend groß, es standen mindestens dreißig Tische darin. Die Fenster saßen hoch oben in den Wänden, und es strömte reichlich Licht durch sie herein. Darunter waren die Wände mit Fischernetzen geschmückt, jedes mit Muscheln, getrocknetem Seetang und offenbar versteinerten Fischen, Krabben und Hummern gespickt. Die eine Seitenwand wurde von einer niedrigen Anrichte eingenommen. An der Rückseite führte eine Glastür, die jetzt geschlossen war, auf einen geschotterten Parkplatz.

Als Brunetti sah, daß nur ein weiterer Tisch besetzt war, schaute er kurz auf die Uhr und stellte erstaunt fest, daß es erst halb zwei war. Es schien doch etwas dran zu sein an dem verbreiteten Glauben, Seeluft mache hungrig.

27

Sie gingen zu einem Tisch auf der anderen Seite des Raumes, zogen die Stühle hervor und nahmen einander gegenüber Platz. Außer kleinen Fläschchen für Öl und Essig standen auf dem Tisch noch eine kleine Vase mit Wildblumen sowie ein Körbchen mit einem halben Dutzend eingepackter *grissini*. Brunetti nahm sich eine dieser Knusperstangen, riß die Verpackung auf und begann zu knabbern.

Die Plastikbänder teilten sich, und ein junger Mann in schwarzem Jackett und Hose kam rückwärts in den Raum. Als er sich umdrehte, sah Brunetti, daß er in jeder Hand einen Teller hielt, anscheinend *antipasto di pesce*. Der Kellner nickte den beiden Neuankömmlingen zu und brachte die Teller zu dem Tisch in der gegenüberliegenden Ecke, wo eine Frau und ein Mann saßen, beide schon in den Sechzigern.

Nun kam der Kellner zu ihnen. Brunetti und Vianello hatten schon verstanden, daß man sich in diesem Haus nicht mit Speisekarten abzugeben pflegte, jedenfalls noch nicht um diese Jahreszeit, weshalb Brunetti mit einem Lächeln sagte, was man in einem neuen Lokal eben immer sagt: »Alle erzählen einem, daß man hier sehr gut ißt.« Dabei achtete er sorgfältig darauf, *veneziano* zu sprechen.

»Das will ich hoffen«, antwortete der Kellner, ebenfalls lächelnd und ohne in irgendeiner Weise erkennen zu lassen, daß er die Anwesenheit eines uniformierten Polizisten verwunderlich fand.

»Was können Sie uns denn heute empfehlen?« fragte Brunetti.

»Das *antipasto di mare* ist gut. Wir haben *latte di seppie* oder *sardine*, wenn Sie die lieber mögen.«

»Was noch?« fragte Vianello.

»Heute früh gab's auf dem Markt noch Spargel, wir können Ihnen also auch Spargelsalat mit Garnelen anbieten.«

Brunetti nickte dazu; Vianello sagte, er wolle keine Vorspeise, worauf der Kellner zu den *primi piatti* überging.

»*Spaghetti alle vongole, spaghetti alle cozze* und *penne all'amatriciana*«, deklamierte er, dann hielt er inne.

»Ist das alles?« rutschte es Vianello heraus.

Der Kellner machte eine abwehrende Handbewegung. »Wir haben heute abend eine Silberhochzeit mit fünfzig Gästen, darum sind tagsüber nur wenige Gerichte auf der Karte.«

Brunetti bestellte die *spaghetti alle vongole,* Vianello die *penne all'amatriciana.*

Die Auswahl an Hauptgerichten beschränkte sich auf Putenbraten und Fischplatte. Vianello wählte ersteres, Brunetti letzteres. Dazu bestellten sie einen halben Liter Wein und einen Liter Mineralwasser. Der Kellner brachte ihnen noch ein Körbchen *bussolai,* dieses dicke ovale Knabberzeug, das Brunetti besonders mochte.

Sowie der Kellner fort war, nahm Brunetti sich eine solche *bussola,* brach sie in zwei Hälften und biß ein Stückchen ab. Er mußte sich immer wieder wundern, wie sie es schafften, in diesem Seeklima so knusprig zu bleiben. Der Kellner brachte Wein und Wasser, stellte beides auf den Tisch und eilte hinüber zu dem älteren Paar, um dessen Teller abzuräumen.

»Da kommen wir mal nach Pellestrina, und Sie essen keinen Fisch«, sagte Brunetti, aber es sollte eine Frage sein.

Vianello schenkte ihnen beiden ein Glas Wein ein, hob das seine an die Lippen und nippte. »Sehr gut«, sagte er. »Genau wie der, den mein Onkel immer auf seinem Boot aus Istrien mitgebracht hat.«

»Und der Fisch?« fragte Brunetti, nicht gewillt, ihn davonkommen zu lassen.

»Ich esse keinen Fisch mehr«, sagte Vianello. »Außer wenn ich sicher bin, daß er aus dem Atlantik kommt.«

Brunetti wußte, daß Geistesgestörtheit viele Erscheinungsformen hatte und die meisten bereits im Frühstadium erkennbar waren. »Warum?«

»Ich bin Mitglied bei Greenpeace geworden«, sagte Vianello, als wäre das Antwort genug.

»Und Greenpeace läßt Sie keinen Fisch mehr essen?« fragte Brunetti, um einen scherzhaften Ton bemüht.

Vianello machte schon den Mund auf, schloß ihn aber wieder, trank noch einen Schluck Wein und sagte dann: »So ist das nicht, Commissario.«

Sie redeten jetzt eine Weile nicht miteinander, dann kam der Kellner und brachte Brunetti seine Vorspeise, ein Häufchen rosa Garnelen auf einem Bett aus rohen Spargelstücken. Brunetti spießte etwas davon auf seine Gabel. Es war Balsamessig darauf gesprüht. Die Kombination aus Süß, Sauer, Süß und Salzig mundete köstlich. Er ließ Vianello eine kleine Weile links liegen und verzehrte langsam und genüßlich seinen Salat, erfreute sich bei jedem Bissen neu an den Gegensätzen in Geschmack und Konsistenz.

Schließlich legte er die Gabel auf den Teller und trank einen Schluck Wein. »Fürchten Sie, mir den Appetit zu verderben, wenn Sie mir erzählen, welch schreckliche Umweltsünden mir in diesen Garnelen auflauern?« fragte er lächelnd.

»Muscheln wären schlimmer«, antwortete Vianello, ebenfalls lächelnd, aber ohne sich um eine weitere Klarstellung zu bemühen.

Ehe Brunetti ihn auffordern konnte, ihm die tödlichen Gifte aufzuzählen, die in Garnelen und Muscheln lauerten, holte der Kellner seinen Teller fort und war im Handumdrehen mit den beiden Pasta-Gerichten wieder da.

Der Rest der Mahlzeit verlief harmonisch. Sie plauderten über Bekannte, die in den Gewässern um Pellestrina gefischt hatten, und über einen berühmten Fußballer aus Chioggia, den beide noch nie hatten spielen sehen. Als die Hauptgerichte kamen, konnte Vianello es zwar nicht lassen, Brunettis Teller mit einem argwöhnischen Blick zu bedenken, doch er ließ die Gelegenheit zu weiteren Kommentaren über die Muscheln aus. Brunetti legte seinerseits einen stummen Beweis für die Hochachtung ab, die er vor seinem Sergente hatte, indem er ihm weder berichtete, was er vor einem Monat in der Zeitung über die Aufzuchtmethoden in den kommerziellen Putenfarmen gelesen hatte, noch die auf den Menschen übertragbaren Krankheiten aufzählte, von denen diese Vögel gern befallen werden.

5

NACHDEM SIE IHREN KAFFEE GETRUNKEN HATTEN, bat Brunetti um die Rechnung. Als der Kellner zauderte, als wäre dies bei ihm eine Gewohnheit, über die er keine Gewalt hatte, fügte Brunetti hinzu: »Ich brauche keine Quittung.« Die Augen des Kellners wurden ganz groß: Da saß jemand, der Polizist sein mußte, und war bereit, dem Wirt beim Hinterziehen der Steuer behilflich zu sein, die jedesmal fällig war, wenn eine Quittung ausgestellt wurde. Brunetti sah, wie das den Kellner in ein Dilemma stürzte, das er schließlich mit den Worten löste: »Ich frage den Chef.«

Ein paar Minuten später kam er mit einem Gläschen Grappa in jeder Hand zurück. »Zweiundfünfzigtausend«, sagte er, während er die Gläser auf den Tisch stellte. Brunetti zückte seine Brieftasche. Es war etwa ein Drittel dessen, was die Mahlzeit in Venedig gekostet hätte, und der Fisch war frisch gewesen, die Garnelen perfekt.

Er entnahm seiner Brieftasche sechzigtausend Lire, und als der Kellner in die Tasche griff, um herauszugeben, winkte Brunetti mit einem leise gemurmelten Danke ab. Er hob sein Glas an die Lippen und trank ein Schlückchen von dem Grappa. »Sehr gut«, sagte er. »Bitte bestellen Sie dem Chef, daß wir uns bedanken.«

Der Kellner nickte, nahm das Geld und wandte sich zum Gehen.

»Sind Sie von hier?« fragte Brunetti ohne jeden Versuch, die Frage belanglos klingen zu lassen.

»Ja, Signore.«

»Wir sind hier draußen wegen dieses Unfalls«, sagte Brunetti und deutete vage Richtung Wasser. »Aber das wird Sie nicht besonders überraschen«, fügte er mit einem Lächeln hinzu.

»Nein, das überrascht hier keinen«, antwortete der Kellner.

»Kannten Sie die beiden?« fragte Brunetti. Er zog einen Stuhl unterm Tisch hervor und bedeutete dem Kellner, Platz zu nehmen. Das Paar an dem anderen Tisch war schon fort, und alle Tische waren bereits für die Silberhochzeit gedeckt, so daß es für den Kellner wenig zu tun gab. Er setzte sich also und drehte dabei den Stuhl so, daß er Brunetti ansehen konnte.

»Marco habe ich gekannt«, sagte er. »Wir sind auf dieselbe Schule gegangen. Er war ein paar Jahrgänge nach mir, aber wir kannten uns, weil wir immer mit demselben Bus vom Lido zurückkamen.«

»Wie war er denn so?« fragte Brunetti.

»Gescheit«, antwortete der Kellner in ernstem Ton. »Sehr gescheit und sehr nett. Nicht wie sein Vater, nein, überhaupt nicht. Giulio hat nie mit irgendwem gesprochen, wenn es sich vermeiden ließ, aber Marco war freundlich zu allen Leuten. Mir hat er immer

31

bei den Mathe-Hausaufgaben geholfen, obwohl er der jüngere von uns war.« Der Kellner legte die Geldscheine, die er noch in der Hand hatte, auf den Tisch, den Zehner neben den Fünfziger. »Bei mir hat's immer nur dafür gereicht, zwei solche Scheine zusammenzuzählen.« Und mit einem plötzlichen Lächeln, bei dem er kreidegraue Zähne entblößte, fuhr er fort: »Allerdings kam ich dabei meist auf fünfzig oder siebzig.« Er steckte die Geldscheine ein und warf einen Blick über die Schulter in Richtung Küche, von wo man plötzlich ein lautes Brutzeln und das Klappern eines Topfes auf dem Herd vernahm. »Aber hier brauche ich keine Mathe, muß nur zusammenzählen, und das besorgt meist schon der Chef.«

»Ging Marco noch zur Schule?«

»Nein, er ist letztes Jahr fertig geworden.«

»Und danach?«

»Danach hat er natürlich bei seinem Vater angefangen«, sagte der Kellner, als wäre das für Marco die einzige Möglichkeit gewesen, die einzige überhaupt für einen Pellestrinotto. »Sie waren schon immer Fischer, die Bottins.«

»Wollte Marco denn Fischer werden?«

Der Kellner sah Brunetti mit offener Verwunderung an. »Was hätte er denn sonst werden können? Sein Vater hatte das Boot, und Marco verstand sich aufs Fischen.«

»Natürlich«, räumte Brunetti ein. »Sie sagen, Bottin hat nie mit jemandem gesprochen. Steckte dahinter noch mehr?« Und damit der Kellner sich nicht dumm stellen konnte, verdeutlichte er seine Frage: »Hatte er hier viele Feinde?«

Der Kellner zuckte die Achseln, eine Geste, in der sein ganzes Widerstreben zum Ausdruck kam, doch ehe er etwas sagen konnte, mischte Vianello sich ein, indem er mit eingeübter Dreistigkeit zu Brunetti sagte: »So eine Frage kann er nicht beantworten, Signore.« Er betrachtete den Kellner mit Beschützerblick. »Das ist ein kleiner Ort hier; jeder wird wissen, daß er mit uns gesprochen hat.«

Brunetti ging darauf ein. »Aber Sie sagen doch, Sie haben schon ein paar Namen von Leuten.« Er merkte, wie das Interesse des Kellners zunahm, sah es an der Art, wie er die Füße unter den Stuhl zog, deutlich bemüht, sich *nicht* nach vorn zu beugen. »Er würde lediglich bestätigen, was man Ihnen schon erzählt hat.«

32

Vianello sah weiter Brunetti an und beachtete den Kellner nicht. »Wenn er nicht reden will, Signore, dann will er eben nicht. Wir haben ja schon Namen.«

»Welche?« fragte der Kellner dazwischen.

Vianello warf ihm einen Blick zu und schüttelte kaum merklich den Kopf, wie um diese Geste vor Brunetti zu verbergen.

»Welche Namen?« fragte der Kellner jetzt lauter. Als ihm von den Polizisten keiner antwortete, rief er fordernd: »Meinen?«

»Sie haben uns Ihren Namen doch noch gar nicht genannt«, antwortete Brunetti.

»Lorenzo Scarpa«, sagte der Kellner. Im selben Moment riß Vianello die Augen auf, sein Kopf flog herum, und er sah den Kellner mit kaum verhohlenem Schrecken an.

Der Kellner sah Vianellos Reaktion und sagte mit gepreßter Stimme: »Das war nichts weiter. Giulio war mal abends hier an der Bar und hatte getrunken. Mein Bruder hat überhaupt kein Wort zu ihm gesagt. Bottin suchte nur Streit, und da hat er eben einen Grund erfunden. Sandro hätte ihn angestoßen, hat er gesagt, so daß er seinen Wein verschüttet hätte.« Er schaute zwischen den wissenden Gesichtern der beiden Polizisten hin und her. »Ich sage Ihnen, da ist überhaupt nichts passiert, und es ist auch nie Anzeige erstattet worden. Bevor etwas passieren konnte, haben andere eingegriffen. Ich hatte gerade hinten zu tun. Als ich wieder hier herauskam, war schon alles vorbei, und keiner war zu Schaden gekommen.«

»Das stimmt gewiß«, sagte Vianello mit einem Lächeln, das die Liebenswürdigkeit selbst sein sollte. »Aber wie ich gehört habe, hätte es ja auch ganz anders ausgehen können.«

»Wie denn? Wer hat Ihnen das erzählt?«

Vianello schüttelte mit sichtlichem Widerstreben den Kopf, wie um zu sagen, er würde seinem Freund dem Kellner ja gern den Namen seines Informanten nennen, aber mit seinem Vorgesetzten hier am Tisch sei es ihm ganz und gar unmöglich, dem guten Mann zu helfen, so gern er es auch täte.

»War es vielleicht Giacomini, dieses Schwein? Sagen Sie mir nur das. War er es?«

Wieder scheinbar außerstande, beim Hören dieses Namens seine

Überraschung zu verbergen, warf Vianello dem Kellner einen raschen Blick zu, fast als wollte er ihn vor dem Weiterreden warnen, aber der Mann war für solche Ermahnungen schon nicht mehr zugänglich. »Er war nicht ein mal hier, dieser Giacomini«, schimpfte er weiter. »Er wollte Sandro nur Scherereien machen, das Schwein. Und er wußte, daß zwischen den beiden böses Blut war wegen dieser Sache vor Chioggia. Aber er lügt. Er war schon immer ein Lügner.« Der Kellner stieß seinen Stuhl nach hinten und stand auf, wie um sich selbst davon abzuhalten, noch mehr zu sagen. Plötzlich wieder ganz förmlich, als wäre von seinem Bruder nie die Rede gewesen, fragte er: »Möchten die Herren noch einen Grappa?«

Brunetti schüttelte den Kopf und stand auf, Vianello ebenfalls. »Danke«, sagte Brunetti und ließ es offen, ob der Dank dem Angebot oder den Informationen galt. An der Tür hielt er inne, damit Vianello gar nichts anderes übrig blieb, als seinem Vorgesetzten beim Verlassen des Raumes voranzugehen.

Draußen gingen sie eine Weile schweigend nebeneinander her, bis sie in sicherer Entfernung vom Restaurant und allen Häusern am Wasser standen. Richtung Venedig gewandt stellte Brunetti einen Fuß auf den Damm und bückte sich, um ein Steinchen aus seiner Schuhsohle zu klauben.

»Nun?« fragte er.

»Mir war das alles neu«, meinte Vianello mit einem kurzen Lächeln. »Keiner war bereit, mir irgend etwas zu sagen.«

»Das dachte ich mir schon«, sagte Brunetti, und weil er wußte, daß Vianello sich darüber freuen würde, fügte er hinzu: »Sie haben das sehr gut gemacht.«

»War ja nicht weiter schwer«, meinte der Sergente.

»Nun würde mich doch interessieren, wie arg diese Prügelei war, zumal er uns unbedingt davon überzeugen wollte, daß nichts passiert sei.« Zwar blickte Brunetti noch immer in die Richtung der unsichtbaren Stadt, aber seine Anmerkungen waren eindeutig für Vianello bestimmt.

»Das war ihm sehr wichtig, nicht?«

Zuerst hatte Brunetti das auch so gesehen, aber jetzt fragte er sich allmählich, ob dieser Kellner vielleicht doch schlauer war, als sie glaubten, und den Namen Giacomini und die Geschichte von der Prügelei mit Bottin nur ins Spiel gebracht hatte, um sie von etwas anderem abzulenken.

»Meinen Sie, er wollte uns von etwas anderem abbringen, Sergente?«

»Nein, ich glaube, er war ehrlich beunruhigt«, antwortete Vianello, als hätte er diese Möglichkeit zwar auch schon in Erwägung gezogen, aber wieder verworfen. Und in einem Ton, in dem der typische Hochmut der auf den größeren venezianischen Inseln Geborenen lag, fügte er hinzu: »Ein Pellestrinotto wäre für so etwas schon gar nicht schlau genug.«

»So etwas darf man heutzutage nicht mehr sagen, Sergente«, sagte Brunetti mit sanftem Tadel.

»Obwohl es stimmt?« fragte der Sergente.

»*Weil* es stimmt«, antwortete Brunetti.

Vianello dachte darüber kurz nach, dann fragte er: »Und wie geht es jetzt weiter?«

»Ich denke, wir hören uns mal ein bißchen um, was es über den Streit zwischen Sandro Scarpa und Giulio Bottin sonst noch in Erfahrung zu bringen gibt.« Brunetti wandte sich von der Lagune ab und wieder den Reihen der niedrigen Häuser zu.

Vianello nahm neben ihm Schritt auf. »Hinter dem Restaurant ist so eine Art Kramladen. An der Tür hängt ein Schild, daß er um drei geöffnet wird, und jemand hat mir erzählt, Signora Follini mache immer pünktlich auf.« Er führte seinen Vorgesetzten links am Restaurant vorbei und auf einen sandigen Hof, der an zwei Seiten von Türen gesäumt und an der dritten offen geblieben war, so daß man einen weiten Blick auf den Wellenbrecher hatte, hinter dem die Adria begann. Wegen der Höhe des fernen Wellenbrechers konnte man von dieser Seite der Insel aus das Wasser nicht sehen, aber ein scharfer Jodgeruch und die hohe Luftfeuchtigkeit verrieten die Nähe des Meeres.

Brunetti war schon seit Jahren nicht mehr hier draußen gewesen, über zehn Jahre mochte es her sein, als die Kinder noch kleiner gewesen waren und er und Paola sich sonntags nachmittags mit der Familie seines Bruders Sergio auf dessen Boot zu drängen pflegten, um angeblich die Inseln zu erkunden, wobei sie aber ge-

35

nau wußten, daß sie nur auf der Suche nach guten Restaurants und frischem Fisch waren. Er erinnerte sich an sonnenverbrannte, übellaunige Kinder, die wie die Hündchen auf dem Bootsboden lagen und dösten, eingeschläfert von zuviel Sonne und der endlosen Langeweile der Erwachsenengespräche. Er erinnerte sich, wie Sergio einmal aus dem Wasser über den Bootsrand geschossen kam, beide Beine rot verbrannt von einer riesigen Qualle, die sich im klaren Wasser an ihn herangemacht hatte. Und er erinnerte sich mit ganz großer Freude an einen Nachmittag im August, als Sergio einmal mit allen Kindern auf einer der kleineren Inseln zum Brombeerpflücken gegangen war und er und Paola sich im Boot geliebt hatten.

Ein Glöckchen bimmelte, als Vianello die Tür zu dem kleinen Laden öffnete. Sie traten ein, der Uniformierte zuerst, damit von vornherein klar war, wozu sie gekommen waren.

Aus einem anderen Raum rief eine Frauenstimme: »*Un momento*«, gefolgt vom Schließen einer Tür und einem kurzen, scharfen Ton, als ob irgend etwas energisch hingestellt worden wäre. Danach Stille. Brunetti blickte sich in dem Laden um: ringsum verstaubte Regale, reihenweise Reispackungen, Fliegenfänger im Doppelpack, etwas Schirmständer-Ähnliches mit lauter Besen und Mops und Schrubbern, zuletzt in einem niedrigen Regalfach vier *Gazzettinos* vom Vortag. Alles roch ein bißchen nach altem Papier und Dörrgemüse.

Nach dem versprochenen *momento* schob eine Frau den weißen Baumwollvorhang beiseite, der den Laden von den Räumen dahinter trennte, und kam herein. Sie trug ein kurzes grünes Kleid mit Kelchkragen und Schuhe mit unbequem hohen Absätzen für eine Frau, die den ganzen Tag hinter einem Verkaufstresen stand. »*Buon giorno*«, sagte sie in ihre Richtung und blieb kurz vor dem Vorhang stehen. Einen Augenblick verharrte sie schweigend, und Brunetti sah, daß die Frau in der allerneuesten Blüte ihrer Jugend stand, einer Blüte allerdings, die schon mehrmals und zweifellos in immer kürzeren Abständen wiederholt worden war.

Ihr Haar war löwenzahngelb und wirkte infolge der tiefen Bräunung ihrer Haut noch heller. Brunetti hatte einmal an einem dreitägigen Seminar über fortgeschrittene Methoden der Personener-

36

kennung teilgenommen, wovon zwei Stunden allein den Mitteln gegolten hatten, mit denen Kriminelle ihr Äußeres veränderten. Er mußte zugeben, daß er – vielleicht weil er so viel Zeit seines Lebens mit der Beobachtung von Frauen zubrachte – fasziniert gewesen war von den vielfältigen Möglichkeiten der plastischen Chirurgie, die ein Gesicht verändern und einen Menschen unkenntlich machen konnten. Einige dieser Techniken erkannte er hier wieder, und ganz kurz ging ihm dabei durch den Kopf, daß man das Gesicht dieser Frau gut als Anschauungsmaterial hätte nehmen können, weil die Spuren der an ihm aufgewendeten Arbeit so leicht zu erkennen waren.

Ihre Augen hatten einen leicht orientalischen Schnitt, und sie war dazu verurteilt, allezeit mit einem Lächeln durchs Leben zu gehen, das ihre Lippen in unentwegter Vorfreude öffnete. An ihren Kinnbacken hätte ein Fleischer seine Messer schärfen können. Die kecke Himmelfahrtsnase hätte am Gesicht einer dreißig Jahre jüngeren Frau wahre Wunder gewirkt, war in ihrem aber fehl am Platz, denn sie saß über einem breiten Mund mit dicken Lippen. Nach Brunettis Eindruck war sie ein paar Jahre älter als er.

»Kann ich etwas für Sie tun?« fragte sie, während sie jetzt hinter ihren Tresen ging.

»Ja, Signora Follini«, antwortete Brunetti, indem er einen Schritt vortrat. »Ich bin Commissario Guido Brunetti und ermittle wegen des Unfalls, der sich heute früh hier ereignet hat.« Er wollte nach seiner Brieftasche greifen, um sich auszuweisen, aber sie winkte ungeduldig ab.

Sie warf einen kurzen Blick auf Vianello, dann wandte sie ihre Aufmerksamkeit wieder Brunetti zu.

»Unfall?« fragte sie sachlich.

Brunetti hob die Schultern. »Solange wir keinen Grund haben, etwas anderes zu vermuten, behandeln wir die Sache als Unfall«, antwortete er.

Sie nickte, sagte aber nichts weiter.

»Kannten Sie die beiden Männer, Signora?«

»Bottin und Marco?« fragte sie unnötigerweise zurück.

»Ja.«

»Sie waren hier«, sagte sie, als ob das genügte.

37

»Sie meinen, als Kunden?« fragte Brunetti, obwohl in so einem kleinen Ort wie Pellestrina wahrscheinlich alle Bewohner ihre Kunden waren.

»Ja.«

»Und darüber hinaus? Waren Sie befreundet?«

Sie schwieg und dachte kurz nach. »Marco könnte man vielleicht als Freund bezeichnen.« Sie legte besondere Betonung auf das Wort »Freund«, wie um die interessante Möglichkeit anzudeuten, daß er mehr gewesen sein könnte. Dann fuhr sie fort: »Aber auf keinen Fall seinen Vater.«

»Und warum?« fragte Brunetti.

Diesmal war es an ihr, mit den Schultern zu zucken. »Wir vertrugen uns nicht.«

»In einer bestimmten Hinsicht?«

»In jeder Hinsicht«, sagte sie, lächelnd ob ihrer eigenen Schlagfertigkeit. Dieses Lächeln, das ein makelloses Gebiß entblößte und nur zwei winzige Fältchen an den Mundwinkeln entstehen ließ, gab Brunetti einen Eindruck davon, wie sie vielleicht hätte aussehen können, wenn sie nicht so wild entschlossen gewesen wäre, ihre mittleren Lebensjahre der Wiederherstellung ihrer jungen Jahre zu widmen.

»Und warum?«

»Unsere Väter hatten als junge Männer Streit, vor etwa fünfzig Jahren«, sagte sie, diesmal mit so unbewegtem Gesicht, daß Brunetti nicht wußte, ob sie es ernst meinte oder sich nur darüber lustig machte, wie es in kleinen Dörfern angeblich zuging.

»Ich glaube kaum, daß Sie oder Giulio davon so arg betroffen waren«, sagte Brunetti. »Da waren Sie doch noch nicht einmal geboren.«

Er hatte mit dem übertriebenen Ernst des Schmeichlers gesprochen, und ihr Lächeln erzeugte diesmal je zwei Fältchen, allerdings sehr kleine. Paola hatte letztes Jahr einen Kurs über das Sonett gegeben, und an ein Sonett konnte Brunetti – er glaubte, es war ein englisches – sich erinnern: Darin war die Rede von der Verleugnung des Alterns gewesen, einer Form des Selbstbetrugs, die Brunetti schon immer besonders erbärmlich gefunden hatte.

»Aber hatten Sie nicht wohl oder übel mit ihm zu tun, ich meine, mit Bottin senior?« fragte Brunetti. »Schließlich ist das hier ein kleines Dorf; die Leute begegnen sich alle Tage.«

Sie schlug sich regelrecht mit dem Handrücken an die Stirn, als sie darauf antwortete: »Erzählen Sie mir nichts davon. Ich weiß, ich weiß. Aus langer Erfahrung weiß ich, wie die Menschen in kleinen Dörfern sind. Da genügt schon die winzigste Kleinigkeit, schon denken sie sich Verleumdungen über jeden aus.« Der einstudierte Auftritt weckte in Brunetti eine gewisse Neugier nach dem Aufenthaltsort oder gar der Existenz eines Signor Follini. Sie sah kurz zu Vianello und öffnete schon den Mund, um fortzufahren.

»Und Signor Bottin?« fiel Brunetti ihr ins Wort. »Hat man ihn auch verleumdet?«

Offenbar keineswegs gekränkt durch Brunettis Zwischenruf, antwortete sie mit einer gewissen Bitterkeit: »Bei ihm genügte die Wahrheit.«

»Welche Wahrheit?«

Ihre Miene verriet ihm, wie erpicht sie darauf war, es ihm zu sagen, aber dann, er hätte auf die Zehntelsekunde genau sagen können wann, behielt die Diskretion, die das Leben in einem kleinen Dorf einen lehrt, in ihr wieder die Oberhand.

»Ach, das Übliche«, meinte sie mit einer wegwerfenden Handbewegung, und Brunetti wußte, wie sinnlos es war, ihr noch etwas entlocken zu wollen.

Trotzdem fragte er: »Was zum Beispiel?«

Nach langer Pause, die sie eindeutig dazu benutzte, sich Beispiele auszudenken, die so unbedeutend wie nur möglich waren, antwortete sie: »Daß er häßlich zu seiner Frau und streng mit seinem Sohn war.«

»Ich nehme an, daß man so etwas über die meisten Männer sagen könnte.«

»Aber doch nicht über Sie, Signore«, gab sie zurück, wobei sie sich aufreizend weit über ihren Tresen beugte.

Vianello sah den Augenblick zum Eingreifen gekommen. »Der Bootsführer hat gesagt, wir müssen zurückfahren, Commissario«, sagte er mit leiser Stimme, aber doch laut genug, daß sie es hörte.

»Natürlich, Sergente«, antwortete Brunetti in amtlichem Ton. Dann wandte er sich wieder an Signora Follini, lächelte kurz und

39

sagte: »Für den Augenblick ist das wohl alles, Signora. Wenn wir weitere Fragen haben, wird jemand herkommen.«

»Nicht Sie?« fragte sie, um einen enttäuschten Ton bemüht.

»Kommt darauf an, ob das nötig ist«, antwortete Brunetti.

Er dankte ihr für ihre Geduld, dann verließen sie den Laden, voran Vianello, der sich draußen kurz nach links und dann nach rechts wandte – offenbar kannte er sich in den paar Straßen, die den Ortskern von Pellestrina bildeten, schon aus.

»Das war keine Sekunde zu früh, Sergente«, meinte Brunetti lachend.

»Ich hielt es für das beste, uns mit einer List loszueisen, Commissario.«

»Und wenn das nicht geklappt hätte?«

»Dann hätte ich immer noch meine Pistole gehabt«, antwortete Vianello mit einem kurzen Klaps auf seine Pistolentasche.

Vor ihnen erhob sich der Damm, und einer plötzlichen Eingebung folgend, ging Brunetti über die schmale Straße, die zum Ende der Halbinsel führte, und stieg die Stufen hinauf, die man in den Damm gehauen hatte. Oben angekommen, machte er auf dem schmalen Betonweg, der in beide Richtungen verlief, Platz für Vianello.

Vor ihnen lag eine mäßig bewegte Adria; die dunklen Pünktchen in mittlerer Ferne waren Tanker und Frachtschiffe. Weit dahinter klaffte die offene Wunde der früheren Republik Jugoslawien.

»Finden Sie es nicht auch merkwürdig, Commissario, daß solche Frauen immer so komisch auf uns wirken, wenn sie sich haben liften lassen, nicht aber, wenn sie reicher oder berühmter sind?«

Brunetti mußte an die zwei Freundinnen seiner Frau denken, die dafür bekannt waren, daß sie in regelmäßigen Abständen nach Rom verschwanden und wie verwandelt wiederkamen. Da sie reich waren, hatte man an ihnen stets bessere Arbeit geleistet als an Signora Follini, und das Ergebnis war weniger auffällig und daher besser. Für seine Begriffe aber war das Bedürfnis, das sie trieb, das gleiche und nicht weniger mitleiderregend.

Er gab nur einen nichtssagenden Ton von sich, dann fragte er: »Was haben die Leute, mit denen Sie gesprochen haben, Ihnen denn erzählt? War auch etwas über diese Frau dabei?«

40

»Nein, Commissario. Sie wissen doch, wie das in solchen Orten ist: Da ist keiner bereit, etwas zu sagen, was dem, über den es gesagt wurde, weitererzählt werden könnte.«

»Soviel zur Diskretion der Polizei«, meinte Brunetti mit betrübtem Kopfschütteln.

»Aber ist das denn nicht zu verstehen, Commissario? Wenn es zu einem Prozeß kommt, müssen wir sagen, wie wir zunächst überhaupt an einen Namen gekommen sind oder warum wir die Ermittlungen gegen eine bestimmte Person aufgenommen haben. Dann geht der Prozeß weiter, und egal was dabei herauskommt, der Betreffende muß weiter hier leben, zwischen Leuten, die ihn als Verräter ansehen.«

Brunetti hütete sich, Vianello jetzt mit seinem Standardvortrag über Bürgerverantwortung zu kommen und von der Verpflichtung jedes einzelnen zu reden, den Behörden bei der Aufklärung von Straftaten zu helfen. Daß es sich bei dem Tod der beiden Männer um Mord handelte, Doppelmord, änderte für die, die hier lebten, nicht das allermindeste: Für sie war es die höchste Bürgerpflicht, in Frieden zu leben und sich vom Staat nicht drangsalieren zu lassen. Es war für einen jeden viel sicherer, auf seine Angehörigen und Nachbarn zu vertrauen. Außerhalb dieses Sicherheitsrings lauerten die Gefahren der Behördenwelten und der unentrinnbaren Konsequenzen, die es hatte, wenn man mit ihnen zu tun bekam.

Brunetti überließ Vianello seinen eigenen Überlegungen, während er selbst noch einen Augenblick stehenblieb und aufs Meer hinausblickte. Die Schiffe waren auf dem Weg zu ihren Zielen schon etwas weiter. Da waren sie, wie ihm schien, die einzigen.

6

DA BRUNETTI SICH SAGEN MUSSTE, daß sein Mißfallen über das, was er soeben von Vianello zu hören bekommen hatte, nichts am Wahrheitsgehalt desselben änderte, kam er zu dem Schluß, daß es wenig Sinn hatte, länger auf Pellestrina zu bleiben, weshalb er vorschlug, nach Venedig zurückzufahren. Vianello zeigte sich darüber in keiner Weise erstaunt, und so gingen sie die Stufen wieder hinunter, überquerten die Straße und begaben sich durch das schmale Dorf hinüber auf die andere, Venedig zugewandte Seite, wo das Polizeiboot sie erwartete. Auf der Fahrt über die Lagune gab Vianello ihm die Namen derer, die er befragt hatte, und faßte kurz die Nichtigkeiten zusammen, die sie ihm erzählt hatten. Zum Beispiel hatte Vianello erfahren, daß Bottins Bruder auf Murano lebte und dort in einer Glasfabrik arbeitete; die einzigen Verwandten, die er sonst noch hatte – Angehörige seiner verstorbenen Frau –, wohnten ebenfalls auf dieser Insel, aber offenbar hatte niemand Vianello sagen können, was sie dort machten.

Die Leute, mit denen Vianello gesprochen hatte, waren in keiner Weise widerborstig gewesen; alle hatten die Fragen beantwortet, die ihnen gestellt wurden. Aber niemand hatte von sich aus eine Auskunft gegeben, die über die simpelste und direkteste Erwiderung hinausging. Man hatte ihn weder mit überflüssigen Details zugeschüttet noch ihm den ganzen Klatsch aufgetischt, von dem jede Gesellschaft lebt. Sie waren klug genug gewesen, nicht etwa nur mit ja oder nein zu antworten, vielmehr hatten sie sogar den Eindruck zu erwecken verstanden, als bemühten sie sich nach Kräften, sich alles, alles ins Gedächtnis zu rufen, was der Polizei in irgendeiner Weise nützlich sein könnte. Und die ganze Zeit hatte Vianello genau gewußt, was sie mit ihm machten – und wahrscheinlich wußten sie, daß er es wußte.

Vianello war gerade mit seinem Bericht fertig, als das Boot sich nach links in den Hauptkanal wandte, der nach San Marco führte, und vor ihnen tat sich der Anblick auf, der sich seit den großen Zeiten der Serenissima den Ankommenden darbot: Glockentürme und Kuppeln, sie alle stellten sich den Passagieren und Besatzungen einfahrender Schiffe zur Schau, schienen einander wie kleine Kinder wegschubsen zu wollen, um das Interesse der nahenden Besucher besser auf sich lenken zu können. Der einzige Unterschied zwischen dem, was jetzt die beiden Polizisten sahen, und dem, was sich denen dargeboten haben mochte, die vor fünfhundert Jahren derselben Fahrrinne folgten, war der Wald von Baukränen, die

42

über die Stadt ragten, sowie auf sämtlichen Hausdächern die Fernsehantennen jeder Höhe und Gestalt.

Beim Anblick der starr und eckig dastehenden Kräne fiel Brunetti auf, wie selten er diese Dinger in Bewegung sah. Zwei davon standen nach wie vor über der leeren Hülse des Opernhauses, so erstarrt wie alle bisherigen Versuche, es wiederaufzubauen. Wenn er an die prahlerischen Worte auf der Titelseite des *Gazzettino* am Tag nach dem Brand dachte, das Theater werde in zwei Jahren wieder so dastehen wie vorher, wußte er nicht, ob er lachen oder weinen sollte, und das wußte er schon seit über zwei Jahren nicht. Der Volksglaube − seinerseits mit der Wahrheit austauschbar − wollte wissen, daß die reglosen Kräne die Stadt jeden Tag zehn Millionen Lire kosteten, und die Volksphantasie hatte längst alle Versuche aufgegeben, die Gesamtkosten für eine Wiederherstellung abzuschätzen. Jahre vergingen, das Geld versickerte, und nach wie vor standen die Kräne reglos und stumm über dem nicht enden wollenden Gewinsel und juristischen Gezerre darüber, wer nun den Zuschlag für den Wiederaufbau bekommen solle.

Beide verstummten und sahen die Stadt näher kommen. Es gab keine Stadt, die mehr von sich eingenommen war als Venedig: Billige, gewöhnliche Selbstporträts säumten so manche Straße; an fast allen Kiosken konnte man grellbunte Plastikgondeln erstehen; an allen Straßenecken verkauften Farbkleckser, deren Baskenmützen sie fälschlicherweise als Künstler auswiesen, scheußliche Pastellzeichnungen; auf Schritt und Tritt huldigte die Stadt dem Schlechten und spielte das Flittchen. Nun kamen zu alledem noch die schrecklichen Folgen der vielen trockenen Wochen: Die engen *calli* stanken nach Urin, hündischem und menschlichem; unter den Füßen klebte immer eine dünne Staubschicht, egal wie oft die Straßen gefegt wurden. Und dennoch blieb ihre Schönheit unbefleckt, einzigartig.

Der Bootsführer schwenkte nach rechts und legte bei der Questura an. Brunetti bedankte sich mit einer Handbewegung und sprang an Land, rasch gefolgt von Vianello.

»So, und nun?« fragte der Sergente, als sie durch die breiten Glastüren traten.

»Rufen Sie im Krankenhaus an, und fragen Sie, für wann die

Obduktionen geplant sind. Ich werde Signorina Elettra einmal auf die Bottins ansetzen.« Bevor Vianello fragen konnte, fuhr er schon fort: »Auch auf Sandro Scarpa, und wenn sie schon einmal dabei ist, auf Signora Follini.«

Auf dem ersten Treppenabsatz angekommen, wandte Brunetti sich in die Richtung von Pattas Vorzimmer, während Vianello in den Bereitschaftsraum hinunterging.

»Noch immer im Kampf mit Veblen?« fragte Brunetti, als er in Signorina Elettras kleines Büro trat.

Sie nahm einen Briefumschlag, steckte ihn als Lesezeichen in das Buch und legte es weg. »Es liest sich nicht so leicht. Aber ich konnte keine italienische Ausgabe auftreiben.«

»Ich hätte Ihnen meine leihen können«, bot Brunetti an.

»Danke, Commissario. Wenn ich gewußt hätte, daß Sie das Buch haben …«, begann sie, sprach den Satz aber nicht zu Ende. Sie hätte einen Vorgesetzten doch nicht bitten können, ihr ein Buch zur Lektüre während der Dienstzeit mitzubringen.

»Ist der Vice-Questore jetzt da?«

»Er war nach dem Mittagessen für eine halbe Stunde hier, hat dann aber gesagt, er müsse zu einer Besprechung.«

Was Brunetti unter anderem so gut an Signorina Elettra gefiel, war die gnadenlose Präzision ihres Ausdrucks: Sie sagte nicht: »Er mußte zu einer Besprechung«, sondern: »Er hat gesagt, er müsse zu einer Besprechung.«

»Dann sind Sie also frei?«

»Frei wie die Luft, Commissario«, antwortete sie, wobei sie wie eine brave Schülerin die gefalteten Hände vor sich auf den Schreibtisch legte und sich auf ihrem Stuhl kerzengerade aufrichtete.

»Die Ermordeten sind Giulio Bottin und sein Sohn Marco. Beide sind aus Pellestrina, beide Fischer. Bitte bringen Sie über die beiden soviel wie möglich in Erfahrung.«

»Aus allen Quellen, Commissario?«

Da er annahm, daß sie damit alle Informationsquellen meinte, an die sie mit ihrem Computer oder über ihr Netz von Freunden und Beziehungen herankam, nickte er. »Und Sandro Scarpa, ebenfalls aus Pellestrina und wahrscheinlich auch Fischer. Sehen Sie, ob im Zusammenhang mit einem von ihnen der Name Giacomini auftaucht – den Vornamen kenne ich nicht. Und eine Signora Follini, die dort den Kaufladen betreibt.«

Bei dem Namen zog Signorina Elettra mit unverhohlenem Interesse die Augenbrauen hoch.

»Kennen Sie die Frau?« fragte Brunetti.

»Nicht direkt, man grüßt sich nur.«

Brunetti wartete, ob sie dem noch etwas hinzufügen wollte, und als sie das nicht tat, fuhr er fort: »Ich weiß nicht, ob das ihr Ehename oder ihr Mädchenname ist.« Signorina Elettra schüttelte den Kopf, um anzuzeigen, daß sie darüber auch nicht mehr wußte. »Ich schätze sie auf etwa fünfzig«, sagte Brunetti, dann konnte er sich den Zusatz nicht verkneifen: »Obwohl man ihr wahrscheinlich Bambusspitzen unter die Fingernägel treiben müßte, damit sie das zugibt.«

Sie sah erschrocken zu ihm auf und meinte: »So etwas zu sagen ist sehr unfreundlich.«

»Ist es weniger unfreundlich, wenn es stimmt?« fragte er.

Darüber mußte sie kurz nachdenken, dann antwortete sie: »Nein, noch unfreundlicher.«

Um seine Bemerkung zu rechtfertigen, sagte er: »Sie hat mit mir geflirtet«, wobei er das »mir« scherzhaft betonte, damit man verstand, wie absurd die Frau sich verhalten hatte.

Signorina Elettra sah kurz zu ihm auf, doch ein »Aha« war alles, was sie sich zu sagen herausnahm, dann fragte sie ebenso rasch: »Weitere Namen, Commissario?«

»Nein, aber versuchen Sie herauszubekommen, ob das Boot schuldenfrei war.« Er überlegte kurz, was es sonst noch für Möglichkeiten geben könnte. »Oder ob je eine Versicherung dafür in Anspruch genommen wurde.«

Sie nickte jedesmal, wenn er etwas sagte, fand es aber nicht der Mühe wert, sich Notizen zu machen.

»Kennen Sie jemanden da draußen?« fragte er plötzlich.

»Ich habe eine Kusine, die hat im Dorf ein Haus«, antwortete sie bescheiden, und sollte es ihr Vergnügen gemacht haben, daß diese Frage ihr endlich gestellt wurde, so wußte sie dies gut zu verbergen.

»In Pellestrina?« fragte er interessiert.

»Eigentlich ist sie eine Kusine meines Vaters. Vor vielen Jahren hat sie die Familie damit schockiert, daß sie einen Fischer heiratete und nach da draußen zog. Ihre älteste Tochter hat auch einen Fischer geheiratet.«

»Fahren Sie da manchmal hin?«

»Jeden Sommer«, antwortete sie. »Meist bleibe ich eine Woche, manchmal auch zwei.«

»Und seit wann machen Sie das?« fragte er, mit seinen Überlegungen jedoch schon weit der Frage voraus.

Sie gestattete sich ein Lächeln. »Seit wir Kinder waren. Ich war sogar schon auf dem Boot ihres Schwiegersohns mit zum Fischen.«

»Sie? Zum Fischen?« fragte Brunetti so verdutzt, als hätte sie ihm soeben gestanden, daß sie unter die Sumoringer gegangen sei.

»Damals war ich noch jünger, Commissario«, sagte sie. Dann warf sie ihr Netz in die tiefen Wasser der Erinnerung und fügte hinzu: »Ich meine, das könnte das Jahr gewesen sein, als Armani mit Marineblau herauskam.«

Er stellte sie sich vor Augen: weit geschnittene Hosen, zweifellos aus Seide und Kaschmir gemischt und an den Hüften tief angesetzt, wie bei Seeleuten. Kein weißes Käppi, das bestimmt nicht, aber eine Kapitänsmütze mit goldbesticktem Schirm. Er verscheuchte die Vision, kehrte in ihr Büro zurück und fragte: »Fahren Sie noch immer da raus?«

»Für diesen Sommer hatte ich das noch nicht geplant, Commissario, aber wenn Sie mich so fragen, wird es sich wohl machen lassen.«

Brunetti hatte ganz und gar nicht die Absicht gehabt, sie darum zu bitten, er hatte vielmehr aus reiner Neugier gefragt und dabei nur überlegt, ob sie möglicherweise jemanden kenne, der bereit sein könnte, offen mit der Polizei zu reden. »Nein, nichts dergleichen, Signorina«, sagte er. »Mich hat nur der Zufall ein wenig verblüfft.« Doch während er das sagte, machte er sich über das eben Gehörte so seine Gedanken: Kusinen in Pellestrina, und beide mit Fischern verheiratet.

Sie unterbrach seine Gedanken. »Ich hatte noch keine anderen Urlaubspläne, Commissario, und es gefällt mir dort wirklich.«

46

»Bitte, Signorina«, sagte er in einem Ton, der überzeugt und hoffentlich auch überzeugend klingen sollte, »so etwas könnten wir schwerlich von Ihnen verlangen.«

»Es verlangt ja auch keiner etwas, Commissario. Ich versuche mich nur zu entscheiden, wo ich dieses Jahr den ersten Teil meines Urlaubs verbringen soll.«

»Und ich dachte, Sie wären eben erst in …«, begann er, aber ein Blick von ihr ließ ihn verstummen.

»Ich kann immer nur so wenige Tage nehmen«, erklärte sie bescheiden, und bei ihren Worten strich er aus seinem Gedächtnis die Postkarten, die aus Ägypten, Kreta, Peru und Neuseeland in der Questura angekommen waren.

Bevor sie irgend etwas vorschlagen konnte, sagte er: »Ich fürchte, so etwas wäre ungehörig, Signorina.«

Sie sah ihn mit einem Blick an, in dem sich Erschrecken und Gekränktsein vereinigten. »Ich wüßte nicht, wen es irgend etwas anginge, wo ich meinen Urlaub verbringe, Commissario.«

»Signorina«, wollte er aufbegehren, doch da schnitt sie ihm ruhig, aber bestimmt das Wort ab.

»Wir können darüber ein andermal diskutieren, Commissario, aber jetzt wollen wir erst mal sehen, was ich über diese Leute herausbekomme.« Sie drehte den Kopf, als hätte sie etwas gehört, was Brunetti entgangen war. »Ich glaube mich an irgend etwas mit den Bottins zu erinnern, doch das ist schon ein paar Jahre her. Ich müßte noch einmal darüber nachdenken.« Sie bedachte ihn mit einem strahlenden Lächeln. »Oder ich kann doch meine Kusine fragen.«

»Ja, schon«, räumte Brunetti ein, ganz und gar nicht erfreut, wie sie ihn ausgetrickst hatte. Gewohnheitsmäßige Vorsicht ließ ihn fragen: »Wissen Ihre Verwandten, daß Sie bei uns arbeiten?«

»Wohl kaum«, antwortete sie. »Die meisten Leute interessieren sich ja nicht wirklich für andere und was sie tun, es sei denn, daß es sie auf irgendeine Weise betrifft.« Das hatte Brunetti im Lauf der Jahre auch festgestellt. Er fragte sich, ob ihre Erfahrung theoretischer oder praktischer Natur war; sie erschien ihm noch so jung und robust.

Sie sah zu ihm auf und fuhr fort: »Meinem Vater war es nie

47

recht, daß ich von der Bank weggegangen bin, darum glaube ich
nicht, daß er jemandem erzählt hat, wo ich arbeite. Ich könnte mir
vorstellen, daß die meisten meiner Angehörigen mich immer noch
bei der Bank vermuten. Sofern sie sich solche Gedanken überhaupt
machen, heißt das.«

Brunetti war inzwischen aufgegangen, auf was für Gedanken er
sie mit seinem Enthusiasmus gebracht hatte, und wieder legte er
Widerspruch ein: »Das ist keine gute Idee, Signorina. Diese beiden
Männer wurden ermordet.« Ihr Blick war kühl, desinteressiert.
»Und Sie sind eigentlich keine Polizistin, offiziell jedenfalls.« Wie
er es schon in unzähligen Filmen gesehen hatte, kehrte sie die
Handflächen nach oben, bog die Finger nach oben und inspizierte
ihre Nägel, als ob es im Zimmer nichts Interessanteres gäbe. Mit
dem Daumennagel schnippte sie ein unsichtbares Stäubchen von
einem anderen Nagel, dann wandte sie den Blick wieder in seine
Richtung, um zu sehen, ob er fertig war.

»Wie ich vorhin sagen wollte, Commissario, ich glaube, ich nehme nächste Woche Urlaub. Der Vice-Questore ist nicht da, so daß
meine Abwesenheit ihm nicht sehr ungelegen sein wird.«

»Signorina«, antwortete Brunetti ruhig, aber in amtlichem Ton,
»die Sache kann mit gewissen Gefahren verbunden sein.« Sie antwortete nicht. »Ihnen gehen dazu die Fähigkeiten ab«, sagte er.

»Möchten Sie lieber Alvise und Riverre schicken?« fragte sie iro-
nisch, denn die Genannten galten als die beiden unfähigsten Beamten in der ganzen venezianischen Polizei. »Fähigkeiten?« wiederholte sie dann.

Er wollte etwas sagen, aber wieder schnitt sie ihm das Wort ab.
»Welche Fähigkeiten brauche ich denn Ihrer Meinung nach, Commissario? Mit einer Pistole zu schießen, einen Verdächtigen festzuhalten, aus einem Fenster im dritten Stock zu springen?«

Er antwortete nicht darauf, denn zum einen wollte er sie nicht
weiter provozieren, zum anderen ungern zugeben, daß er für ihre
hirnverbrannte Idee in irgendeiner Weise verantwortlich sein könnte.

»Was für Fähigkeiten setze ich denn Ihrer Meinung nach ein,
seit ich hier arbeite? Nein, ich gehe keine Leute verhaften, aber ich
schicke Sie zu den Leuten, die Sie verhaften sollen, und besorge

Ihnen die Beweismittel, die zu deren Verurteilung beitragen. Und das tue ich, indem ich Leuten Fragen stelle, über ihre Antworten nachdenke und damit wieder zu anderen Leuten gehe, um ihnen andere Fragen zu stellen.« Sie hielt inne, aber er sagte nichts, sondern nickte nur, um zu zeigen, daß er ihr zuhörte.

»Ob ich das nun hiermit mache«, fuhr sie fort, indem sie mit rotlackierten Fingernägeln kurz über die Tastatur ihres Computers fuhr, »oder ob ich nach Pellestrina fahre und Leute besuche, die ich seit vielen Jahren kenne, ist doch eigentlich kaum ein Unterschied.«

Als er sah, daß sie fertig war, sagte er. »Ich sorge mich um Ihre Sicherheit, Signorina.«

»Wie galant«, versetzte sie in einem Ton, der ihn verblüffte.

»Und ich bin nicht befugt, Sie da hinauszuschicken. Es wäre gegen jede Vorschrift.« Gleichzeitig machte er sich klar, daß er ebensowenig befugt war, sie davon abzuhalten.

»Aber ich bin befugt, mir eine Woche Urlaub zu gönnen, Commissario. Daran ist nichts Vorschriftswidriges.«

»Sie dürfen das nicht«, beharrte er.

»Unser erster Krach«, meinte sie mit aufgesetzter Trauer im Gesicht, so daß er sich eines Lächelns nicht enthalten konnte.

»Ich möchte wirklich nicht, daß Sie das tun, Elettra.«

»Und das erste Mal, daß Sie mich beim Namen nennen.«

»Ich möchte nicht, daß es das letzte Mal ist«, raunzte er zurück.

»Soll das eine Drohung sein, daß Sie mich rausschmeißen, oder eine Warnung, daß mich da draußen jemand umbringen könnte?«

Er dachte lange über seine Antwort nach, bevor er sie gab. »Wenn Sie mir versprechen, nicht nach Pellestrina zu fahren, verspreche ich Ihnen, Sie nie rauszuschmeißen.«

»Commissario«, antwortete sie, jetzt wieder mit der gewohnten Förmlichkeit, »so verlockend dieses Angebot auch ist: Sie müssen wissen, daß Vice-Questore Patta es Ihnen nie gestatten würde, mich zu entlassen, selbst wenn herauskäme, daß ich diese beiden Männer umgebracht habe. Ich erleichtere ihm viel zu sehr das Leben.« Daß dem so war, mußte Brunetti zugeben, wenigstens vor sich selbst.

»Und wenn ich Sie wegen Ungehorsams belange?« fragte er, aber beide wußten, daß er so etwas nie fertigbrächte.

Als ob er gar nicht gesprochen hätte, fuhr sie fort: »Ich brauche irgendeine Möglichkeit, mich mit Ihnen in Verbindung zu setzen.«

»Wir können Ihnen ein *telefonino* mitgeben«, lenkte er ein.

»Es wird leichter für mich sein, wenn ich mein eigenes benutze«, antwortete sie. »Aber es wäre mir lieb, wenn jemand dort wäre, nur für den Fall, daß es stimmt, was Sie sagen, und wirklich Gefahr besteht.«

»Ein paar von unseren Leuten werden zum Ermitteln draußen sein. Denen können wir sagen, daß Sie dort sind.«

Ihre Erwiderung kam prompt. »Nein. Ich würde mich nicht darauf verlassen, daß sie mich nicht ansprechen, wenn sie mich sehen, und wenn Sie ihnen sagen, sie sollen mich ignorieren, werden sie das so auffällig tun, daß sie schon dadurch Aufmerksamkeit auf mich lenken. Ich möchte nicht, daß jemand von hier weiß, was ich tue. Sie sollen nach Möglichkeit nicht einmal wissen, daß ich dort bin. Außer Ihnen und Sergente Vianello.«

Gründete dieses Widerstreben auf Wissen über Mitarbeiter der Questura, das er nicht hatte, oder war es ein noch tieferes Mißtrauen gegenüber der menschlichen Natur als sein eigenes? »Wenn ich die Ermittlungen selbst übernehme, bin ich es, der mit den Leuten da draußen redet. Nur Vianello und ich.«

»Das wäre am besten.«

»Wie lange haben Sie denn vor, dort draußen zu bleiben?«

»Ich denke, ich kann so lange bleiben, wie ich es sonst auch tue, etwa eine Woche, vielleicht ein bißchen länger. Es wird ja nicht so sein, daß die Leute im Dorf mich aus dem orangeroten Bus steigen sehen und gleich zu mir kommen, um mir zu sagen, wer es war, oder? Nein, ich fahre nur nach Pellestrina hinaus, wohne bei meiner Kusine und höre, was es Neues gibt und worüber die Leute so reden. Nichts Ungewöhnliches daran.«

Damit war so gut wie alles besprochen. »Würden Sie es übertrieben finden, wenn ich Sie fragte, ob Sie vielleicht eine Schußwaffe mitnehmen möchten?« fragte er.

»Ich glaube, es wäre viel übertriebener, wenn ich mir eine geben ließe, Commissario«, sagte sie, und damit wandte sie sich ab, so froh wie er, das Ganze hinter sich zu haben. »Fürs erste werde ich mal zusehen, was ich über die Bottins herausbekomme, ja?« fragte sie, streckte den Arm nach ihrem Computerbildschirm aus und drehte ihn zu sich.

7

»WAS WILLST DU SIE TUN LASSEN?« ereiferte sich Paola am Abend nach dem Essen, als er ihr von seiner Fahrt nach Pellestrina und dem anschließenden Gespräch – er wollte es als Auseinandersetzung bezeichnen, hielt das dann aber doch für eine Übertreibung – mit Signorina Elettra berichtet hatte. »Du willst sie nach Pellestrina fahren und Detektiv spielen lassen? Allein? Unbewaffnet? Während da ein Mörder frei herumläuft? Bist du von Sinnen, Guido?«

Sie saßen immer noch am Tisch, nachdem die Kinder gegangen waren, um zu tun, was pflichtbewußte und gehorsame Kinder nach dem Essen tun, wenn sie nur ja nicht abwaschen möchten. Paola stellte ihr Glas, das noch halb voll Calvados war, auf den Tisch zurück und funkelte ihn an. »Ich wiederhole: Bist du von Sinnen?«

»Ich hatte keine Möglichkeit, sie davon abzuhalten«, beharrte Brunetti, der sich darüber im klaren war, wie schwach er durch dieses Eingeständnis dastand. Bei seiner Schilderung der Vorgänge hatte er nicht erwähnt, daß die Idee ursprünglich von ihm gekommen war, und Paola hatte eine modifizierte Fassung zu hören bekommen, wonach Signorina Elettra von sich aus darauf bestanden hatte, in die Ermittlungen aktiver eingeschaltet zu werden. Brunetti sah sich aus dieser Schilderung als der arme Chef hervorgehen, der sich von seiner Sekretärin hatte nasführen lassen und es nicht über sich brachte, ihre Karriere zu gefährden, indem er ihr die erforderliche Disziplin abverlangte.

Lange Erfahrung mit den Ausflüchten, in die sich Männer in Machtpositionen zu retten pflegen, nährten in Paola den Verdacht, daß sie nicht die reine Wahrheit zu hören bekommen hatte. Allerdings sah sie keinen Gewinn darin, seine Schilderung der Vorgänge in Frage zu stellen, wenn sie sich doch nur für das Ergebnis interessierte.

»Du willst sie also hinlassen?« fragte sie erneut.

»Wie gesagt, Paola«, antwortete er, während er sich vornahm, mit dem Einschenken eines zweiten Gläschens Calvados zu warten, bis er das hinter sich hätte. »Wie gesagt, es hat nichts damit zu tun, ob ich sie hinlasse, sondern damit, daß ich sie nicht davon abhalten kann. Wenn ich nicht nachgegeben hätte, nun, dann hätte sie sich eben eine Woche Urlaub genommen und wäre auf eigene Faust hinausgefahren, um herumzufragen.«

»Dann wäre also sie von Sinnen?« fragte Paola scharf.

Es gab in bezug auf Signorina Elettra zwar viele Fragen, auf die Brunetti selbst gern eine Antwort gehabt hätte, aber diese gehörte nicht dazu. Statt darauf einzugehen, gab er also lieber seiner primitiveren Natur nach und schenkte sich noch einen Calvados ein.

»Was glaubt sie denn da ausrichten zu können?« wollte Paola wissen.

Er stellte sein Glas unberührt wieder ab. »Wie sie es mir erklärt hat, will sie die gleiche Taktik und Technik anwenden wie an ihrem Computer: Fragen stellen, die Antworten anhören und dann weitere Fragen stellen.«

»Und wenn ihr nun einer, während sie gerade ihre Fragen stellt, ein Messer in den Bauch rammt, wie man es mit dem Sohn dieses Fischers gemacht hat?« bohrte Paola weiter.

»Genau das habe ich sie auch gefragt«, antwortete Brunetti, und das entsprach zwar seiner ursprünglichen Absicht, aber nicht den Tatsachen.

»Und?«

»Sie findet einfach, es genügt, daß sie seit Jahren jeden Sommer hinfährt.«

»Genügt wozu – um sie in einen Mantel der Unsichtbarkeit zu hüllen?« Paola verdrehte die Augen und schüttelte fassungslos den Kopf.

»Sie ist kein Dummchen, Paola«, versuchte er Signorina Elettra zu verteidigen.

»Das weiß ich, aber sie ist nur eine Frau.«

Er hatte, als sie zu sprechen anfing, gerade die Hand nach seinem Glas ausgestreckt, aber bei ihren Worten erstarrte er. »*Das* von der Rosa Luxemburg des Feminismus?« fragte er. »Sie ist *nur* eine Frau?«

»Bleib bitte fair, Guido«, verlangte Paola mit echtem Zorn in der Stimme. »Du weißt, wie ich das meine. Sie wird da draußen sein mit ihrem *telefonino* und ihrem Grips, aber jemand anders läuft da draußen mit einem Messer herum, und dieser Jemand hat schon zwei Menschen ermordet. Solchem Risiko würde ich niemanden aussetzen, an dem mir etwas liegt.«

Er nahm diese letzte Bemerkung zwar zur Kenntnis, ließ sie aber durchgehen. »Vielleicht hättest du besser mit ihr reden sollen statt mit mir.«

»Nein«, sagte Paola, ohne auf seinen Sarkasmus einzugehen. »Dabei wäre wohl nichts Gutes herausgekommen.« Paola war Signorina Elettra erst zweimal begegnet, beide Male bei offiziellen Diners, die Patta für die Mitarbeiter der Questura gegeben hatte. Beide Male waren sie einander vorgestellt worden und hatten auch ein paar Worte gewechselt, aber immer hatte man sie an verschiedenen Tischen untergebracht, in Brunettis Augen eine bewußte Entscheidung Pattas, der verhindern wollte, daß die Frauen über ihn redeten.

Paola, immer praktisch, verzichtete jetzt auf weitere Theorien und Unterstellungen und befaßte sich statt dessen mit der Wirklichkeit. »Kannst du in irgendeiner Weise dafür sorgen, daß da draußen jemand ein Auge auf sie hat?«

»Das halte ich im Moment noch nicht für nötig.«

»Wenn es erst nötig wird, ist es zu spät«, wandte Paola ein, und er mußte ihr wohl oder übel recht geben, obschon er es nicht aussprach.

»Nun?« hakte sie nach.

»Ich habe Vianello nachprüfen lassen, ob einer von uns dort draußen wohnt.« Sein Kopfschütteln beantwortete die Frage. »Außerdem hat sie ausdrücklich darauf bestanden, daß außer Vianello und mir niemand wissen soll, wo sie ist und was sie macht.« Ehe Paola nachfragen konnte, erklärte er schon weiter: »Sie sagt, von ihrer Familie weiß keiner, wo sie arbeitet, obwohl es mir schwerfällt, das zu glauben. Die Fischer auf Pellestrina vielleicht nicht, zumal sie die Leute nur einmal im Jahr sieht, aber irgendwer von ihren Angehörigen muß sich doch dafür interessieren, was sie macht.«

»Und wenn es doch einer weiß, oder wenn einer sie danach fragt, oder wenn einer herausfindet, daß sie in der Questura arbeitet?« fragte Paola.

»Oh«, antwortete er prompt, »da wird ihr sicher schnell etwas einfallen, womit sie das erklären kann. Sie ist eine exzellente Lügnerin. Jahrelang habe ich ihr dabei zuhören müssen.«

»Aber«, holte Paola ihn auf die Erde zurück, »wenn sie in Gefahr gerät?«

»Das will ich nicht hoffen.«

»Das ist keine Antwort, Guido, schon gar keine ausreichende.«

»Wir können doch nichts machen. Sie hat sich so entschieden, und ich glaube nicht, daß man sie aufhalten kann.«

»Das klingt ziemlich unbekümmert, muß ich sagen.«

Brunetti wußte nicht, wie seine Frau es aufnehmen würde, wenn er ihr seine Empfindungen für eine andere erklärte, also versuchte er sich erst gar nicht zu verteidigen.

»Es wäre furchtbar, wenn ihr etwas passierte«, sagte Paola.

Brunetti verschwieg ihr lieber, daß es ihm das Herz brechen würde, und griff nach seinem Calvados.

Am nächsten Morgen kam Brunetti erst um neun in die Questura, denn er hatte noch mit drei Informanten telefoniert, und das tat er grundsätzlich nur von öffentlichen Fernsprechern aus, wobei er immer ihre *telefonini* anwählte. Sie hatten zwar alle von dem Verbrechen gelesen, aber keiner konnte ihm etwas über die Bottins oder den Mord an ihnen sagen. Alle versprachen, ihn anzurufen, wenn sie etwas hören sollten, aber große Hoffnungen wollte ihm keiner machen, da sich das Verbrechen so weit entfernt ereignet hatte. Für seine venezianischen Kontaktleute hätte das Ganze ebensogut in Mailand gewesen sein können.

Der Gegenstand seiner Diskussion mit Paola war nicht da, als er ihr Zimmer betrat, also ging er in sein eigenes hinauf und überflog dort rasch die Zeitungen. Die überregionalen gaben sich verständlicherweise nicht mit den Bottins ab, aber *Il Gazzettino* widmete ihnen die halbe erste Seite des zweiten Teils. In dem aufgeregten Stil, den dieses Lokalblatt für seine Berichterstattung über Gewaltverbrechen reserviert hatte, begann der Artikel mit der Frage, ob die Bottins wohl irgendeine seltsame Vorahnung gehabt oder am Morgen zuvor beim Aufwachen gar schon gewußt hatten, daß es der letzte Tag ihres Lebens sein würde. Da diese Fragen für die Zeitung inzwischen zur Eröffnungsliturgie in jedem Bericht über jedes Gewaltverbrechen geworden war, knurrte Brunetti nur: »Wohl kaum.«

In dem Artikel wurde einzig wiederholt, was Brunetti schon wußte: Der Vater war durch einen Schlag auf den Kopf gestorben, der Sohn durch einen Messerstich. Beide waren schon tot gewesen, als das Boot angezündet wurde und versank. Der Zeitungsbericht sagte ihm also nichts Neues, dafür enthielt er kleine Fotos von den beiden Toten. Bottins Gesicht wies die groben Züge eines Mannes auf, der zuviel Zeit im Freien verbracht hatte. Er trug die mürrische Feindseligkeit zur Schau, die man üblicherweise auf Fotos zu amtlichen Dokumenten sah. Marco hingegen lächelte, und neben seinen Mundwinkeln waren zwei tiefe Grübchen zu sehen. Der Vater war dunkelhaarig und hatte einen kurzen, dicken Hals, Marco hingegen schien aus feinerem, leichterem Stoff zu sein. Das Feine in seinen Zügen wäre wohl nach zwanzig Jahren auf dem Meer nicht mehr vorhanden gewesen, sagte sich Brunetti, aber es lag doch eine gewisse Anmut darin, wie Marco den Kopf schiefgelegt hielt, und das machte Brunetti neugierig auf die Mutter und die Umstände, die dazu geführt hatten, daß er das brutale Ende des Vaters hatte teilen müssen.

8

SIGNORINA ELETTRA KAM ERST GUT ZWEI STUNDEN nach seinem Eintreffen in der Questura zu ihm herauf. Als Brunetti sie sah, konnte er kaum der Versuchung widerstehen, ihr entgegenzugehen, und er erhob sich auch schon von seinem Stuhl, aber die gute Sitte hielt ihn zurück. »Guten Morgen«, sagte er nur und hoffte, sie beide mit dieser normalen Begrüßung zurückzuversetzen in eine einfachere Zeit, bevor sie auf die Idee gekommen war – halt, nein, hier wollte er ehrlich sein: bevor er sie auf die Idee gebracht hatte –, nach Pellestrina hinauszufahren.

»Guten Morgen, Commissario«, erwiderte sie in völlig normalem Ton. Er sah ein paar Blätter Papier in ihrer Hand.

»Die Bottins?« fragte er.

Sie hob die Blätter hoch. »Ja. Aber im Grunde sehr wenig«, meinte sie bedauernd. »An den anderen arbeite ich noch.«

»Dann zeigen Sie mal her«, sagte er, indem er sich wieder hinsetzte, sehr auf einen rein sachlichen Ton bedacht.

Sie legte ihm die Blätter auf den Tisch, drehte sich um und ging zur Tür. Brunetti sah ihr nach. Ihr schmaler Rücken war überbetont durch einen hellblauen Pullover mit dünnen weißen Längsstreifen. Dabei erinnerte er sich, daß er sie vor Jahren einmal gefragt hatte, was sie vom neuen Jahrtausend erwarte und was für Pläne und Hoffnungen sie damit verbinde. Sie hatte darauf geantwortet, ihr einziger Plan sei, zu sehen, wie gut Babyblau, die für das neue Jahrzehnt angekündigte Modefarbe, ihr stehe, und ihre einzige Hoffnung sei, *daß* sie ihr stehe. Auf sein Drängen hatte sie eingeräumt, daß sie sich doch noch die eine oder andere Kleinigkeit wünsche, aber darüber lohne sich kaum zu reden, und damit war das erledigt gewesen. Also, Babyblau stand ihr, und Brunetti wünschte ihr im stillen, daß auch alle anderen Hoffnungen, die sie gehabt haben mochte, sich erfüllt hatten.

Die Bottins entpuppten sich beim Durchblättern der Unterlagen als nichts Besonderes: Beiden gemeinsam gehörten das Haus auf Pellestrina und die *Squallus*, aber sie hatten getrennte Bankkonten. Beide besaßen ein Auto, aber Marco war dazu noch Alleinbesitzer eines Hauses auf Murano, das seine Mutter ihm vererbt hatte.

Jenseits der Geldgefilde bekam Giulio Bottin jedoch Ecken und Kanten: Er war den Carabinieri auf dem Lido bekannt und hatte schon etliche Anzeigen gegen sich laufen gehabt, drei davon im Gefolge von Wirtshausschlägereien und eine nach einem Zwischenfall mit zwei Booten in der Lagune, aber das andere Boot hatte nicht Scarpa gehört. Bottin schien allerdings, was die Polizei anging, insofern unverwundbar gewesen zu sein, als nie eine Anklage gegen ihn erhoben worden war, woraus man schließen konnte, daß es entweder an Beweisen mangelte oder die Zeugen nicht sehr aussagewillig waren. Marco war bei der Polizei noch nie auffällig geworden.

Brunetti suchte nach einem Bericht über den Zwischenfall in der Lagune, doch es gab darüber nichts Näheres. Er versagte es sich, bei Signorina Elettra anzurufen und sie zu fragen, wer solche Informationen vielleicht liefern könne, womit er die stille Hoffnung verband, daß sie ihre Expedition nach Pellestrina irgendwie vergessen werde.

Statt dessen rief er im Bereitschaftsraum an und bat, man solle Montisi zu ihm heraufschicken.

Ein paar Minuten später klopfte der Bootsführer an seine Tür, trat ein, ohne zu salutieren oder Brunettis Rang sonstwie zu würdigen, und setzte sich auf den Stuhl, den sein Vorgesetzter ihm anwies. Er hatte im Sitzen die Füße fest auf dem Boden und die Hände an den Armlehnen, als hätte ein Leben auf dem Meer ihn gelehrt, in jeder Lage auf plötzlichen Wellengang oder einen Wechsel der Strömung gefaßt zu sein. Brunetti sah Montisis kleinen Finger, der nur noch ein kurzer Stumpf war, weil er die beiden letzten Glieder bei einem lange vergessenen Bootsunfall verloren hatte.

»Montisi«, begann Brunetti, »haben Sie irgendwelche Fischer als Freunde?«

Montisi legte keinerlei Neugier an den Tag. »Fischer ja, *vongolari* nein.« Die Entschiedenheit, mit der er diese Antwort gab, überraschte Brunetti ebenso wie die Unterscheidung, die er dabei traf.

»Was haben Sie denn gegen *vongolari*?« fragte Brunetti. Er hatte ähnliche Äußerungen über die Muschelfischer unter anderem auch schon von Vianello gehört, aber noch nie mit solch deutlichem Abscheu.

»Weil das Hurensöhne sind, einer wie der andere. *Figli di puttane.*«

»Wieso?«

»Hyänen sind sie«, antwortete Montisi. »Oder Geier. Sie reißen alles nach oben mit ihren verdammten Saugrüsseln, zerwühlen die

Laichplätze, vernichten ganze Kolonien.« Montisi machte eine Atempause, rückte auf seinem Stuhl ein wenig nach vorn und legte von neuem los. »Sie denken überhaupt nicht an die Zukunft. Die Muschelbänke haben uns jahrhundertelang ernährt und würden uns in alle Ewigkeit ernähren. Aber die wühlen und wühlen wie die wilden Tiere und machen alles kaputt.«

Brunetti erinnerte sich an das Mittagessen auf Pellestrina. »Vianello ißt ja schon keine Muscheln mehr.«

»Ach, Vianello«, meinte Montisi wegwerfend. »Der tut das aus Gesundheitsgründen.« Es klang aus Montisis Mund wie etwas Unanständiges.

Brunetti, der nicht recht wußte, was für eine Reaktion jetzt von ihm erwartet wurde, fragte: »Kann man sie denn wenigstens ohne Bedenken essen?«

Montisi zuckte die Achseln. »In meinem Alter kann man wohl alles ohne Bedenken essen.« Er dachte kurz nach, bevor er weitersprach. »Nein, ich glaube, manche kann man nicht mehr ohne Bedenken essen. Die Schweine buddeln sie unmittelbar vor Porto Marghera aus, und weiß der Himmel, was die da alles ins Wasser laufen lassen. Ich habe sie selbst schon gesehen, die Schweine, wie sie nachts dort ankerten, ohne Lichter, und das Zeug raufholten, keine fünfzig Meter von dem Schild entfernt, auf dem steht, daß wegen Meeresverschmutzung das Fischen dort verboten ist.«

»Aber wer will denn so etwas essen?« fragte Brunetti, der sich wieder an die Muscheln erinnert fühlte, die er auf Pellestrina gegessen hatte.

»Niemand, der Bescheid weiß«, antwortete der Bootsführer. »Aber wer weiß schon Bescheid? Wer weiß denn überhaupt noch, wo die Sachen auf dem Markt herkommen? Ein Berg Muscheln ist ein Berg Muscheln.« Montisi sah zu ihm auf und lächelte. »Kein Paß, kein Versicherungskärtchen.«

»Aber gibt's denn keine Kontrollen? Untersucht sie keiner?«

Montisi lächelte. Wie konnte einer, der nicht mehr der Jüngste war, so arglos sein? Er ließ sich zu keiner Antwort herab.

»Wirklich, Montisi, sagen Sie mir das mal«, beharrte Brunetti. »Gibt es keine Gesundheitsinspektoren?« Noch während er die Frage stellte, merkte er, wie wenig er über diese Materie wußte. Er hatte schon als Junge in der Lagune geangelt, aber über die gewerbsmäßige Fischerei in diesem Gewässer wußte er gar nichts.

»Es gibt Inspektoren aller Art, Dottore«, antwortete Montisi. Er hob die rechte Hand und zählte sie an den Fingern ab. »Es gibt Inspektoren, die Stichproben von dem Fisch nehmen sollen, der schon auf dem Markt ist: Sind diese Fische wirklich frisch, die da als frisch verkauft werden? Dann gibt es Inspektoren, die prüfen sollen, ob im Fisch irgendwelche gefährlichen Substanzen sind: Schwermetalle, Gifte und sonstige Chemikalien – alles, was aus unseren Fabriken so in die Lagune fließt. Dann gibt es die Inspektoren vom *Magistrato Alle Acque,* die aufpassen sollen, daß die Fischer nur da fischen, wo sie fischen dürfen.« Er schloß die Hand zur Faust und fuhr fort: »Das sind nur die, von denen ich weiß, aber ich bin sicher, wenn Sie mal hingucken, finden Sie noch alle möglichen anderen Inspektoren. Das heißt aber noch lange nicht, daß wirklich einmal etwas inspiziert wird, oder wenn, daß ein Befund je weitergemeldet würde.«

»Warum nicht?« fragte Brunetti.

Montisis Lächeln war das Mitleid selbst. Doch statt zu antworten, begnügte er sich mit einer Geste von Daumen und Zeigefinger.

»Aber wer zahlt?« ließ Brunetti nicht locker.

»Lassen Sie einmal Ihre Phantasie spielen, Dottore. Jeder, der etwas tut, was die Leute nicht wissen sollen, oder was seinem Geschäft schaden würde, wenn die Leute es wüßten: Wer ein Boot besitzt oder einen Fischstand am Rialto, oder wer kontaminierte Flundern nach Japan oder in andere fischhungrige Länder liefert.«

»Wissen Sie das ganz genau, Montisi?«

»Meinen Sie, ob ich weiß, daß solche Sachen ablaufen, oder ob ich die Namen von Leuten kenne, die so etwas machen?«

»Beides.«

Montisi sah seinen Vorgesetzten lange nachdenklich an, bevor er antwortete. »Also, wenn ich mal scharf darüber nachdenken sollte, würden mir wahrscheinlich ein paar Namen von Leuten einfallen – Freunden von mir –, die in der Lagune arbeiten und möglicherweise schon einmal Geld gegeben haben, damit irgend jemand irgend etwas übersah. Und wenn ich mich ein bißchen umhören sollte, würde ich wohl auch auf die Namen von Leuten stoßen, die das Geld bekommen haben.« Er verstummte.

»Aber?«

»Aber zwei Neffen von mir sind Fischer und haben eigene Boote. Und ich werde in zwei Jahren pensioniert.«

Als Brunetti merkte, daß der Bootsführer von sich aus nicht mehr dazu sagen würde, half er nach: »Und das heißt?«

»Es heißt, daß mein Leben sich draußen in der Lagune abspielt, nicht hier in der Questura; in zwei Jahren jedenfalls.«

Brunetti konnte diesen Standpunkt durchaus verstehen. Er versuchte es trotzdem. »Wenn aber dieser Fisch in irgendeiner Weise kontaminiert ist, bedeutet das nicht Gefahr für den, der ihn ißt?«

»Meinen Sie das so, wie ich es verstehe, Commissario?« fragte Montisi ruhig.

»Wie denn?«

»Daß Sie an meine Bürgerpflicht appellieren, mich an der Beseitigung einer öffentlichen Gefahr zu beteiligen? In meinen Ohren klingt das so, als ob Sie von mir wollten, daß ich Greenpeace spiele und Ihnen sage, wer diese Leute sind, damit Sie hingehen und sie daran hindern können, etwas zu tun, was für die Menschen und die Umwelt gefährlich ist.«

In seinem Ton war keine Spur von Sarkasmus, dennoch konnte Brunetti sich des Gefühls nicht erwehren, daß Montisi ihn mit seiner Bemerkung zum Narren stempelte. »Ja, so ähnlich hatte ich mir das wohl gedacht«, räumte er widerwillig ein.

Montisi setzte sich auf seinem Stuhl erneut zurecht, den Oberkörper aufgerichtet, die Hände flach auf den Knien, nur die Füße blieben in Erwartung plötzlichen Seegangs weit auseinander und fest auf dem Boden. »Ich bin kein gebildeter Mann, Commissario«, begann er, »und sicher denke ich in dieser Sache nicht ganz klar, aber ich wüßte nicht, wozu das gut wäre.« Brunetti zog es vor, ihn diesmal nicht zu unterbrechen, und der Bootsführer fuhr fort: »Erinnern Sie sich noch, Commissario, wie einmal die Rede davon war, die Chemiefabriken zu schließen, weil sie die Umwelt so verschmutzten?« Er sah zu Brunetti hinüber und wartete auf eine Antwort.

»Ja.« Natürlich erinnerte er sich daran. Vor ein paar Jahren hatten Ermittler alle möglichen giftigen Substanzen entdeckt, die von verschiedenen chemischen und petrochemischen Produktionsanlagen auf dem Festland in die Lagune sickerten, flossen oder strömten. Die Zeitungen hatten sogar Listen mit Namen von Arbeitern veröffentlicht, die in den letzten zehn Jahren an Krebs gestorben waren, und zwar in einer Zahl, die weit über jede Wahrscheinlichkeitserwartung hinausging. Ein Richter hatte die Schließung der Fabriken angeordnet und sie als Gefahr für die Gesundheit der dort arbeitenden Menschen bezeichnet, wobei er die Frage offen ließ, welche Schäden sie bei den Menschen anrichteten, die um sie herum wohnten. Und schon einen Tag später war es zu Massenprotesten und Gewaltdrohungen seitens genau der Arbeiter gekommen, die mit den Giften hantierten, an denen sie vermutlich starben, die sie einatmeten und die Spritzer davon auf die Haut bekamen. Diese Leute verlangten, daß die Fabriken offen blieben, damit sie weiter darin arbeiten konnten, und begründeten es damit, daß die langfristige Möglichkeit einer Erkrankung weniger gefährlich für sie sei als die unmittelbar drohende Arbeitslosigkeit. Und so blieben die Fabriken offen, die Männer arbeiteten weiter darin, und über diese andere Flut, die in die Lagune schwappte, wurde kaum noch ein Wort gesagt oder geschrieben.

Montisi war verstummt, weshalb Brunetti ihn zum Weiterreden ermunterte. »Was ist damit?«

»Luca hat einen Patienten«, begann Montisi, dessen einer Sohn Arzt war und eine Praxis in Castello hatte. »Er leidet an einer seltenen Form von Lungenkrebs. Hat nie im Leben eine Zigarette geraucht. Seine Frau auch nicht.« Er wies mit einer Handbewegung Richtung Festland. »Aber er hat zwanzig Jahre da draußen gearbeitet.«

Montisi verstummte wieder. »Und?« fragte Brunetti.

»Und obwohl Luca Statistiken hat, die besagen, daß diese Form von Krebs sich nur bei Leuten findet, die lange mit einer dieser Chemikalien zu tun hatten, mit denen sie da draußen arbeiten, will er noch immer nicht glauben, daß er sich den Krebs an seinem Arbeitsplatz geholt hat. Seine Frau sagt, es ist Gottes Wille, und er selbst nennt es einfach Pech. Luca hat es aufgegeben, mit ihm darüber zu reden, weil er sah, daß es für ihn und seine Frau überhaupt keine Rolle spielt, was ihn umbringen wird. Er sagt, er konnte ihn auf keine Weise davon überzeugen, daß seine Arbeit irgend etwas damit zu tun hat.«

Diesmal wartete Montisi nicht darauf, daß Brunetti um weitere Klarstellung bat. »Ich glaube also, daß es keine Rolle spielt, ob jemand davor warnt, wie gefährlich die Muscheln sind, oder die Fische, oder die Garnelen. Die Leute werden sagen, ihre Eltern hätten das alles schon immer gegessen und seien neunzig Jahre alt geworden, oder daß man sich nicht über alles den Kopf zerbrechen kann. Vielleicht geraten sie sogar in Wut und sagen, Sie wollen Leuten ihre Arbeit wegnehmen. Aber eines erreichen Sie auf keinen Fall, nämlich daß sie nicht mehr tun, wonach ihnen der Sinn steht – Fisch essen, der im Dunkeln von selbst leuchtet, oder jemanden bestechen, damit sie den Fisch weiter fangen und verkaufen können.«

Brunetti machte sich klar, daß dies die längste Rede war, die er Montisi in all den Jahren, die er ihn schon kannte, hatte halten hören. Da der Bootsführer am Anfang von zwei Neffen und seiner bevorstehenden Pensionierung gesprochen hatte, wollte Brunetti nicht ganz glauben, daß die Erklärung völlig aufrichtig war.

»Wenn Sie in Pension gehen«, begann er, »werden Sie dann bei Ihren Neffen arbeiten?«

»Ich habe einen Bootsführerschein«, antwortete Montisi. »Ich kann mir nicht leisten, mir ein Wassertaxi zu kaufen. Außerdem glaube ich nicht, daß mir das Spaß machen würde. Die sind doch auch nur so eine raffgierige Bande.«

»Und Sie kennen die Lagune«, sagte Brunetti.

»Ich kenne die Lagune.«

Resigniert meinte Brunetti: »Können Sie mir nicht irgend etwas sagen?«

Er wußte, daß Montisi nicht so hartgesotten war, wie er auftrat. Im Lauf der Jahre hatte Brunetti ihn auch schon seinen Panzer abwerfen und die Maske des brummigen alten Seebären, den kein von Menschen begangenes Verbrechen überraschen konnte, fallenlassen sehen. »Das wäre nämlich ganz nützlich«, meinte er noch, damit es mehr nach Empfehlung als nach Bitte klang.

Montisi erhob sich. Bevor er sich aber zur Tür wandte, sagte er:

62

»Die Frage ist weniger, welche Fischer das tun, Commissario; die Frage ist eher, welche es nicht tun.« Er führte die rechte Hand ungefähr in Richtung Stirn, was Brunetti als angedeutetes Salutieren verstand, und fuhr fort: »Das ist zu groß für Sie und zu groß für uns.« Dann wünschte er noch einen guten Tag und ging.

Damit war Brunetti nicht klüger als bevor er den Bootsführer zu sich hatte heraufkommen lassen. Er sah jetzt ein, wie dumm es von ihm gewesen war, zu hoffen, ein Appell an die Loyalität des Mannes gegenüber der Polizei oder dem öffentlichen Wohl könne etwas nützen, wenn auf der anderen Seite die Sippe, oder schlimmer noch die Familie stand. Vermutlich war ja diese Fähigkeit, an Sippe und Familie statt nur an sich selbst zu denken, ein Schritt in Richtung Zivilisation, aber was für ein winziger Schritt! Wie immer, wenn er sich bei solchen Verallgemeinerungen in bezug auf menschliches Verhalten ertappte, zu denen er meist Zuflucht nahm, wenn er eine Rechtfertigung für seine Kritik am Verhalten eines bestimmten Menschen suchte, den er kannte, endete er mit der Frage an sich selbst, ob er sich denn unter gleichen Umständen anders verhalten würde. Der Schluß, zu dem er gewöhnlich kam, nämlich daß er selbst auch nicht anders handeln würde, machte seinen Überlegungen für gewöhnlich ein Ende und ließ ihn mit einem leichten Unbehagen an seinem stets gestrengen Ich zurück. Schließlich gab es wirklich kaum Hinweise darauf, daß öffentliche Einrichtungen oder Regierungen sich für das öffentliche Wohl auch nur im allermindesten interessierten.

Er dachte noch eine Zeitlang über das Gespräch mit Montisi nach. Sicherlich hatte er im Lauf der Jahre zahlreiche Berichte über gewaltsame Zwischenfälle in diesen Gewässern gelesen: Boote waren zusammengestoßen oder auf Grund gesetzt worden, Männer über Bord gefallen oder geworfen worden und dann entweder ertrunken oder nicht; es waren Schüsse von Booten aus gefallen, die man nicht sah, abgefeuert von Männern, deren Identität nie herauskam. Überwiegend aber galt die Lagune als gutartig bei denen, die in und an ihr wohnten und ihr vielfach ihren Lebensunterhalt oder ihren Reichtum verdankten.

In Anbetracht seiner wachsenden Neugier ließ er den abergläubischen Gedanken fahren, er könne Signorina Elettras Entschluß in irgendeiner Weise beeinflussen, und rief bei ihr unten an, um sie zu bitten, für ihn im Archiv des *Gazzettino* nachzuforschen, was es da in den letzten drei Jahren über die Lagune, Fischer und Muschelfischer gegeben habe, insbesondere, was Gewalttaten von Fischern untereinander oder zwischen Fischern und Polizei anging. Er wußte, daß er mehr als einen Artikel darüber gelesen hatte, aber da Gewalttaten auf dem Wasser meist der Hafenpolizei oder den Carabinieri gemeldet wurden, hatte er sich wenig darum gekümmert.

Selbst Kind ihrer Gewässer, idealisierte auch Brunetti die Lagune immer noch als einen Ort des Friedens. Ob, so fragte er sich, die Menschen in Indien ihre Mutter Ganges ebenso sahen, als Quell allen Lebens, als Ernährer und Friedensbringer? In einer von Paolas englischen Zeitschriften hatte er vor kurzem einen Artikel über die Verschmutzung des Ganges gelesen, der an manchen Stellen unumkehrbar vergiftet sei und den Menschen, die darin badeten oder sein Wasser tranken, mit Sicherheit Krankheit, wenn nicht Tod brachte, während eine träge Regierung sich auf Wichtigtuerei und hohle Phrasen beschränkte. Darüber dachte er ein Weilchen nach, doch bevor er auch nur anfangen konnte, sich in einem Gefühl europäischer Überlegenheit zu sonnen, fiel ihm wieder Vianellos Weigerung ein, Muscheln zu essen, und Montisis Vortrag über die am Werk befindlichen Kräfte, die es zuließen, daß sie überhaupt vom Meeresgrund heraufgeholt wurden.

Er nahm das Telefonbuch aus der unteren Schublade. Ein bißchen dämlich kam er sich schon vor, als er bei »P« aufschlug und zu »Polizei« blätterte. Die Untergliederungen »San Polo«, »Eisenbahn-« und »Grenz-« waren nicht sehr verheißungsvoll, und allzuviel versprach er sich auch nicht von »Post-« und »Verkehrs-«. Er klappte das Telefonbuch wieder zu, wählte die Vermittlung und fragte den Telefonisten, wohin er Anrufe, die sich auf Ereignisse in der Lagune bezögen, gewöhnlich weiterleite. Der Mann antwortete, das hänge von der Art des Ereignisses ab: Unfälle würden an die Hafenpolizei gemeldet, für Straftaten seien die Carabinieri zuständig, oder je nach Art der Straftat – und hier klang die Stimme des Telefonisten ein wenig gepreßt – eben die Questura.

»Verstehe«, sagte Brunetti. »Und wer fährt dann hinaus und ermittelt?«

»Je nachdem, Commissario«, antwortete der Telefonist mit geradezu vorbildlicher Diskretion. »Wenn wir kein Boot zur Verfügung haben, verständigen wir die Carabinieri, und dann machen die das.«

Brunetti wußte nur zu gut, warum keine Carabinieri-Taucher für die Untersuchung des Wracks der *Squallus* zur Verfügung gestanden hatten, darum hielt er es für klüger, dies jetzt nicht zu kommentieren.

»Und in den letzten paar Jahren ...«, begann Brunetti, doch dann unterbrach er sich und sagte: »Nein, lassen Sie nur. Ich warte auf Signorina Elettra.«

Gerade als er auflegte, glaubte er die Stimme des Telefonisten noch einmal zu hören, geisterhaft infolge der Entfernung: »Auf die warten wir alle.« Aber ganz sicher war er nicht.

Wie alle Italiener kannte Brunetti von Kindesbeinen an die Carabinieri-Witze: Warum werden Carabinieri immer zu zweit losgeschickt? – Weil der eine lesen, der andere schreiben kann. Er hatte gehört, daß Amerikaner sich ähnliche Witze über Polen erzählten und Engländer sich damit auf Kosten der Iren amüsierten. Im Lauf seiner Karriere hatte Brunetti so manches gesehen, was den Volksmund zu bestätigen schien, aber erst in den letzten Jahren hatte etwas seinen zweiten Glauben ins Wanken gebracht: daß die Carabinieri, so dumm und beschränkt sie sein mochten, immerhin ein Fels der Ehrlichkeit seien.

Da er im Moment nichts anderes zu tun wußte, zog er sich einen Stapel ungelesener Papiere heran und begann sie durchzublättern, überflog die Texte, achtete kaum auf ihren Inhalt, suchte nur die Stelle am Ende, an der er sie abzeichnen sollte, bevor er sie an den nächsten, der sie zu lesen hatte, weitergab. Als seine Kinder noch jünger waren, hatte er gehört, daß alle ihre Hausarbeiten in der Schule eingesammelt, in ein Archiv getan und dort zehn Jahre lang aufbewahrt würden. Wer ihm das gesagt hatte, wußte er nicht mehr, aber er hatte sich seinerzeit ein riesiges Archiv vorgestellt, so groß wie die ganze Stadt, in dem sämtliche Urkunden aufbewahrt wurden. Die römischen Historiker, die er so liebte, hatten die italienische Halbinsel oft als dicht bewaldet geschildert, stellenweise undurchdringlich von Bäumen bedeckt: Eichen, Buchen, Kastanien, jetzt natürlich alle fort, gefällt für den Schiffsbau oder um Platz zu machen für die Landwirtschaft. Oder, dachte er traurig, um Papier daraus zu machen, auf daß die bereits eingelagerten Schriftstücke noch mehr würden, bis sie, falls sich keiner ihrer annahm, ihrerseits vielleicht eines Tages wieder die ganze Halbinsel bedeckten. Er selbst, dachte er, als er seine Initialen auf ein weiteres Blatt setzte und es beiseite legte, hatte im Lauf seines Lebens sein gerüttelt Maß Papier zu diesem Archiv beigesteuert. Er sah auf die Uhr, und da er nicht den Eindruck erwecken wollte, er plage Signorina Elettra wegen der erbetenen Informationen, ging er kurz entschlossen zum Mittagessen nach Hause.

9

ZU HAUSE TRAF ER PAOLA AM KÜCHENTISCH AN, den Kopf über eine Wochenzeitschrift gebeugt, entweder *Panorama* oder *Espresso,* denn diese beiden hielt sie im Abonnement. Es war ihre Gewohnheit, die Zeitschriften zuerst für mindestens sechs Monate auf einen Stapel zu legen, bevor sie darin zu lesen anfing, denn diese Zeit, so sagte sie, reiche aus, um die Dinge in die richtige Perspektive zu rücken – der gegenwärtige Pop-Star hatte inzwischen Gelegenheit gehabt, an einer Überdosis zu sterben oder dem wohlverdienten Vergessen anheimzufallen; Gina Lollobrigida hatte eine neue Karriere beginnen und schon wieder aufgeben können; und über alle geplanten politischen Reformen war der Schwamm der Zeit hinweggegangen, um Platz zu schaffen für völlig neue.

Bei einem Blick nach unten sah er ein Foto, auf dem zwei Männer in unverwechselbaren weißen Kochschürzen und den rot-weißen Kapuzen von Weihnachtsmännern abgebildet waren, auf der Seite links davon ein überladener Tisch; das Tannengrün und die roten Kerzen sagten ihm, daß Paola mit dem Lesen bis zum letzten Jahresende aufgeholt hatte.

»Hm, gut«, meinte er, als er sich über sie beugte, um sie auf den Kopf zu küssen. »Heißt das, es gibt zu Mittag Gans?« Als sie ihn ignorierte, fuhr er fort: »Ein bißchen zu heiß dafür, oder? Aber egal was es ist, es duftet köstlich.«

Sie sah auf und lächelte. »Schön wär's, wenn die wenigstens Gans als Weihnachtsessen empfohlen hätten.« Sie tippte mit tadelndem Zeigefinger auf eine der Seiten und fuhr fort: »Ich kann diesen Leuten nichts glauben.«

Da dies bei ihr eine häufige Reaktion auf die Lektüre der Zeitschriften war, widmete Brunetti seine Aufmerksamkeit der Flasche Pino Grigio, die er aus dem Kühlschrank genommen hatte. Dann nahm er zwei Gläser aus dem Kabinett hinter sich und goß sie halbvoll. Während er das eine Paola hinstellte, gab er ein fragendes Geräusch von sich.

Sie geruhte dies als Zeichen von Interesse zu deuten und antwortete: »Die erzählen uns hier, wir sollten alle neuen Essensvorstellungen über Bord werfen und wieder so essen wie unsere Eltern und Großeltern.« Brunetti, der schon genug *nouvelle cuisine* für sein ganzes Leben genossen hatte, konnte dem nur aus vollem Herzen zustimmen. Da er aber wußte, daß Paola, die beim Essen eher das Abenteuer suchte, sich in diesem Punkt von ihm unterschied, behielt er seine Meinung für sich.

»Hör dir mal an, was die als ersten Gang für ein Weihnachtsessen im Stil unserer Großeltern vorschlagen.« Sie nahm die Zeitschrift in die Hand und schüttelte sie zornig, als könnte sie ihr auf diese Weise ein wenig Verstand einbleuen. »Gänseleber mit Birnentörtchen *al Taurasi* – weiß der Kuckuck, was das gibt – mit Ananas in Limoncello.« Sie sah zu Brunetti auf, der die Geistesgegenwart besaß, so mißbilligend wie nur möglich den Kopf zu schütteln.

Ermutigt fuhr sie fort: »Und dann hör dir das an. *Sartù* – weiß der Kuckuck, was das gibt – aus Reis mit Auberginenscheiben und Eiern nebst Fleischbällchen *di annecchia* und Soße aus San-Marsano-Tomaten.« Voller Ekel ob dieses letzten Exzesses warf sie die Zeitschrift auf den Tisch, wo sie zuklappte und Brunetti daraufhin den Anblick eines Paares jener üppigen Frauenbrüste darbot, die beide Publikationen für ein unverzichtbares Motiv auf ihren Titelblättern hielten. »Was denken die eigentlich, wo unsere Großeltern gelebt haben – am Hof Ludwigs des Vierzehnten?« verlangte sie zu wissen.

Brunetti, der wußte, daß mindestens ein Teil von Paolas Großeltern am Hof des ersten italienischen Königs gedient hatte, zog es wieder vor, mit Schweigen zu antworten.

Während sie die Zeitschrift von sich schob, fragte sie: »Warum können die sich nur so schwer daran erinnern, was für ein armes Land Italien war, und zwar vor noch gar nicht langer Zeit?«

Die Frage schien doch mehr als nur rhetorisch zu sein, weshalb Brunetti antwortete: »Ich glaube, daß Menschen sich lieber an glückliche Zeiten erinnern, glücklichere zumindest, und wenn sie sich an solche nicht erinnern können, na, dann beschönigen sie eben ihre Erinnerungen.«

»Bei alten Leuten scheint das tatsächlich so«, pflichtete Paola ihm bei. »Wenn man den alten Frauen am Rialto zu hört, erfährt man nur, wieviel schöner früher alles war, wieviel besser sie gelebt haben, auch wenn sie weniger hatten.«

»Vielleicht liegt es aber auch nur daran, daß die meisten Journalisten noch so jung sind und sich wirklich nicht erinnern können, wie es früher war.«

Sie nickte. »Sicher haben jedenfalls wir kein historisches Gedächtnis, wir, damit meine ich uns als Gesellschaft. Vorige Woche habe ich mir Chiaras Geschichtsbuch angesehen, und das hat mir richtig angst gemacht. In den Kapiteln über dieses Jahrhundert wird über den Zweiten Weltkrieg einfach so hinweggehuscht. Mussolini tritt in den Zwanzigern nur kurz als Statist auf, dann wird er von den bösen Deutschen verführt, und auf einmal ist alles überstanden und Rom wieder frei. Aber erst, nachdem unsere tapferen Streitkräfte wie die Löwen kämpften und heldenhaft gestorben sind.«

»Wir haben darüber in der Schule gar nichts gelernt, jedenfalls nicht, daß ich wüßte«, sagte Brunetti, wobei er sich noch ein halbes Glas Wein einschenkte.

»Nun ja«, meinte Paola, nachdem auch sie ein Schlückchen getrunken hatte, »als wir zur Schule gingen, war die Rechte an der Macht, und die wünschte sich bestimmt keine ehrliche Auseinandersetzung mit dem Faschismus. Und nachdem sie dann ihr Bündnis mit der Linken geschlossen hatte, wäre es unbequem gewesen, über den Kommunismus zu reden.« Noch ein Schluck. »Und da wir während des Krieges die Seiten gewechselt hatten, müssen sie wahrscheinlich gut aufpassen, wen sie als die Bösen und wen als die Guten hinstellen.«

»Wer sind *sie*?« fragte Brunetti.

»Die Verfasser der Geschichtsbücher. Oder eigentlich die Politiker, die bestimmen, wer die Geschichtsbücher schreiben darf, ich meine die für die Schulen.«

»Und wo bleibt die schlichte historische Wahrheit?« fragte Brunetti.

»Du liest doch die meiste Zeit historische Bücher, Guido. Eigentlich müßte dir das zur Genüge zeigen, daß es so etwas nicht gibt.«

Er brauchte nur an die Unterschiede zwischen der katholischen und der protestantischen Geschichte des Papsttums zu denken, um zu sehen, wie recht sie hatte. Aber da ging es um Glauben, wo sowieso alle die Wahrheit verdrehen; dagegen sprachen sie hier von lebendiger Erinnerung: Die Leute lebten ja noch, die an den fraglichen Vorgängen teilgehabt hatten; die Väter fast aller seiner Freunde hatten im Krieg gekämpft.

»Vielleicht ist es schwerer, die Wahrheit auszumachen, wenn man sie aus eigenem Erleben kennt«, warf er ein. Und als er ihre Verwirrung sah, fuhr er fort: »Wenn man allein auf die Zeugnisse von Leuten angewiesen ist, die man nie gekannt hat, die Hunderte Jahre vor einem gelebt haben, dann kann man ehrlich sein, oder man ist zumindest eher ehrlich.«

»Wie zum Beispiel die Kirche mit der Inquisition?« erkundigte sie sich.

Er quittierte seine Niederlage mit einem Grinsen und fragte: »Wenn also nicht Gans, was gibt's zu essen?«

Großmütig im Sieg, antwortete sie: »Ich fand, wir sollten einmal wieder essen wie unsere Vorfahren.«

»Und das wäre?«

»Diese *involtini*, die du so liebst, mit *prosciutto* und Artischokkenherzen darin.«

69

»Ich glaube kaum, daß irgendeiner meiner Vorfahren so etwas je gegessen hat«, gestand er.

»Dazu Polenta, zur Erhaltung der historischen Wahrheit.«

Beide Kinder waren zum Mittagessen da, aber sie waren sonderbar still, mit den Gedanken ganz bei den letzten Schulwochen und den Jahresabschlußprüfungen. Raffi, der im Herbst an die Universität gehen wollte, war in den letzten Monaten mehr oder weniger zu einem Phantom mutiert, das immer nur zu den Mahlzeiten aus seinem Zimmer kam oder um sich von seiner Mutter bei einer schwierigen Übersetzung aus dem Griechischen helfen zu lassen. Seine Romanze mit Sara Paganuzzi wurde anscheinend nur noch durch spätabendliche Anrufe oder gelegentliche frühabendliche Treffen auf dem Campo San Bortolo am Leben erhalten. Chiara, die mit jedem Monat, der ins Land ging, mehr von der ererbten Schönheit ihrer Mutter zeigte, war immer noch so eingenommen von den Geheimnissen der Mathematik und der Himmelsnavigation, daß sie von der Macht nichts ahnte, die ihr Aussehen ihr wohl einmal verleihen würde.

Als sie fertig gegessen hatten, ging Paola auf die Dachterrasse hinaus und nahm, um ihren Mann mit nach draußen zu locken, ihrer beider Kaffeetassen mit. Die Frühnachmittagssonne brannte so heiß, daß Brunetti seine Krawatte abnahm, bevor er ihr folgte – das erste sichere Zeichen dafür, daß der Sommer nahte.

Da saßen sie in einträchtigem Schweigen. Von einer anderen Dachterrasse links wehten Stimmen zu ihnen her über; hin und wieder klatschte ein zum Trocknen aus dem Fenster der Wohnung unter ihnen gehängtes Bettuch in der erfrischenden Brise, die aber leider keinen Regen verhieß.

»Ich werde demnächst wohl ziemlich viel draußen auf Pellestrina sein«, sagte Brunetti.

»Wann?«

»Ab dieser Woche; vielleicht schon ab morgen.«

»Um ein Auge auf sie zu haben?« fragte Paola, ohne ihre Einwände gegen Signorina Elettras Entschluß, nach Pellestrina hinauszufahren, zu erneuern.

»Zum Teil, obwohl ich noch gar nicht genau weiß, wann sie hinfahren will.«

»Wozu noch?«

»Um mit Leuten zu reden. Mal hören, was sie so erzählen.«

»Werden sie überhaupt mit dir reden, wenn sie wissen, daß du von der Polizei bist?«

»Sie können es nicht gut ablehnen, mit mir zu reden, jedenfalls nicht direkt; sie können mir höchstens nicht die Wahrheit sagen oder behaupten, sie wüßten nichts über die Bottins. Das sind wir gewohnt.«

»Wozu dann mit ihnen reden?« fragte Paola.

»Um zu sehen, was sie mir *nicht* sagen oder worüber sie mich belügen.« Er schloß die Augen und lehnte sich zurück, um sich die Sonne aufs Gesicht scheinen zu lassen, zum erstenmal in diesem Jahr. Nach einiger Zeit sagte er: »Ich fürchte, das macht mich zu einem dieser Historiker oder zwingt mich zu einem ähnlichen Verhalten.« Er wartete auf Paolas Bitte um nähere Erklärung, und als diese nicht kam, blickte er auf, um zu sehen, ob sie eingeschlafen war. Sie war es nicht. Sie saß mit aufmerksamem Gesicht neben ihm und wartete, daß er fortfuhr.

»Ich muß mir alle die unterschiedlichen Schilderungen anhören, sie abwägen und meine Reaktionen danach richten, wer von der einen oder der anderen Version profitiert.«

»Und immer im Hinterkopf behalten, daß alle dich anlügen?«

»Daß mich sehr wahrscheinlich alle anlügen«, räumte er ein.

»Und dann?«

»Hören, was man Signorina Elettra erzählt hat.«

»Und dann?«

»Das weiß ich noch nicht.«

»Und abends bist du wieder zu Hause?«

»Denke ich doch. Warum?«

Sie bedachte ihn ob der Frage mit einem langen, erstaunten Blick. »Für den Fall, daß ich mich endlich entschließe, mit dem Postboten durchzubrennen. Dann wüßte ich doch gern, daß du hier bist und die Kinder versorgen kannst.«

Am späten Nachmittag rief Signorina Elettra von unten an, um Brunetti zu sagen, daß Vice-Questore Patta ihn zu sprechen wünsche. Solche Aufforderungen lösten bei Brunetti selten Freude aus, aber heute hatte er so die Nase voll vom Lesen und Abzeichnen von Berichten, daß er selbst diese Gelegenheit zur Flucht willkommen hieß. Rasch ging er nach unten und betrat Signorina Elettras Vorzimmer.

Sie begrüßte ihn mit einem Lächeln. »Er will Ihnen mitteilen, wer hier während seiner Abwesenheit das Sagen haben wird.«

»Hoffentlich nicht ich«, meinte Brunetti; es würde seinen Pellestrina-Plänen sehr in die Quere kommen.

»Nein«, antwortete sie, »darüber hat er schon mit Marotta gesprochen.« Marotta war ein Commissario aus Turin, der Anfang des Jahres in die Questura von Venedig versetzt worden war.

»Wird jetzt von mir erwartet, daß ich beleidigt bin?« fragte Brunetti. Marotta war wesentlich jünger als er und kein Venezianer. Seine Einsetzung konnte also durchaus nichts weiter sein als eine absichtliche Kränkung.

»Wahrscheinlich. Zumindest hätte er das gern, glaube ich.«

»Dann will ich mir Mühe geben, so zu tun als ob«, sagte Brunetti. »Ich würde ihn ungern enttäuschen, kurz bevor er in Urlaub geht.«

»Nicht in Urlaub, Commissario.« Signorina Elettras Stimme war die Mißbilligung selbst. »Er fährt zu einer Konferenz über neue Methoden der Verbrechensvorbeugung«, erklärte sie nachdrücklich, ohne aber nähere Einzelheiten zu nennen.

»Und die ist in London«, fügte Brunetti hinzu.

»In London«, bestätigte sie.

»Auf englisch«, sagte Brunetti.

»*Yes, Sir*«, antwortete sie.

»Was der Vice-Questore mindestens so gut beherrscht wie Finnisch.«

»Wahrscheinlich besser als Finnisch. Immerhin kann er *Bond Street* und *Oxford Street* und *The Dorchester* aussprechen.«

»Und *The Ritz* nicht zu vergessen«, meinte Brunetti.

»Haben Sie mit ihm darüber gesprochen?« fragte sie.

»Worüber, die Konferenz oder sein Englisch?«

»Die Konferenz, und wer da hingehen soll.«

»Ich wollte meine Zeit nicht damit verschwenden. Er hat mir vor ein paar Wochen erklärt, daß er hinwill, und bevor ich das mit der Sprache überhaupt erwähnen konnte, sagte er schon, seine Frau sei bereit, ihn als Dolmetscherin zu begleiten.«

»Davon hat er mir nie etwas gesagt.« Signorina Elettra konnte ihre Überraschung – und Verärgerung, wie er glaubte – kaum verbergen. »Spricht sie denn Englisch?«

»So gut wie er«, antwortete Brunetti, dann drehte er sich um und klopfte an Pattas Tür.

Wie immer, wenn der Vice-Questore sich anschickte, Brunetti – an den die Einladung zu der Konferenz eigentlich adressiert gewesen war – schlecht zu behandeln, spielte er selbst die Rolle des Gekränkten. Und damit das Bühnenbild dazu paßte, zog er es vor, hinter seinem Schreibtisch sitzen zu bleiben, um sich eine Ebene tiefer zu befinden als Brunetti.

»Wo waren Sie denn die ganzen letzten Tage?« fragte er, kaum daß er Brunetti sah, der diese Taktik sofort als Präventivschlag erkannte. Patta selbst trug heute einen grauen Anzug, den Brunetti noch nie an ihm gesehen hatte, und sah so aus, als hätte er die letzten Tage damit verbracht, sich für seine Reise nach London herzurichten. Sein angegrautes Haar war frisch geschnitten, und sein Gesicht hatte diesen frühsommerlichen Teint, den man dem geschickten Einsatz von Bräunungslampen verdankt. Brunetti konnte wie immer nur darüber staunen, wie perfekt Patta äußerlich für den Posten eines leitenden Polizeibeamten zugeschnitten schien; oder für jeden leitenden Posten überhaupt.

»Wir hatten einen Anruf von Pellestrina bekommen, Vice-Questore. Zwei Männer waren auf ihrem Boot ermordet worden.« Brunetti gab sich so uninteressiert wie nur möglich. »Da der Anruf bei uns ankam, hatte ich keine andere Wahl, als hinzufahren und mir das anzusehen.«

»Es liegt außerhalb unseres Zuständigkeitsbereichs«, erklärte Patta, obwohl das, wie beide wußten, nicht stimmte.

»Die Carabinieri wurden auch gerufen«, sagte Brunetti mit einem Lächeln, das sowohl Erleichterung als auch Übereinstimmung mit Pattas Einwand zeigen sollte. »Es ist also durchaus wahrscheinlich, daß ihnen der Fall übertragen wird.«

Irgend etwas an Brunettis Ton machte Patta mißtrauisch, ganz wie ein Hund mißtrauisch wird, wenn er einen unvertrauten Ton in einer vertrauten Stimme hört. »Sieht es nach einem einfachen Fall aus?«

»Das weiß ich nicht, Vice-Questore. Gewöhnlich stellt sich bei solchen Sachen Eifersucht oder Habgier als Motiv heraus.«

»Dann dürfte der Fall ja sicher leicht zu lösen sein. Vielleicht sollten wir ihn doch behalten.«

»Oh, daß der Fall einfach sein wird, daran zweifle ich nicht, Vice-Questore. Einige Leute von da draußen haben uns schon jemanden genannt, der Ärger mit einem der Opfer hatte.«

»Und?« forschte Patta, jetzt ganz Ohr, nachdem die Sache einfach erschien. Die schnelle Lösung eines Mordfalles wäre eine Feder am Hut der Questura von Venedig. Brunetti sah seinen Vorgesetzten im Geiste schon die Schlagzeile formulieren: VICE-QUESTORE SORGT MIT SCHNELLEM HANDELN FÜR RASCHE AUFKLÄRUNG EINES MORDES.

»Aber wenn Sie nächste Woche nicht da sind, Vice-Questore, ist es vielleicht doch besser, den Fall den Carabinieri zu überlassen.« Brunetti wartete ab, ob Patta sein Stichwort aufnehmen und auf die Kommandogewalt während seiner Abwesenheit zu sprechen kommen würde.

»Damit die sich damit schmücken können?« rief Patta ohne jeden Versuch, seine Entrüstung zu verbergen, und ohne auf die kommende Woche einzugehen. »Wenn der Fall so einfach ist, wie Sie sagen«, begann er und hob die Hand, um Brunettis Einspruch abzuwehren, »sollten wir unbedingt die Ermittlungen selbst führen. Die Carabinieri würden doch nur alles verpfuschen.«

»Aber ich weiß nicht, Vice-Questore«, widersprach Brunetti zaghaft, »ob wir jemanden erübrigen können, der nach da draußen geht.« Zu Brunettis Lieblingsfiguren in der Literatur gehörte schon immer Jago, dessen Geschick er seit langem bewunderte und oft nachzuahmen versuchte. Sozusagen mit Jagos Bildnis am Busen fuhr er also fort: »Vielleicht könnte Marotta das übernehmen. Es wäre gut, jemanden zu schicken, der unmöglich etwas mit den Leuten dort zu tun haben kann. Ist er nicht aus Turin?« Als Patta nickte, fuhr Brunetti fort: »Gut, dann besteht nicht die Gefahr, daß er mit jemandem auf Pellestrina bekannt oder verwandt sein könnte.«

Jetzt hatte Patta genug. »Um Himmels willen, Brunetti, gebrauchen Sie Ihren Verstand. Wenn wir da einen *Torinese* hinausschikken, wird doch niemand ein Wort mit ihm reden. Es muß unbedingt einer von hier sein.« Und als wäre es ihm nachträglich eingefallen, fuhr Patta fort: »Außerdem wird Marotta während meiner Abwesenheit hier meine Stelle einnehmen, er kann also gar nicht ans andere Ende der Lagune fahren, um dort mit Leuten zu reden, die nichts als ihren Dialekt sprechen können.« Wenn diese Leute auch noch geglaubt hätten, die Erde sei flach und der Mittelpunkt des Universums, Pattas Verachtung für sie hätte nicht deutlicher sein können.

Ohne auf Pattas Bemerkung einzugehen und nicht ganz sicher, ob er es riskieren konnte, fragte Brunetti dennoch: »Aber wer sonst, Vice-Questore?«

»Manchmal sind Sie unglaublich blind, Commissario.« Patta sprach so herablassend, daß Brunetti nur noch die Selbstbeherrschung seines Vorgesetzten bewundern konnte, dank derer er immerhin nicht »dumm« gesagt hatte. »Sie sind Venezianer. Sie waren auch schon draußen.«

Unter Aufbietung ebensolcher Selbstbeherrschung versagte Brunetti es sich, die Hände zum Himmel zu heben, um Erschrekken und Erstaunen auszudrücken. Diese Geste, die er von Stummfilmen aus den zwanziger Jahren kannte, hätte er schon immer gern einmal selbst ausprobiert. Statt dessen sagte er mit todernster Stimme: »Hm, ich weiß nicht, Vice-Questore.« Er hatte schon öfter festgestellt, daß leichtes Sporengeben bei Patta viel besser wirkte als die Peitsche.

»Aber *ich* weiß. Es ist ein leichter Fall, und wir können alle gute Presse brauchen, die wir bekommen können, vor allem nachdem diese Trottel von der *magistratura* sämtliche Mafiosi aus den Gefängnissen gelassen haben.«

In den Zeitungen hatte die letzten Tage kaum noch etwas anderes gestanden. Fünfzehn Mafia-Führer, alle zu lebenslänglich verurteilt, waren auf freien Fuß gesetzt worden, nachdem in ihren Berufungsverhandlungen kleine Verfahrensfehler entdeckt worden waren. Einer von ihnen hatte sich, wie die Zeitungen nie zu erwähnen vergaßen, zum Mord an neunundfünfzig Menschen bekannt. Und nun liefen sie alle frei herum. Brunetti erinnerte sich an Signorina Elettras Worte: »Frei wie die Luft.«

»Ich bin mir nicht sicher, ob das eine mit dem anderen zusammenhängt, Vice-Questore«, wandte Brunetti ein.

»Natürlich hängt das zusammen«, rief Patta mit zornig erhobener Stimme. »Jede Art von schlechter Presse fällt auf uns alle zurück.«

Ging es Patta wirklich nur darum, fragte sich Brunetti – eine schlechte Presse? Diese lachenden Monster waren frei und konnten sich weiter an den Leichen ihrer Opfer mästen, und alles, was Patta darin sah, war eine schlechte Presse?

Ehe Brunetti aus Prinzip dagegen aufbegehren konnte, fuhr Patta jedoch schon fort: »Ich wünsche, daß Sie da hinausfahren und das erledigen. Wenn Sie schon einen Namen kennen, sehen Sie zu, was Sie über den Betreffenden herausbekommen. Bringen Sie das schnell über die Bühne.« Patta hob einen Aktenordner von seinem Schreibtisch hoch, klappte ihn auf, nahm seinen Mont Blanc aus der Brusttasche und begann zu lesen.

Brunetti sah wohlweislich davon ab, sich gegen Pattas gebieterischen Ton oder die rüde Beendigung des Gesprächs zu verwahren. Er hatte bekommen, was er haben wollte: Der Fall war sein. Aber nicht zum ersten Mal verließ er Pattas Büro mit dem Gefühl, sich selbst erniedrigt zu haben, indem er den anderen allzu leicht manipuliert und sich selbst die Narrenkappe aufgesetzt hatte, um zu bekommen, was ihm von Rechts wegen ohnehin zustand. Marottas vorübergehende Ernennung war nicht mit einem Wort diskutiert und Patta somit um die Gelegenheit gebracht worden, sich seines vermeintlichen Sieges zu freuen. Aber so war es Brunetti wenigstens erspart geblieben, sich ob dieser Entscheidung beleidigt zu stellen. Kommandogewalt war das letzte, was er anstrebte, aber das hütete er sich, seinem Vorgesetzten durch Worte oder Taten mitzuteilen. Brunetti, von Natur und Neigung unfähig, am Altar des Götzen Erfolg zu beten, hatte bescheidenere Ziele. Er war ein Mann, der in kurzen Fristen dachte und nur am Hier und Jetzt, am Konkreten interessiert war. Größere Ziele und Wünsche überließ er anderen, er selbst begnügte sich mit kleineren: eine glückliche Familie, ein anständiges Leben und das Bestreben, seine Arbeit so gut wie möglich zu tun. Es schien ihm wenig genug verlangt vom Leben, und so beschied er sich mit diesen Hoffnungen.

10

AM NÄCHSTEN MORGEN MACHTEN SICH Brunetti und Vianello kurz nach neun auf den Weg nach Pellestrina. Zwar war ihnen beiden bewußt, daß sie in einem brutalen Mordfall ermittelten, aber es war wieder einmal so ein herrlicher Tag, daß ihnen ganz leicht ums Herz wurde und sie sich wie Schuljungen auf Spaß und Abenteuer freuten. Kein Dienstzimmer, in das man eingesperrt war, kein Patta, der augenblickliche Fortschritte forderte, keine bestimmten Zeiten, zu denen man irgendwo zu sein hatte. Nicht einmal Montisi, der am Ruder stand und vor sich hin grummelte, daß Seitenströmungen sie aufhalten würden, konnte ihrer Stimmung etwas anhaben. Der Morgen enttäuschte sie nicht. Die Bäume bei den *giardini* trugen neue Blätter, und hin und wieder fuhr eine leichte Brise hinein und ließ ihre Unterseiten in dem vom Wasser reflektierten Licht schimmern.

Als sie sich der Insel San Servolo näherten, lenkte Montisi das Boot in einem weiten Bogen nach rechts, um sie an Santa Maria della Grazia und San Clemente vorbeizusteuern. Nicht einmal der Gedanke, daß man diese Inseln seit Jahrhunderten dazu benutzte, die geistig und körperlich Kranken von der übrigen Bevölkerung Venedigs abzusondern, konnte Brunettis gute Laune dämpfen.

Vianello überraschte ihn mit den Worten: »Mit Brombeeren wird bald Schluß sein.«

Brunetti, der glaubte, das Rauschen des Windes habe ein Mißverständnis verursacht, beugte sich verwirrt zu ihm hinüber und fragte: »Wie?«

»Da drüben«, sagte Vianello. »Sacca Sèssola. Da sind wir als Kinder immer zum Brombeerpflücken hingefahren. Die Insel war schon damals verlassen, daher wuchsen sie wie verrückt. Wir haben sie kiloweise gepflückt und uns die Bäuche vollgeschlagen, bis uns schlecht wurde.« Vianello hob die Hand, um seine Augen vor der Sonne zu schützen. »Aber jemand hat mir erzählt, daß sie verkauft worden ist, versteigert an eine Universität oder irgendein Unternehmen, und jetzt soll so etwas wie ein Kongreßzentrum darauf entstehen.« Brunetti hörte den Sergente seufzen. »Nichts mehr mit Brombeeren.«

»Aber vermutlich mehr Touristen«, nannte Brunetti die Gottheit beim Namen, zu der die für die Stadt Verantwortlichen gegenwärtig beteten.

»Mir wären die Brombeeren lieber.«

Sie sprachen beide nicht mehr, bis sie zu ihrer Rechten den einzelnen Glockenturm von Poveglia sahen. Da fragte Vianello: »Wie wollen wir vorgehen, Commissario?«

»Ich meine, wir sollten versuchen, mehr über die Geschichte herauszubekommen, die uns der Kellner erzählt hat – das mit seinem Bruder und alles, was aus diesem Streit vielleicht entstanden ist. Sie sehen zu, daß Sie den Bruder finden, und hören, was er zu sagen hat, und ich gehe noch einmal zu Signora Follini.«

»Sie sind ein tapferer Mann, Commissario«, sagte Vianello mit unbewegter Miene.

»Meine Frau hat versprochen, die Polizei zu rufen, wenn ich bis zum Abendessen nicht zurück bin.«

»Ich fürchte, gegen eine Signorina Follini könnten nicht einmal wir etwas ausrichten.«

»Da mögen Sie recht haben, Sergente. Trotzdem. Ein Mann hat seine Pflicht zu tun.«

»Ein echter John Wayne.«

»Genau. Nachdem ich mit ihr gesprochen habe, werde ich mir die andere Bar vornehmen. Ich meine, ich hätte von dem Restaurant aus ein Stück weiter eine auf der anderen Straßenseite gesehen.«

Vianello nickte. Gesehen hatte er sie auch, aber neulich war sie zu gewesen. »Mittagessen?« fragte er.

»Im selben Lokal«, antwortete Brunetti. »Sofern es Ihnen nichts ausmacht, Muscheln und Fische übergehen zu müssen.«

»Sie dürfen mir glauben, Commissario, das macht mir nicht das mindeste aus.«

»Aber es sind doch die Nahrungsmittel, mit denen wir aufgewachsen sind«, sagte Brunetti, wobei er sich über seine eigene Beharrlichkeit wunderte. »Es muß Ihnen etwas ausmachen, sie nie mehr zu essen.«

»Wie ich schon sagte, Commissario ...«, antwortete Vianello, indem er sich umdrehte, um ihm beim Sprechen ins Gesicht zu sehen, wobei er wegen einer plötzlichen Bö mit der einen Hand nach seiner Mütze greifen mußte. »Also, wie gesagt, alles, was ich gelesen habe, sagt mir, daß ich sie lieber nicht essen sollte.«

»Aber Sie müssen sie doch vermissen. Sie müssen wenigstens weiter den Wunsch haben, sie zu essen«, bohrte Brunetti.

»Natürlich vermisse ich sie. Ich wäre ja sonst kein Mensch. Wenn einer zu rauchen aufhört, vermißt er ja auch immer die Zigaretten. Aber ich glaube eben, daß sie mein Tod wären, Commissario, wirklich.« Ehe Brunetti das in Frage stellen oder ins Lächerliche ziehen konnte, fuhr Vianello fort: »Nein, nicht eine Portion, auch nicht fünfzig. Aber sie sind nun einmal voller Chemikalien und Schwermetalle. Weiß der Himmel, wie sie das selbst überleben. Jedenfalls mag ich sie nicht mehr essen. Schon bei dem Gedanken wird mir ein bißchen schlecht.«

»Wie können sie Ihnen dann aber fehlen?«

»Weil ich Venezianer bin und weil ich damit aufgewachsen bin, wie Sie selbst schon sagten. Aber damals waren sie noch nicht vergiftet. Ich habe das alles so gern gegessen – die von meiner Mutter selbstgemachten Spaghetti mit Muschelsoße, und dann ihre Fischsuppen. Doch nachdem ich jetzt weiß, was da alles drin ist, bekomme ich sie einfach nicht mehr runter.« Da er das Gefühl hatte, Brunettis Neugier noch immer nicht befriedigt zu haben, fuhr er fort: »Vielleicht geht es ja den Indern so mit ihren Kühen.« Er dachte kurz darüber nach und verbesserte sich dann: »Nein, die essen ja schon von vornherein keine, dann können sie das auch nicht aufgeben, nicht?« Er wälzte diese Frage noch ein bißchen hin und her und gab schließlich auf. »Ich kann Ihnen nicht erklären, wie das ist, Commissario. Ich denke, ich *könnte* welche essen, wenn ich wollte; aber ich will einfach nicht.«

79

Brunetti hatte schon eine Antwort auf den Lippen, da fragte Vianello: »Was irritiert Sie daran eigentlich derart? Sie würden doch nicht so reagieren, wenn einer das Rauchen aufgäbe, oder?«

Darüber dachte nun Brunetti nach. »Nein, ich glaube nicht.« Er lachte. »Wahrscheinlich, weil es sich um Essen handelt und ich kaum glauben kann, daß jemand so etwas Gutes wie Muscheln nicht mehr ißt, egal welche Folgen es hat.«

Damit schien die Frage geklärt, jedenfalls für den Augenblick. Montisi drehte das Gas voll auf, und der Lärm des Motors machte jeden Versuch einer weiteren Unterhaltung aussichtslos. Hin und wieder kamen sie an Booten vorbei, die vor Anker lagen, während die Leute mit Angelruten in den Händen an Deck saßen und mehr mit ihren Betrachtungen beschäftigt schienen als mit dem Fischfang. Meist schauten die Männer auf, wenn sie das herannahende Boot hörten, aber kaum sahen sie, daß es ein Polizeiboot war, richteten sie ihre Aufmerksamkeit wieder aufs Wasser.

Allzubald – jedenfalls für Brunettis Geschmack – erkannten sie die langgestreckte Mole von Pellestrina. Eine schmale Lücke verriet die Stelle, wo die *Squallus* noch auf dem Grund lag und ihre Masten nach wie vor schief aus dem Wasser ragten. Montisi brachte sie bis ans Ende der Mole. Er nahm das Gas weg, leise tuckerte das Boot dahin, bis es keinen Meter mehr von der *riva* entfernt war, dann ließ er plötzlich den Motor für ein paar Sekunden im Rückwärtsgang aufheulen und schaltete ihn danach ab. Stumm glitt das Boot an die Mole. Vianello warf eine Leine um einen Eisenpoller und zog das Boot ohne Anstrengung heran. Dann schlang er schnell und gekonnt einen Knoten und ließ die Leine aufs Deck fallen.

Montisi streckte den Kopf aus der Kabine und rief: »Ich warte auf Sie.«

»Das brauchen Sie nicht, Montisi«, sagte Brunetti. »Ich habe keine Ahnung, wann wir hier fertig sein werden. Wir können den Bus zum Lido und von dort das Vaporetto nehmen.«

»Ich warte«, wiederholte Montisi, als hätte Brunetti gar nichts gesagt – oder er selbst es jedenfalls nicht gehört.

Da Montisis Aufgaben nur die eines Bootsführers waren, konnte Brunetti kaum von ihm verlangen, daß er sich auf Pellestrina unters Volk mischte und Fragen nach dem Mord an den Bottins stellte. Er mochte ihm aber auch nicht befehlen, zur Questura zurückzufahren, obwohl das Boot dort vielleicht gebraucht wurde. Also schloß er einen Kompromiß und fragte: »Was machen Sie denn hier den ganzen Tag?«

Mortisi drehte sich um und klappte den Deckel eines Kastens zu seiner Linken auf, bückte sich und nahm drei Angelruten und einen kleinen, mit Plastik abgedeckten Eimer heraus. »Ich bin da draußen«, sagte er und zeigte nach rechts, in Richtung Wasser. Dann sah er Brunetti voll an und meinte: »Wenn Sie möchten, kann ich nach dem Angeln auch auf einen Kaffee in die Bar gehen.«

»Das wäre sicher eine gute Idee«, pflichtete Brunetti ihm bei und sprang vom Boot.

Er und Vianello gingen auf die eng zusammengedrängten Häuser des Dörfchens zu. Brunetti warf einen Blick auf seine Uhr. »Schon nach elf. Wir treffen uns im Restaurant.«

Als sie so halbwegs in der Dorfmitte angekommen waren, wandte Brunetti sich nach links, wo Signora Follinis Laden lag, während Vianello weiter zu dem Restaurant ging, um dort den Kellner zu fragen, ob der ihm sagen könne, wo sein Bruder zu finden sei.

Signora Follini stand bereits hinter ihrem Ladentisch und unterhielt sich mit einer alten Frau. Sie blickte auf, als Brunetti eintrat, und wollte schon ein strahlendes Lächeln aufsetzen, aber dann konnte Brunetti förmlich sehen, wie ihr die Anwesenheit der anderen Frau einfiel und sie das Lächeln auf die bloße Höflichkeit reduzierte, die einem hereinkommenden Fremden allenfalls zustand.

»*Buon giorno*«, sagte Brunetti.

Signora Follini, die heute ein orangefarbenes Kleid mit breiten, elfenbeinfarbenen Spitzen um Hals und Taille trug, erwiderte den Gruß, wandte ihre Aufmerksamkeit aber sofort wieder der alten Frau zu, die währenddessen Brunetti beobachtete. Sie musterte ihn aus Augen, deren umwölktes Grau das fortgeschrittene Alter verrieten, ohne daß sie deswegen an Schärfe eingebüßt hätten. Falls sie eine Zahnprothese besaß, hatte sie sich heute nicht die Mühe gemacht, sie in den Mund zu stecken. Sie war klein, mindestens einen Kopf kleiner als Signora Follini, und ganz in Schwarz geklei-

81

det. Wenn Brunetti sie so betrachtete, fand er, daß »gewickelt« das passendere Wort gewesen wäre, denn es war schwer zu definieren, was sie eigentlich anhatte. Ein langer Rock reichte ihr weit bis über die Knie, darüber trug sie eine Art Wolljacke, die fest zugeknöpft war. Um die Schultern und über den Kopf war ein gehäkelter Wollschal geschlungen, dessen beide Enden ihr bis fast auf die Hüften hingen.

Diese Kleidung wies sie ebenso eindeutig als *vedova* aus, als hätte sie ein großes V auf der Brust getragen oder ein Plakat in der Hand gehalten. Im Süden wimmelte es von solchen Witwen, die, ganz in Schwarz gehüllt, dazu bestimmt waren, wolkengleich durch die verbleibenden Jahre ihres Lebens zu wehen. Was sie tun durften und was nicht, war so streng geregelt wie bei den Bauersfrauen in Bengalen oder Peru. Aber so war das eben im Süden, und hier war man in Venedig, wo die Witwen bunte Farben trugen und tanzen gingen, wann und mit wem sie wollten, auch wieder heirateten, wenn ihnen der Sinn danach stand.

Brunetti fühlte ihren Blick auf sich, nickte und sagte: »Guten Morgen, Signora.«

Sie ignorierte ihn und wandte sich wieder an Signora Follini. »Und eine Schachtel Kerzen und ein halbes Kilo Mehl«, glaubte Brunetti sie sagen zu hören, aber sie sprach so breiten Dialekt, daß er nicht sicher war. Da stand er nun, keine zwanzig Kilometer von zu Hause, und hatte Schwierigkeiten, die Einheimischen zu verstehen.

Er ging weiter in den hinteren Ladenteil und begann die Waren auf den Regalen zu betrachten. Er griff sich eine Dose Cirio-Tomaten und drehte sie aus purer Neugier hin und her, um das Verfallsdatum zu sehen. Es war seit zwei Jahren abgelaufen. Er stellte die Dose vorsichtig wieder genau in den Staubring, in dem sie gestanden hatte, und ging weiter zum Seifenpulver.

Von dort warf er einen Blick zurück zum Ladentisch, aber die Witwe war noch immer da. Er hörte sie mit Signora Follini reden, doch ihre Stimme war zu leise, als daß er hätte hören können, was sie sagte – und selbst wenn er es gehört hätte, wäre er nicht sicher gewesen, ob er es auch verstanden hätte. Ein dünner Film lag auf den unregelmäßig gestapelten Waschmittelkartons; einer war an

82

einer Ecke aufgenagt, und ein Häuflein winziger weißer und blauer Perlen war auf das Regalbrett gerieselt.

Seine Uhr sagte ihm, daß er jetzt schon über fünf Minuten in diesem Laden stand. Signora Follini hatte zu den Kerzen und dem Mehl, die vor der alten Frau auf dem Ladentisch lagen, noch nichts dazugelegt, aber noch immer standen die beiden Frauen da, und noch immer redeten sie.

Brunetti zog sich noch weiter nach hinten zurück und richtete seine Aufmerksamkeit auf eine Reihe von Gläsern mit Essiggurken und Oliven, die etwa in Brusthöhe standen. Ein Glas, das anscheinend Pilze enthielt, fiel ihm auf, denn darin machte sich unter dem Deckel ein kleines weißes Oval aus Schimmel an der Innenwand breit. Neben dem Glas stand ein kleines Döschen ohne Etikett. Es stand nur da und wirkte seltsam verlassen und unnütz, allerdings auch ein wenig bedrohlich.

Brunetti hörte die Türglocke und drehte sich um. Die alte Frau war fort und mit ihr die Kerzen und das Mehl. Er ging zurück in den vorderen Teil des Ladens und sagte noch einmal: »*Buon giorno.*«

Sie lächelte zur Antwort, aber das Lächeln hatte wenig Wärme; vielleicht hatte die alte Frau einen Teil davon mitgenommen, oder sie hatte eine kalte Ermahnung hinterlassen, wie eine Frau ohne sichtbaren Ehemann sich in Gegenwart fremder Männer zu benehmen habe.

»Wie geht es Ihnen heute, Signora?«

»Gut, danke«, antwortete sie förmlich. »Womit kann ich Ihnen dienen?« Bei seinem ersten Besuch hätte sie in die Frage den deutlichen Unterton gelegt, daß Sinnlichkeit in ihrer Dienstbereitschaft zumindest nicht ausgeschlossen sei. Diesmal aber verhieß ihre Stimme nichts, was über Trockenerbsen, Salz und Anchovis im Glas hinausgegangen wäre.

Brunetti schenkte ihr das herzlichste Lächeln, das er zustande brachte. »Ich bin extra wiedergekommen, um mit Ihnen zu reden, Signora«, begann er in der Hoffnung, ihr damit eine Reaktion zu entlocken. Als das nicht klappte, fuhr er fort: »Ich möchte Sie fragen, ob Ihnen zu den Bottins vielleicht doch noch etwas eingefallen ist, was uns weiterhelfen könnte.« Ihr Gesicht blieb unbewegt. »Als wir das letztemal miteinander sprachen, haben Sie angedeutet,

83

daß Sie zumindest den Sohn sehr gut kannten, und da dachte ich, Ihnen wäre vielleicht noch etwas eingefallen, was von Bedeutung sein könnte.«

Sie schüttelte den Kopf, sprach aber noch immer nicht.

»Vermutlich hat es sich inzwischen allgemein herumgesprochen, daß die beiden ermordet wurden«, begann er erneut und wartete.

»Ich weiß«, sagte sie schließlich.

»Was die Leute noch nicht wissen, ist, daß es ein besonders abscheuliches Verbrechen war, vor allem was man mit Marco gemacht hat.«

Sie nickte darauf, entweder um zu bestätigen, daß sie ihn gehört hatte, oder um zu sagen, daß sogar dies den Leuten von Pellestrina bereits bekannt war.

»Darum müssen wir soviel wie eben möglich über sie in Erfahrung bringen, damit wir eine ungefähre Vorstellung davon bekommen, wer das Verlangen gehabt haben könnte, so etwas zu tun.« Als sie nichts sagte, fragte er: »Verstehen Sie das, Signora?«

Sie hob den Blick und sah ihm in die Augen. Ihr Mund blieb festgefroren in dem Lächeln, das die Chirurgen ihr verpaßt hatten, aber Brunetti konnte die Trauer in ihrem Blick nicht übersehen. »Niemand konnte Marco etwas zuleide tun wollen. Er war so ein lieber Junge.«

Damit verstummte sie und wandte den Blick ab.

»Und sein Vater?« fragte Brunetti.

»Ich kann Ihnen nichts sagen«, antwortete sie gepreßt. »Gar nichts.«

Die Angst in ihrem Ton brachte in Brunetti eine Saite zum Schwingen. »Nichts, was Sie mir sagen, wird weitergetragen, Signora.«

Die Starrheit ihrer Züge machte es unmöglich, in ihrem Gesicht zu lesen, aber er glaubte zu spüren, wie sie ruhiger wurde.

»Die konnten Marco nicht umbringen wollen«, sagte sie.

»Die?« fragte er.

Schlagartig war ihre Angst wieder da. »Na ja, die das getan haben«, sagte sie.

»Was war Giulio denn für ein Mensch?« fragte Brunetti.

Signora Follinis modelliertes Kinn bewegte sich hin und her

zum Zeichen ihrer totalen Weigerung, weitere Auskünfte zu geben.

»Aber Signora …«, begann Brunetti, doch da ertönte die Türglocke und unterbrach ihn. Er sah ihren Blick in Richtung Tür fliegen, dann wich sie einen Schritt von ihrem Ladentisch zurück und sagte: »Wie ich Ihnen schon sagte, Signore, wenn Sie Zündhölzer brauchen, müssen Sie in den Tabakladen gehen. Ich führe keine.«

»Entschuldigung, Signora. Als ich die Kerzen sah, die Sie der alten Dame verkauft haben, dachte ich, Sie hätten vielleicht auch Zündhölzer«, antwortete er geistesgegenwärtig, ohne sich um die Schritte hinter ihm zu kümmern.

Damit wandte er sich von der Frau ab und ging zur Tür. Wie es in kleinen Dörfern Sitte ist, nickte er den beiden Männern zu, die da gerade hereinkamen, und ohne es sich anmerken zu lassen, prägte er sich dabei jede Einzelheit ihres Aussehens ein. Als er sich ihnen näherte, traten sie nach rechts und links beiseite, eine Geste, die Brunetti als leicht bedrohlich empfand, obwohl die Männer deutlich zeigten, daß sie an ihm so wenig Interesse hatten wie er an ihnen.

Das Glöckchen bimmelte, als er die Tür öffnete, und als er ins Sonnenlicht hinaustrat und die Tür hinter sich zugehen hörte, lief ihm nachträglich noch ein Schauer über den Rücken.

Er wandte sich nach rechts, mit den Gedanken nach wie vor bei den Gesichtern und Figuren der beiden Männer. Er kannte sie beide nicht, aber den Typ kannte er nur zu gut. Sie hätten miteinander verwandt sein können, denn sie hatten beide die gleichen rötlichen Gesichter, die gleiche rauhe Haut, den gleichen stämmigen Körperbau. Doch konnte all das ebenso von jahrelanger Schwerarbeit im Freien herrühren. Der jüngere Mann hatte ein schmales Gesicht und dunkles, mit irgendeiner öligen Pomade nach hinten gebürstetes Haar. Der ältere trug sein Haar genauso, aber da es sehr viel spärlicher war, wirkte es eher wie auf den Schädel gemalt, obwohl es noch für ein paar fettige Locken reichte, die ihm bis auf den Hemdkragen baumelten. Beide trugen Jeans mit starken Verschleißspuren und grobe Stiefel, wie man sie häufig bei Männern sieht, die Schwerarbeit leisten.

Eine Unzahl kleiner Fältchen umgab die Augen, mit denen die beiden Männer ihn gemustert hatten, Fältchen, die man von Jahren in der Sonne bekommt. Und die Blicke, mit denen sie Brunetti betrachteten, hätten Beute gelten können: starr, wachsam, zum Zustoßen bereit. Diese Art verhaltener Aggression war es gewesen, die in Brunetti die Alarmglocken hatten läuten lassen, ungeachtet der Tatsache, daß es eine Zeugin in Gestalt der Signora gegeben hätte, und ebenso ungeachtet der Tatsache, daß die Männer wahrscheinlich wußten, daß er Polizist war.

Er ging die schmale Straße hinunter und in den Tabakladen, der so düster und schmutzig war wie Signora Follinis Kramladen – wieder so ein Ort, an dem Bankrott sich häuslich niedergelassen hatte.

Der Mann hinter dem Ladentisch riß sich von der Illustrierten los, in der er las, und sah ihn durch dicke Brillengläser an. »Ja?« fragte er.

»Streichhölzer«, sagte Brunetti, um Signora Follinis Spiel weiterzuspielen.

Der Mann zog eine Schublade unter dem Ladentisch auf und fragte: »Schachtel oder Heftchen?«

»Schachtel«, sagte Brunetti und griff in seine Tasche nach Münzen.

Der Mann legte ein Schächtelchen Zündhölzer vor Brunetti auf den Tisch und verlangte zweihundert Lire. Als Brunetti die Münzen auf den Tisch legte, fragte der Mann: »Zigaretten?«

»Nein«, sagte Brunetti. »Ich versuche es mir gerade abzugewöhnen. Aber ich möchte wenigstens Streichhölzer bei mir haben, falls ich es doch nicht aushalte und jemanden um eine Zigarette bitte.«

Darüber lächelte der Mann. »Es versuchen ja viele aufzugeben«, sagte er. »Eigentlich wollen sie es gar nicht richtig, sie meinen nur, es wäre gut für sie, also versuchen sie's.«

»Und – mit Erfolg?«

»Bah!« machte der Mann verächtlich. »Ein, zwei Wochen halten sie durch, einen Monat vielleicht, aber früher oder später stehen sie alle wieder hier und kaufen Zigaretten.«

»Spricht nicht sehr für die menschliche Willenskraft, wie?« meinte Brunetti.

Der Mann nahm die Münzen und ließ sie einzeln in die hölzerne Kassenschublade fallen. »Menschen tun eben, wonach ihnen der Sinn steht, egal was man ihnen erzählt und egal wie genau sie wissen, daß es schlecht für sie ist. Nichts kann sie abhalten, keine Angst, keine Gesetze, keine Versprechungen.« Er sah Brunettis Gesicht und fügte hinzu: »Wenn man sein Leben lang Zigaretten verkauft, lernt man eines: Nichts wird die Leute je davon abbringen, solange ihnen richtig danach ist.«

11

DIE WORTE DES TABAKHÄNDLERS gingen Brunetti noch im Kopf herum, als er schon auf dem Weg zum Restaurant war, und er fragte sich, ob sie wohl eines Tages auch auf Vianello und die Muscheln zutreffen würden oder ob der Sergente sich als einer der seltenen Menschen entpuppte, die einen so festen Charakter besaßen, daß sie sich etwas versagen konnten, auch wenn ihnen sehr danach war. Sich selbst hielt Brunetti nicht für besonders willensstark, denn wie er von sich wußte, manipulierte er Situationen oft so, daß er die Entscheidung, etwas zu tun, wonach ihm gar nicht war, nicht erst treffen mußte.

Als Paola ihn vor zwei Jahren durch dauerndes Sticheln endlich dazu gebracht hatte, sich einmal gründlich untersuchen zu lassen, hatte er zu dem Arzt gesagt, er brauche sich mit den Untersuchungen auf Cholesterin und Diabetes nicht aufzuhalten, wobei er dem Arzt den Schluß überließ, daß die Untersuchungen nicht nötig seien, da er sie erst vor kurzem habe machen lassen. In Wahrheit hatte Brunetti einfach die Ergebnisse nicht wissen wollen, weil ihm nicht danach war, das zu tun, was er im Falle eines ungünstigen Befundes hätte tun müssen. Immer wenn er an diese Täuschung und ihre eventuellen Folgen für seine Familie dachte, beruhigte er sich damit, daß er sich noch nie im Leben gesünder gefühlt habe und sich folglich keine Sorgen zu machen brauche.

Und als vor drei Jahren ein Albaner unter dem Verdacht festgenommen wurde, die beiden elfjährigen Prostituierten, von denen er lebte, mißhandelt zu haben, hatte Brunetti nichts dagegen unternommen, daß der Mann von zwei Beamten verhört wurde, von denen einer selbst eine Tochter im besagten Alter hatte, während die fünfzehnjährige Tochter des anderen schon einmal von einem Albaner tätlich angegriffen worden war. Und er hatte sich auch nie darum gekümmert, wie dieses Verhör abgelaufen war, obwohl der Verdächtige die Taten auffallend schnell gestanden hatte.

Bevor er sein Gewissen noch weiter erforschen konnte, kam er an das Restaurant und ging hinein. Der Wirt, der hinter dem Tresen stand und für ein paar Männer an der Bar Kaffee machte, quittierte sein Kommen mit einem Kopfnicken. »Ihr Beamter ist hinten drin«, sagte er. Die Männer an der Bar drehten sich alle nach Brunetti um, und wieder fühlte er diese bohrenden Blicke, mit denen ihn schon die beiden Männer in Signora Follinis Laden bedacht hatten. Ohne sich weiter darum zu kümmern, ging er zu dem Durchgang, teilte die Plastikstreifen des Vorhangs und trat in den Speiseraum.

Vianello saß wieder am selben Tisch, vor sich eine Flasche Mineralwasser und einen halben Liter Weißwein. Als Brunetti ihm gegenüber Platz nahm, beugte Vianello sich über den Tisch, um in Brunettis Gläser zuerst Wasser, dann Wein zu gießen.

Brunetti kippte das Wasser schnell hinunter und wunderte sich dabei über den großen Durst, den er hatte; gern hätte er gewußt, ob das eine verspätete Reaktion auf die Angst war – er mußte zugeben, daß es Angst gewesen war –, die über ihn gekommen war, als er diesen beiden Männern den Rücken zuwandte. Er sah zu Vianello hinüber und fragte: »Also?«

»Lorenzo Scarpa, der Kellner, ist nicht mehr zum Dienst erschienen, seit wir hier waren. Wie der Wirt sagt, hat er angerufen und erzählt, er müsse sich um einen Freund kümmern, aber wo dieser Freund wohnt, hat er angeblich nicht gesagt, sich auch nicht dazu geäußert, wie lange er fortbleiben werde.« Da Brunetti keine Zwischenfrage stellte, fuhr Vianello fort: »Ich bin zu seiner Adresse gegangen – der Wirt hatte sie mir gegeben –, aber seine Nachbarn können sich nicht erinnern, ihn in letzter Zeit gesehen zu haben, und wissen angeblich auch nicht, wo er sein könnte.«

»Und Sandro, der Bruder?«

»Der ist erstaunlicherweise noch hier. Oder *war* hier. Sein Boot ist noch draußen – heute früh vor Morgengrauen ausgelaufen und noch nicht wieder zurück.«

»Was kann das bedeuten?«

»Eigentlich alles«, antwortete Vianello. »Daß er gerade einen guten Fang macht und die Arbeit nicht unterbrechen will, oder daß er einen Motorschaden hat. Der Wirt hier scheint der Meinung zu sein, daß er nur eine Glückssträhne hat – viel Fisch.«

Vianello trank einen Schluck von seinem Wein und fuhr dann fort: »Signora Bottin ist vor fünf Jahren an Krebs gestorben. Ihre Verwandten hatten seit ihrem Tod nichts mehr mit Giulio oder Marco zu tun.«

»Warum?« fragte Brunetti.

»Wegen dieses Hauses auf Murano. Sie haben das Testament angefochten, aber da sie es von ihren Eltern geerbt und Bottin sich damit einverstanden erklärt hatte, daß es ganz an den Sohn gehen sollte, hatten sie im Grunde keine Handhabe.«

»Und seitdem?«

»Anscheinend hatten sie keinen Kontakt mehr.«

»Woher wissen Sie das alles?«

»Vom Wirt. Er sieht wohl keinen Schaden darin, mir wenigstens *das* zu erzählen.«

Brunetti fragte sich, was für neue Streitereien es jetzt wohl um diesen Besitz geben würde, kam dann aber wieder zur Sache. »Und dieser Giacomini, von dem uns der Kellner erzählt hat?« fragte er.

Vianello zückte sein Notizbuch und klappte es auf. »Paolo Giacomini, ebenfalls Fischer. Der Wirt sagt, er wohnt in Malamocco, aber sein Boot hat er aus irgendeinem Grund hier liegen. Er ist als Unruhestifter bekannt, der gern für böses Blut zwischen Leuten sorgt.«

»Und der Streit zwischen Scarpa und Bottin?«

»Darüber wollte mir keiner etwas sagen, außer daß sie vor einem Jahr oder so aneinandergeraten sind. Ihre Boote sind entweder kollidiert oder sich so nah gekommen, daß ihre Netze sich verhedderten – egal: Seitdem herrscht jedenfalls Feindschaft zwischen ihnen.«

»Wir können ja mal bei der Polizei von Chioggia nachfragen«, meinte Brunetti.

»Das dürfte am besten sein, wenn die Sache sich dort zugetragen hat«, pflichtete Vianello ihm bei. »Wenn dort die Anzeige erstattet wurde, können die uns vielleicht etwas sagen. Ich habe mehr und mehr das Gefühl, daß die Leute hier solche Angelegenheiten auf ihre Weise regeln. Und was Bottin betrifft, haben anscheinend alle ein Schweigegelübde abgelegt. Keiner kann sich an irgend etwas erinnern, was mit ihm zu tun hat; und erst recht weiß keiner ein schlechtes Wort über ihn zu sagen.«

»Signora Follini hat allerdings zu mir gesagt, daß er der Grund für die Geschehnisse gewesen sein muß, auf keinen Fall der Sohn.«

»Wie gehen wir denn jetzt weiter vor?« fragte Vianello.

»Zuerst essen wir zu Mittag«, sagte Brunetti, »und dann wollen wir mal versuchen, diesen Giacomini zu finden.«

Das Mahl verlief harmonisch, was zum einen daran lag, daß Brunetti keinen Kommentar zu den Speisen abgab, die Vianello für sich auswählte, und zum anderen daran, daß er selbst sich beherrschte und keine Muscheln bestellte, wofür er allerdings eine Riesenportion *coda di rospo* verzehrte – Seeteufel, der nach Angaben des Wirts erst am Morgen gefangen worden war. Der Wirt hatte noch keinen Ersatz für Lorenzo Scarpa auftreiben können und mußte selbst an den Tischen bedienen, so daß es lange dauerte, bis die Speisen kamen, und diese Situation wurde noch dadurch verschärft, daß genau in dem Moment, als Brunetti und Vianello bestellten, eine Schar japanischer Touristen hereinkam.

Deren Reiseführer ließ sie an zwei langen Tischen an den Seitenwänden Platz nehmen, und da warteten sie nun offenbar ganz fröhlich auf ihr Essen, während sie unter ständigen Verneigungen sowohl einander als auch ihren Reiseführer, Brunetti, Vianello und den Wirt anlächelten. Ihr Benehmen war so ausgesucht zurückhaltend und höflich, daß Brunetti gar nicht mehr verstand, wie jemand schlecht über sie reden konnte.

Als er und Vianello dann fertig waren, bezahlten sie – wieder bar und ohne Quittung – und standen auf. Ganz automatisch verneigte Brunetti sich in Richtung der Japaner, wartete, bis Vianello es ihm gleichgetan und die Japaner die Geste erwidert hatten, und ging mit dem Sergente dann hinaus in die Bar, wo sie einen Kaffee tranken, aber auf einen Grappa verzichteten.

Es war, während sie sich drinnen aufhielten, draußen noch wärmer geworden, und sie genossen den schönen Tag, der ihnen wieder dieses jungenhafte Freiheitsgefühl gab, das sie morgens beim Aufbruch schon gehabt hatten. Als sie zum Polizeiboot zurückkamen, war von Montisi nichts zu sehen, dafür hing von einer Relingstütze auf der anderen Bootsseite eine Schnur mit Fischen ins Wasser hinunter.

Es störte sie beide nicht, daß sie warten mußten, und so setzten sie sich gern auf eine Holzbank und blickten über das Wasser in Richtung Venedig, obwohl sie nichts weiter sahen als die Lagune mit ein paar Booten darauf und einem unendlichen Himmel darüber.

»Was glauben Sie, wo er steckt?« fragte Brunetti.

»Wer, Montisi oder Scarpa?«

»Montisi.«

»Der sitzt wahrscheinlich in einer Bar und erfährt in fünf Minuten mehr als wir in zwei Tagen.«

»Was mich kein bißchen wundern würde«, meinte Brunetti, der jetzt seine Jacke auszog und das Gesicht in die Sonne drehte. Daß Vianello es ihm nicht gleichtun konnte, lag nur daran, daß er in Uniform war.

Nach etwa zehn Minuten weckte ihn der Sergente mit der Ankündigung aus dem Halbschlaf: »Da kommt er.«

Brunetti öffnete die Augen, sah nach rechts und erblickte Montisi, der in dunkler Uniformhose und weißem Hemd, das einen schwarzen Flecken an der Schulter hatte, auf sie zukam. Als der Bootsführer da war, rückte Brunetti ein Stückchen nach links, um zwischen ihnen Platz für ihn auf der Bank zu machen.

»Und?« fragte er, als Montisi sich setzte.

»Ich habe beschlossen, Motorprobleme zu haben«, antwortete der Bootsführer.

»Beschlossen?« fragte Vianello.

»Damit ich jemanden um Hilfe bitten mußte.«

»Wie hast du das denn angestellt?« meinte Vianello noch.

»Ich habe eines der Zündverteilerkabel mit einer Feile durchge-

91

sägt und dann versucht, den Motor zu starten. Ging nicht. Also habe ich den Motordeckel wieder aufgeklappt, um zu sehen, woran es haperte, und bin ins Dorf gegangen, um zu fragen, ob jemand ein Stück Draht für mich hatte.«

»Und?« fragte Brunetti.

»Und da habe ich einen getroffen, den ich vom Militär kannte. Sein Sohn hat hier draußen ein Boot, und mein Kamerad kümmert sich für ihn um die Motoren. Er ist mit gekommen, hat das Kabel gesehen und ist in seine Werkstatt gegangen, um etwas Passendes zu suchen, dann ist er wiedergekommen und hat mir beim Aus- und Einbau geholfen.«

»Hat er gemerkt, was Sie gemacht hatten?«

»Wahrscheinlich. Ich hatte jemanden zu finden gehofft, der nicht viel von Motoren versteht, jedenfalls weniger als ich. Aber Fidele hat bestimmt gesehen, was ich gemacht hatte. Egal. Ich bin mit ihm in die Bar gegangen, um ihm zu danken, und er hat mir gern etwas über sie erzählt.«

»Über die Bottins?« fragte Brunetti.

»Ja.«

»Und was sagt er?«

Es war interessant für Brunetti zu beobachten, wie Montisi sich von den Informationen, die er hatte beschaffen können, gleichzeitig distanzierte. Sie waren etwas für Brunetti oder Vianello, die wollten das haben. Wahrscheinlich war das nichts weiter als Montisis Art, sich gegenüber dem anderen Fischer loyal zu verhalten, weil er dieser Zunft doch so bald schon wieder angehören wollte.

»Egal welchen Grund Sie finden, es war der Vater«, erklärte Montisi abschließend.

»Wer hat dir das gesagt?« fragte Vianello.

Im selben Augenblick fragte Brunetti: »Was hat er denn getan?«

Montisi beantwortete beide Fragen zugleich mit einem Achsel-zucken, dann sagte er: »Keiner hat mir Genaueres gesagt, aber es war klar zu erkennen, daß ihn keiner mochte. Meist versuchen sie doch wenigstens so zu tun als ob, wenn sie mit einem Fremden wie mir reden. Aber nicht bei Bottin. Ich vermute, er hat irgendwas verbrochen, aber das ist nur so ein Gefühl. Keine Ahnung, was es gewesen sein könnte, aber nach meinem Eindruck war er für sie nicht mehr einer der Ihren.«

»Weil er seine Frau schlecht behandelt hat?« fragte Brunetti.

»Nein«, antwortete Montisi mit einem energischen Kopfschütteln. »Sie war von Murano, sie galt nichts.« Und damit war ihr Menschsein ebenso abgetan wie die Frage.

Ein langes Schweigen folgte. Drei Kormorane schwirrten vorbei und platschten ein gutes Stück vor der Küste ins Wasser. Dort schwammen sie eine Weile umher, fast als berieten sie sich untereinander, wo die Fische wohl waren, dann tauchten sie so elegant unter, daß sie kaum die Wasseroberfläche in Bewegung brachten, und waren verschwunden. Brunetti, der automatisch die Luft anhielt, als er sie untertauchen sah, mußte dreimal aus- und tief wieder einatmen, bevor der erste von den Vögeln wie ein hochschnellender Korken wieder auftauchte, gefolgt von den beiden anderen.

»Fahren wir mal nach Malamocco rüber«, sagte er im Aufstehen.

Der Bootsmotor sprang auf Anhieb an. Vianello warf die Leine los, und Montisi legte ab und fuhr in einem weiten Bogen den Weg zurück, den sie gekommen waren. Er steuerte dicht an der schmalen Halbinsel zu ihrer Rechten vorbei und hielt auf Malamocco zu. Als sie an den Kanal kamen, der in die Adria hinausführte, beugte Brunetti sich vor und tippte dem Bootsführer auf die Schulter. Montisi drehte sich zu ihm um, und Brunetti zeigte nach links, wo er in der Ferne dicken Qualm aufsteigen sah. »Was ist das?« fragte er.

Montisi hielt sich die Hand über die Augen und blickte in die angezeigte Richtung. »Marghera«, sagte er.

Da er aber nichts von Interesse sah, richtete der Bootsführer seine Aufmerksamkeit wieder auf das Wasser vor ihnen. Plötzlich schaltete er in den Leerlauf, dann schnell auf Vollgas rückwärts, um das Boot zu stoppen. Brunetti, der immer noch den Ursprung der Qualmwolken zu orten versuchte, hörte den Motor aufheulen und drehte sich um.

»*Maria Vergine*«, entfuhr es ihm, als er rechts von ihnen ein riesiges Schiff erblickte, unendlich hoch, unendlich drohend. »Was ist denn das?« fragte er Montisi. Obwohl sie noch einige hundert Me-

93

ter entfernt waren, mußte er den Kopf heben und sah dennoch nur die Schiffswand mit den Freibordmarken sowie die linke Seite der verglasten Brücke, die in die Höhe ragte wie ein Kirchturm.

»Ein Tanker«, antwortete Montisi. Er hätte ebensogut »Lustmörder« oder »Brandstifter« sagen können, so wütend klang es.

Nachdem ihr eigener Motor verstummt war, umfing sie nur noch das Brüllen, das von dem Tanker kam. Das Universum verwandelte sich in einen einzigen Höllenlärm, der auf sie prallte wie die Druckwelle einer Explosion. Unwillkürlich hielten alle drei sich die Ohren zu, bis der Tanker an ihnen vorbei war und seinen Weg durch den Canale dei Petroli zu den Fabriken auf dem Festland fortsetzte. Seine Bugwelle erfaßte jetzt das Polizeiboot und brachte es derart zum Schaukeln, daß die drei sich an der Reling festhalten mußten und wie Clowns auf dem Deck herumhüpften.

Brunetti beugte sich über die Reling, die er mit beiden Händen umklammert hielt, und holte einmal tief Luft. Sein Blick fiel auf das Wasser unter ihnen, und er sah kleine, knopfgroße Kleckse an der Oberfläche. Es waren nur wenige, und er hätte nicht sagen können, ob sie nicht schon dagewesen waren, bevor das Schiff kam.

Montisi brachte den Motor wieder auf Touren, und schweigend fuhren sie weiter nach Malamocco.

12

DIE FAHRT HÄTTEN SIE SICH SPAREN KÖNNEN, denn an der Adresse, die der Wirt ihnen genannt hatte, fehlte von Giacomini jede Spur. Es war schon zu spät am Tag, um noch nach Chioggia zu fahren, weshalb Brunetti beschloß, sich telefonisch mit der dortigen Polizei in Verbindung zu setzen. Also befahl er Montisi, sie zur Questura zurückzubringen.

Ob es der Anblick des Tankers oder die kleinen dunklen Flecken waren, die sie auf dem Wasser gesehen hatten, jedenfalls war das Ganze ihnen so aufs Gemüt geschlagen, daß sie auf der Rückfahrt kaum noch redeten. Immer noch hob das Tageslicht nacheinander die Myriaden Schönheiten der Stadt hervor, besonders für den, der sich ihr von der See näherte, wie es sich gehörte. Es war später Nachmittag, und die Sonne brannte noch immer auf sie herab; Vianello sagte etwas von Sonnencreme, die er aufzutragen vergessen habe, aber Brunetti ging nicht darauf ein.

Als sie vor der Questura anlegten, sah Brunetti, daß Pucetti an diesem Nachmittag Wachdienst hatte, und der Anblick des jungen Beamten brachte ihn auf eine Idee. Pucetti salutierte, als sie vom Boot kamen. Brunetti sagte zu Vianello, er solle die Polizei von Chioggia anrufen und fragen, ob dort etwas über den Vorfall zwischen Scarpa und Bottin bekannt sei; er werde in seinem Dienstzimmer auf ihn warten, aber zuvor wolle er noch ein Wörtchen mit Pucetti reden.

»Pucetti«, begann Brunetti, »für wie lange sind Sie hier auf Wache eingeteilt?«

»Die ganze Woche, Commissario. Nächste Woche habe ich dann Nachtstreife.«

»Hätten Sie Interesse an einem Sondereinsatz?«

Das Gesicht des jungen Mannes leuchtete auf. »O ja, Commissario.«

Brunetti nahm wohlwollend zur Kenntnis, daß Pucetti sich nicht über den Wachdienst beschwerte: daß man da den ganzen Tag nur herumstehe und nichts weiter zu tun habe, als Türen aufzuhalten und gelegentliche Streitereien zwischen den Leuten zu schlichten, die vor den diversen Zimmern Schlange standen.

»Gut, dann lassen Sie mich mal kurz die Dienstpläne prüfen gehen«, sagte Brunetti und setzte sich in Bewegung, aber schon nach zwei Schritten drehte er sich noch einmal nach Pucetti um. »Haben Sie schon einmal als Kellner gearbeitet?«

»Ja, Commissario«, antwortete Pucetti. »Mein Schwager hat eine Pizzeria in Castello, da arbeite ich manchmal an Wochenenden.« Wieder stellte Pucetti zu Brunettis Freude keine Fragen.

»Gut. Bin gleich wieder da.«

Er ging unverzüglich zu Signorina Elettra, die bei seinem Eintreten gerade ein paar Forsythienzweige in einer Venini-Vase arrangierte. »Gehört die Ihnen?« fragte er, wobei er auf die Vase zeigte.

»Nein, Commissario, sie gehört der Questura. Die andere, die ich sonst immer nehme, ist gestohlen worden, da mußte ich Ersatz beschaffen.«

»Gestohlen?« fragte er. »Aus der Questura?«

»Einer der Hausmeister hat sie in der Toilette ausgespült und dort vergessen. Und dann ist sie verschwunden.«

»Aus der Questura?«

»Auf diese hier werde ich besser aufpassen«, versprach sie, während sie noch einen gebogenen Zweig hineinsteckte. Brunetti hatte einen Freund, der bei Venini arbeitete, und wußte, was so eine Vase kostete: nicht unter drei Millionen Lire.

»Wie kommt es denn, daß die Questura solche Sachen kauft?« fragte er, behutsam seine Worte wägend.

»Büroausstattung.« Sie steckte den letzten Zweig hinein und trat beiseite, damit er die Vase für sie vom Boden aufheben konnte. Mit einer lässigen Handbewegung zeigte sie zu einer Stelle auf dem Fensterbrett, und sanft stellte Brunetti sie genau dort ab, wo sie hinzeigte.

»Ist Pucetti Ihnen schlau genug?« fragte er.

»Dieser reizende junge Mann mit dem Schnauzbärtchen?« fragte sie in einem Ton, der den Umstand, daß Pucetti höchstens fünf Jahre jünger sein konnte als sie, gänzlich ignorierte. »Der mit der russischen Freundin?« fügte sie noch hinzu.

»Ja. Ist er Ihnen schlau genug?«

»Zu welchem Zweck?« fragte sie zurück.

»Um da draußen auf Pellestrina zu sein.«

»Und dort was zu machen?«

»In einem Restaurant zu arbeiten und ein Auge auf Sie zu haben.«

»Darf ich fragen, wie Sie das bewerkstelligen wollen?«

»Der Kellner, der uns die ersten Informationen über Bottin gegeben hat, ist verschwunden. Er hat den Wirt angerufen und ihm erzählt, er müsse sich um einen kranken Freund kümmern, und seitdem hat man von ihm nichts mehr gesehen oder gehört. Dort wird also ein Kellner gebraucht.«

»Was sagt denn Pucetti dazu?« fragte sie, während sie sich hinter ihren Schreibtisch setzte.

96

»Ich habe ihm noch nichts gesagt. Zuerst wollte ich Sie fragen.«

»Das ist aber nett von Ihnen, Commissario.«

»Er würde ja dort sein, um Sie zu beschützen, darum wollte ich zuerst wissen, ob Sie ihm das zutrauen.«

Sie dachte darüber eine kleine Weile nach, dann meinte sie: »Doch, ich halte ihn für eine gute Wahl.« Sie schielte zu den Forsythien hinüber, dann wieder zu Brunetti. »Soll ich seine Diensteinteilung in die Hand nehmen?«

»Ja«, antwortete Brunetti, aber dann konnte er doch nicht der Versuchung widerstehen, zu fragen: »Und wie wollen Sie das bewerkstelligen?«

»Ich setze ihn – sagen wir – auf ›Subsidiardienst‹.«

»Und was bedeutet das?«

»Was ich will.«

»Aha«, meinte Brunetti, dann fragte er: »Und Marotta? Hat er nicht nächste Woche hier das Sagen? Liegt die Entscheidung nicht bei ihm?«

»Ach, Marotta«, sagte sie mit kaum verhohlener Verachtung. »Er kommt immer ohne Krawatte zum Dienst.« Soviel zu Marottas Chancen, es in der Questura von Venedig auf Dauer zu etwas zu bringen, dachte Brunetti.

»Da Sie gerade hier sind, Commissario«, sagte sie, indem sie eine Schublade aufzog und ein paar Blatt Papier herausnahm, »kann ich Ihnen das gleich mitgeben. Es ist alles, was ich über diese Leute herausbekommen konnte. Und der Obduktionsbericht.«

Er nahm die Papiere und ging in sein Zimmer hinauf. Die Obduktion, die ein Pathologe am Krankenhaus vorgenommen hatte, dessen Name Brunetti nicht bekannt war, hatte ergeben, daß Giulio Bottin drei jeweils tödliche Schläge auf Stirn und Schädeldach bekommen hatte, die nach der Art, wie der Knochen gesplittert war, mit einem zylindrischen Gegenstand geführt worden sein mußten, einem Rohr vielleicht oder einer Eisenstange. Sein Sohn war verblutet, weil das Messer so tief eingedrungen war, daß es die Bauchschlagader verletzt hatte. Der Umstand, daß sich kein Wasser in den Lungen befand und Giulio Bottin sicher nicht sehr schnell gestorben war, machte es unwahrscheinlich, daß die beiden unmittelbar vor dem Sinken des Bootes umgebracht worden waren.

Brunetti hatte den Obduktionsbericht kaum zu Ende gelesen, als Vianello an seine Tür klopfte und eintrat. »Ich habe in Chioggia angerufen«, sagte er, ohne sich erst hinzusetzen, »aber die wußten nichts Näheres.«

Brunetti schob die Papiere beiseite. »Wie Sie schon sagten, sind das nicht die Leute, die von der Polizei Lösungen für ihre Probleme erwarten.«

Er rechnete schon fast mit Vianellos Zwischenfrage, ob das denn überhaupt noch jemand erwarte, aber da von dem Sergente nichts kam, nutzte Brunetti die Gelegenheit, um Vianello von seiner Absicht in Kenntnis zu setzen, Pucetti nach Pellestrina zu schicken.

»Wie steht's denn mit Referenzen?« fragte Vianello.

»Pucetti hat schon in der Pizzeria seines Schwagers gearbeitet, sagt er. Der kann in Pellestrina anrufen und sagen, er hätte gehört, daß sie dort einen Kellner suchen, und dann kann er Pucetti empfehlen. Damit alles in der Familie bleibt.«

»Und wenn ihn einer erkennt?« fragte Vianello und gab damit Brunettis eigenen Befürchtungen Ausdruck.

»Sehr wahrscheinlich ist das doch nicht, oder?« fragte Brunetti statt einer Antwort zurück, wobei er sich wohl bewußt war, daß er schon so redete wie Signorina Elettra.

Vianello, der Brunettis Zaudern zu deuten verstand, erhob keine weiteren Einwände und ging, ohne nach neuen Anweisungen zu fragen, wieder nach unten.

Brunetti nahm sich erneut die Unterlagen vor, die Signorina Elettra ihm gegeben hatte. Wenn der Alessandro Scarpa, für den Brunetti sich interessierte, über dreißig war − was ihn von einem anderen Alessandro Scarpa auf Pellestrina unterschied, der schon siebenundachtzig war −, dann war er vor drei Jahren festgenommen worden, weil er jemanden mit dem Messer bedroht hatte. Dieser Jemand hatte am Tag darauf den Vorfall anders geschildert und die Anzeige zurückgezogen, so daß jetzt bei der Polizei nichts gegen Scarpa vorlag, obschon der Maresciallo der Carabinieri auf dem Lido sagte, Scarpa sei im Zustand der Trunkenheit als Krawallbruder bekannt.

Keinerlei Informationen waren über irgendeine Person mit dem Nachnamen Giacomini zu beschaffen gewesen.

Bei Signora Follini verhielt es sich ganz anders: Follini war nicht ihr Ehename, denn Signora Follini hatte sich zwar oft männlicher Gesellschaft erfreut, dies aber bisher noch nie mit dem Segen der Ämter. Ihr Taufname war Luisa, und sie war vor zweiundfünfzig Jahren auf Pellestrina zur Welt gekommen.

Ihre Bekanntschaft mit der Polizei – oder besser deren Bekanntschaft mit ihr – hatte begonnen, als sie mit neunzehn Jahren wegen Straßenprostitution festgenommen wurde. Als Ersttäterin hatte man sie mit einem Verweis davonkommen lassen, aber im Lauf des nächsten Jahres wurde sie noch mindestens dreimal wegen desselben Delikts festgenommen. Dann kam lange nichts, was bedeuten konnte, daß Luisa Follini sich entweder irgendwie mit der örtlichen Polizei arrangiert hatte oder aber aus der Gegend fortgezogen war. Erst vor zwölf Jahren war sie dann wieder in Pellestrina aufgetaucht und gleich unter den damals noch strengen Drogengesetzen wegen Besitzes, Konsums und versuchten Verkaufs von Heroin sowie wegen Prostitution wieder verhaftet worden.

Zu ihrem Glück hatte man ihr einen Platz in einer Rehabilitationseinrichtung für Drogenabhängige bei Bologna besorgt, wo sie drei Jahre verbrachte, bis sie – sowohl von ihrer Sucht wie von ihrem Gewerbe geheilt – nach Pellestrina zurückkehrte. Während ihrer Abwesenheit waren ihre Eltern gestorben, und sie hatte deren kleinen Dorfladen übernommen, den sie bis heute führte.

Beim Lesen dieses Berichts erinnerte sich Brunetti an die langen Ärmel ihres Kleides und fragte sich, woher wohl das Geld für ihre Schönheitsoperationen stammte und wann sie diese hatte machen lassen. Wer hatte sie bezahlt? Das Lädchen, das er gesehen hatte, konnte unmöglich so viel abgeworfen haben, wie in ihr Gesicht investiert worden war, und mit Gelegenheitsprostitution und Drogenverkauf wäre das, nebenbei bemerkt, in einem kleinen Ort wie Pellestrina auch nicht zu machen gewesen.

Er dachte zurück an die beiden Male, die er mit ihr gesprochen hatte. Beim ersten Mal hatte sie sich kokett gegeben und sich halb im Scherz über die Enge des Lebens in so einem kleinen Ort wie Pellestrina beklagt. Die hatte sie bei ihrer Vorgeschichte gewiß zu spüren bekommen. Aber von der nervösen Energie der Drogensüchtigen war ihr nichts anzumerken gewesen, und auch ihre Ner-

99

vosität, die sie beim zweiten Mal an den Tag legte, schien nichts
mit Drogen zu tun gehabt zu haben; das war einfach Angst gewesen, die beim Eintreten dieser beiden Männer ihren Höhepunkt
erreicht hatte.

Brunetti konnte nicht wissen, wie lange sie abends ihren Laden
offen hatte. Er nahm das Telefonbuch und schlug bei Pellestrina
nach. »Follini, Luisa«, fand er da. Er wählte die Nummer, und
beim dritten Klingeln wurde der Hörer abgenommen. Sie meldete
sich mit ihrem Namen.

»Signora«, begann er, »hier ist Commissario Brunetti. Wir haben heute schon einmal miteinander gesprochen.« Er hörte ein leises Klicken, mit dem der Hörer aufgelegt wurde.

Er tat das Telefonbuch wieder in die Schublade, schob die Akten
auf die linke Seite des Schreibtischs und ging nach unten, um mit
Pucetti zu reden.

13

PUCETTI WUSSTE SICH VOR FREUDE über den Einsatz kaum zu fassen. Als Signorina Elettras Name fiel, lächelte er, und als Brunetti
ihm erklärte, daß seine Hauptaufgabe darin bestehen werde, sie zu
beschützen, begann sein Gesicht regelrecht zu strahlen. Er wollte
wissen, wessen Idee es gewesen sei, Signorina Elettra dorthin zu
schicken, doch Brunetti drückte sich vor der Antwort und meinte
statt dessen, daß seine, Pucettis, Freundin doch hoffentlich nichts
gegen einen Sondereinsatz beziehungsweise »Subsidiardienst« habe.

Am Abend nach dem Essen erzählte er Paola von Pucetti, weil
er hoffte, sie werde mit ihm der Meinung sein, daß diese Maßnah-
me Signorina Elettras Sicherheit zwar nicht garantiere, aber doch
wenigstens erhöhe.

»Ein sonderbares Pärchen, die beiden«, meinte Paola.

»Wer?«

»Signorina Elettra und Pucetti.«

»Ein Pärchen sind sie nun nicht«, widersprach Brunetti.

»Das weiß ich. Ich meine auch nur so, als Menschen. Sonderbar, daß so intelligente Leute wie sie bei der Polizei arbeiten.«

»Ich arbeite auch bei der Polizei«, versetzte Brunetti, nicht wenig entrüstet. »Ich will doch hoffen, daß du das nicht vergessen hast.«

»Na, nun sei nicht gleich so dünnhäutig, Guido«, versetzte sie, wobei sie ihm die Hand auf den Arm legte. »Du weißt genau, wie ich das meine. Du bist Akademiker, hast Jura studiert und bist zur Polizei gegangen, als die Verhältnisse noch anders waren – als das noch eine ehrenvolle Lebensaufgabe war.«

»Das ist es jetzt nicht mehr?«

»Doch, ehrenvoll gewiß noch«, begann sie, und als sie sein Gesicht sah, fuhr sie hastig fort: »Ich meine, es ist natürlich eine ehrenwerte Entscheidung; du weißt, daß ich das so sehe. Nur ist es ebenso, daß die Besten – gerade Leute wie du – diese Laufbahn nicht mehr einschlagen mögen. In zehn Jahren triffst du da nur noch Pattas und Alvises – Ehrgeizlinge und Dummköpfe.«

»Und welcher ist was?« fragte Brunetti.

Sie lachte. »Gute Frage.« Sie saßen auf der Terrasse und tranken Kräutertee, nachdem die Kinder sich wieder mit ihren Büchern zurückgezogen hatten. Vier sehr bauschige Wolken, ganz rosa von der Abendsonne, bildeten einen fernen Hintergrund zum Glockenturm von San Polo; der übrige Himmel war klar und verhieß einen weiteren herrlichen Tag.

Sie kam auf das Thema zurück. »Was meinst denn du, woher es kommt, daß so wenige Leute, mit denen man wirklich etwas anfangen kann, heutzutage zur Polizei gehen?«

Statt zu antworten, stellte er ihr eine Gegenfrage: »Ist das bei euch nicht dasselbe? Was bekommt ihr denn an der Universität für neue Kollegen?«

»Mein Gott, jetzt reden wir schon wie Plinius der Ältere – sitzen hier herum und maulen über die Respektlosigkeit der Jugend und wie überhaupt alles vor die Hunde geht.«

»So haben die Menschen schon immer geredet. Es ist eine der wenigen Konstanten in den geschichtlichen Werken, die ich lese: Jedes Zeitalter betrachtet seinen Vorläufer als das Goldene, in dem die Männer noch tugendhaft, die Frauen rein und die Kinder gehorsam waren.«

101

»Respektvoll nicht zu vergessen«, ergänzte Paola.

»Wer, die Kinder oder die Frauen?«

»Beide vermutlich.«

Sie schwiegen eine geraume Weile, bis die Wolken nach Süden weitergezogen waren und den Glockenturm von San Marco einrahmten.

Brunetti brach schließlich das Schweigen. »Ja, wer kommt jetzt noch zu uns?« meinte er. Und als Paola die Frage ebenso unbeantwortet ließ, fuhr er fort: »Es geht einfach zu oft so: Wir strampeln uns ab, um Rechtsbrecher hinter Gitter zu bringen, und kaum haben wir sie, bekommen Anwälte und Richter die Sache in die Finger, und dann gehen sie letzten Endes doch wieder straffrei aus. Ich habe das Dutzende Male erlebt, und ich erlebe es immer öfter. Da hat zum Beispiel vorige Woche in Bologna diese Frau geheiratet. Vor zwei Jahren hatte sie ihren damaligen Mann erstochen. Verurteilt zu neun Jahren. Nach drei Monaten war sie auf Bewährung draußen, und nun hat sie wieder geheiratet.«

Normalerweise hätte Paola etwas Witziges über den Mut des neuen Gemahls gesagt, aber sie wartete erst ab, ob er fertig war, und als Brunetti dann fortfuhr, schockierte sie das, was er sagte: »Ich könnte ja in Pension gehen.« Sie antwortete noch immer nicht. »Die nötigen Dienstjahre hätte ich. Oder doch fast. Das heißt, ich könnte in etwa zwei Jahren in den Ruhestand gehen.«

»Möchtest du das?« fragte Paola.

Er trank einen Schluck von seinem Tee, stellte fest, daß er kalt geworden war, goß ihn in die große Terrakottaschale mit dem Oleander, schenkte sich eine neue Tasse ein, tat Honig dazu und sagte: »Wahrscheinlich nicht. Nicht wirklich. Aber mitunter belastet es einen schon sehr, wenn man einfach zusehen muß und nichts dagegen tun kann.« Brunetti ließ sich in seinen Sessel zurücksinken und streckte die Beine von sich, die Tasse zwischen beiden Händen. »Ich weiß, daß ich das mit der Heirat dieser Frau viel zu tragisch nehme, aber es kommt eben immer wieder vor, daß ich etwas lese oder passieren sehe, das ich unerträglich finde.«

»Stand nicht in den Zeitungen, daß er sie geschlagen hat?« fragte Paola.

»Ich habe einen Bekannten in Bologna, der die ursprünglichen

Vernehmungen gemacht hat. Sie hat davon erst etwas gesagt, nachdem sie mit einem Anwalt gesprochen hatte. Und mit ihrem jetzigen Mann hatte sie vorher schon ein Verhältnis.«

»Vor alledem hat nichts in der Zeitung gestanden, woraus ich schließe, daß beim Prozeß nicht die Rede davon war«, sagte Paola.

»Nein. Es gab für die Affäre keine Beweise. Aber sie hat nun einmal ihren Mann umgebracht, mag sein im Verlauf eines Streites, wie sie behauptete, und jetzt hat sie den anderen Mann geheiratet und bleibt völlig ungeschoren.«

»Und so lebten sie glücklich bis an ihr selig Ende …?«

»Das war nur ein kleiner Fall«, wollte Brunetti beginnen, aber er verbesserte sich sofort. »Nein, Mord ist nie etwas Kleines. Ich meine, es war ein Einzelfall, und vielleicht war es wirklich im Streit. Aber so geht es doch dauernd. Da tötet einer zehn, zwanzig Menschen, und irgendein gerissener Anwalt paukt ihn heraus – oder öfter noch läßt ein unfähiger Richter ihn laufen. Und in derselben Minute geht er hin und tut wieder, was er am besten kann – Menschen umbringen.«

Paola, die jahrelange Erfahrung darin hatte, ihm in solchen Momenten zuzuhören, hatte ihn noch nie so verzweifelt und zornig über seine Arbeitsbedingungen reden hören.

»Was tätest du denn als Pensionär?«

»Keine Ahnung, das ist es ja. Für die juristischen Staatsexamina dürfte es zu spät sein; dazu müßte ich wahrscheinlich noch einmal an die Universität und wieder von vorn anfangen …«

»Wenn es eines gibt, wovon ich dir dringend abrate«, unterbrach sie ihn, »dann ist es ein Studium an der Universität.« Ihr Schauder des Entsetzens, obwohl gespielt, war darum nicht weniger aufrichtig.

Sie dachten beide noch eine Weile über die Frage nach, doch mit einer Lösung konnte keiner aufwarten. Endlich meinte Paola: »Sind nicht früher die adligen Römer immer auf ihre Güter zurückgekehrt, um sich der Verbesserung der Landwirtschaft zu widmen und in Briefen an ihre Freunde in der Stadt den Zustand des Imperiums zu beklagen?«

»Mhm«, pflichtete Brunetti ihr bei. »Leider bin ich nur nicht adlig.«

»Und Gott sei Dank kein Römer«, fügte Paola hinzu.

103

»Ein Landgut haben wir auch nicht.«

»Das heißt dann wohl, daß du doch nicht in Pension gehen kannst«, stellte Paola abschließend fest und bat um noch eine Tasse Tee.

Das Wochenende verlief ruhig. Brunetti hatte keine Ahnung, wann Signorina Elettra nach Pellestrina hinauszufahren gedachte. Er spielte mit dem Gedanken, sie zu Hause anzurufen, und schlug sogar, was er noch nie getan hatte, ihre Nummer im Telefonbuch nach. Er fand den Eintrag: eine niedrige Nummer in Castello, was nach seinen Berechnungen hieß, daß sie irgendwo in der Nähe von Santa Maria Formosa wohnen mußte. Da er das Telefonbuch einmal aufgeschlagen hatte, suchte er auch gleich noch nach anderen Zorzis und fand zwei, die in ihrer unmittelbaren Nähe wohnen mußten. Familie?

Sie hatte ihm die Nummer ihres *telefonino* gegeben, aber die hatte er in der Questura gelassen, und so konnte er, wenn er sie nicht zu Hause anrufen wollte, bis Montag morgen nicht erfahren, was sie trieb; erst wenn er sie dann an ihrem Schreibtisch träfe oder nicht, würde er Bescheid wissen.

Am Samstag abend rief Pucetti an, um ihm zu sagen, daß er bereits auf Pellestrina sei und zu arbeiten angefangen habe, allerdings gebe es von Signorina Elettra keine Spur. Sein Schwager habe, nachdem der Wirt und er viele gemeinsame Bekannte entdeckt hätten, dafür sorgen können, daß Pucetti mindestens so lange auf Pellestrina arbeiten dürfe, bis der Wirt wisse, ob Scarpa wiederkomme.

Am Sonntagnachmittag ging Brunetti in das Zimmer, das im Lauf der Jahre vom Gästezimmer zur Abstellkammer mutiert war. Oben auf einem Kleiderschrank in der einen Ecke fand er die handbemalte Kiste, die er auf irgendeine Weise von seinem Onkel Claudio geerbt hatte – dem, der immer gern Maler geworden wäre. Die Kiste, groß genug als Hütte für einen Schäferhund, war rundum mit bunten Blumen der unwahrscheinlichsten Spezies bedeckt, die in wildem Durcheinander ihr Dasein fristeten. Aus irgendeinem Grund enthielt sie Landkarten, die in ebenso wildem Durcheinander hineingeworfen worden waren.

Brunetti kramte auf der Suche nach der einen Karte, die er

104

brauchte, darin herum. Als sich das als fruchtlos erwies, begann er den langsamen, aber unvermeidlichen Prozeß, eine nach der anderen herauszunehmen und anzuschauen. Endlich, nachdem er nahezu alle Länder und Kontinente der Welt umgeräumt hatte, fand er die Karte mit der Aufschrift *Laguna,* die er früher, vor vielen Jahren, benutzt hatte, wenn er und seine Schulfreunde an Wochenenden und Feiertagen die verschlungenen Kanäle erforschten, die ihre Stadt umgaben.

Er warf die anderen Karten wieder in die Kiste und ging mit der Lagunenkarte auf die Terrasse hinaus. Das längst vertrocknete Klebeband, das einzelne Kartenteile zusammenhielt, zwang ihn, die Karte langsam auseinanderzuklappen, damit er sie auf dem Tisch ausbreiten konnte. Wie winzig die Inseln aussahen, umgeben von endlosen Sümpfen. Kilometerweit erstreckten sich in alle Richtungen die Kapillaren und Venen der Kanäle, die zweimal täglich, so regelmäßig wie der Mond, Wasser herein- und hinauspumpten. Seit tausend Jahren dienten die wenigen großen Kanäle − die bei Chioggia, Malamocco und San Nicolò − als Schlagadern, die das Wasser sauber hielten, selbst damals, als die Serenissima auf der Höhe der Macht war und Hunderttausende in ihr wohnten, die tagtäglich ihren Unrat ins Wasser kippten.

Brunetti besann sich, bevor dieser Gedanke in die gewohnten Bahnen mündete. Er rief sich ins Gedächtnis, was Paola ihm vorgestern abend über diesen verdrießlichen Römer erzählt hatte, der sich das Leben durch sein Mißvergnügen an der Gegenwart vergällen ließ und sich dauernd in die bessere Vergangenheit zurücksehnte, von der er wußte, daß sie verloren war; und damit riß er seine Gedanken nun endgültig von der Historie los und wandte sie der Geographie zu.

Was die Karte zeigte, war von solch gewaltigen Ausmaßen, daß es ihm in Erinnerung rief, wie schlecht er sich dort auskannte und wie wenig er über die Regeln wußte, nach denen in diesen Gewässern gespielt wurde, sowie über die Zuständigkeiten bei der Strafverfolgung. Wenn die Fälle dort mehr oder weniger nach Lust und Laune zugeteilt oder einfach dem übertragen wurden, der zuerst da war, wie sollte man dann erwarten können, daß es eine halbwegs vollständige Erfassung der Geschehnisse in der Lagune gab?

Große Fische kamen, wie er vermutete, aus der Adria; woher kamen die Muscheln und Garnelen? Welche Stellen in der Lagune noch legal abgefischt werden durften, wußte er nicht, aber er nahm an, daß die Untiefen vor Marghera samt und sonders gesperrt waren. Wenn aber stimmte, was Montisi gesagt hatte und Vianello befürchtete, dann wurden sogar dort noch immer Meeresfrüchte herausgeholt.

Manchmal ging er mit Paola zum Rialto, um Fisch zu kaufen, und von daher erinnerte er sich an die oft gesehenen Schildchen auf schillernden Fischhäuten: »Nostrani« – als ob allein die Versicherung, daß es sich um »heimischen« Fisch handelte, ihn mit Gesundheit und Qualität ausstattete, ihn vom bloßen Gedanken an Kontamination reinwusch. Solche Schildchen hatte er auch schon auf Kirschen, Pfirsichen und Pflaumen gesehen, und auch da setzte man auf die gleiche Magie: Schon daß es sich um italienisches Obst handelte, genügte offenbar, um es von Giften und sonstiger Chemie zu säubern und ihm den Reinheitsgrad von Muttermilch zu verleihen.

Er hatte einmal ein Buch gelesen, in dem es darum ging, was die Menschen im Lauf der Geschichte so alles gegessen hatten, und er wußte von daher, daß seine Vorfahren alles andere als nur gute, gesunde Nahrung frisch aus dem Garten Eden zu sich genommen hatten, vielmehr hatten sie sich mit jedem Bissen Unmengen an Giften einverleibt und mit jedem Schluck Milch eine Erkrankung an Tuberkulose oder Schlimmerem riskiert.

Unzufrieden mit der eigenen Unzufriedenheit, faltete er die Karte wieder zusammen und brachte sie zurück. »Paola«, rief er in den hinteren Teil der Wohnung, »komm, wir gehen einen trinken.«

Die erste Nachricht, die ihn am Montag morgen ereilte, war die, daß er entgegen dem Plan nun doch in Pattas Abwesenheit die Questura leitete. Es stellte sich heraus, daß Marotta für eine Woche nach Turin zurückbeordert worden war, um in einem Prozeß auszusagen. Er hatte mit besagtem Fall gar nicht unmittelbar zu tun gehabt, sondern zwei seiner Leute hatten sechs mutmaßliche Waffenhändler dingfest gemacht, und es war höchst unwahrscheinlich, daß er überhaupt vor Gericht würde auftreten müssen, weshalb er durchaus nicht unbedingt hätte hinfahren müssen, doch da es sowohl eine Heimfahrt auf Staatskosten als auch Reisetagegelder bedeutete, war er der Vorladung gefolgt und hatte Brunetti eine Mitteilung hinterlassen, daß seine Anwesenheit in Turin für einen erfolgreichen Abschluß des Prozesses unerläßlich sei und es sicher im Sinne des Vice-Questore sei, wenn er Brunetti das Kommando übergebe.

Im Verlauf des Vormittags rief Brunetti wiederholt bei Signorina Elettra an, doch da es ihre Gewohnheit war, die Questura in Abwesenheit des Chefs nicht mit ihrer Anwesenheit zu überlasten, konnte er nicht sicher sein, ob sie nur beschlossen hatte, bis mittags zu schlafen, oder schon nach Pellestrina gefahren war. Als um elf Uhr sein Telefon klingelte, war er über die Maßen erleichtert, ihre Stimme zu hören.

»Wo sind Sie, Signorina?« fragte er freundlich.

»Am Strand von Pellestrina, Commissario, auf der Adria-Seite. Wußten Sie schon, daß dieses havarierte Schiff da nicht mehr liegt?« Als er nicht antwortete, fuhr sie fort: »Ich war ganz überrascht, daß es weg war. Meine Kusine sagt, sie hätten es letztes Jahr abgeschleppt. Es fehlt mir richtig.«

»Seit wann sind Sie dort, Signorina?«

»Seit Samstag, kurz vor Mittag, weil ich hier soviel Zeit wie möglich haben wollte.«

»Und was haben Sie zu Ihrer Kusine gesagt?«

Er vernahm den schrillen Schrei einer Möwe. »Daß es mir leid tut, so lange nicht mehr hier draußen gewesen zu sein, aber daß ich jetzt mal für eine Weile aus der Stadt wollte«, sagte sie, dann hatte die Möwe wieder etwas dazwischenzurufen. Als der Vogel fertig war, fuhr Signorina Elettra fort: »Ich habe Bruna erzählt, ich hätte *una storia* gehabt, die schlecht endete, und jetzt wollte ich von allem fort, was mich an ihn erinnern könnte. Stimmt ja auch«, fügte sie in sanfterem Ton hinzu, und natürlich hätte Brunetti nur zu gern gewußt, wer der Mann war und warum es geendet hatte.

»Was haben Sie ihr gesagt, wie lange Sie bleiben wollen?«

»Da habe ich mich nicht festgelegt. Mindestens eine Woche, wahrscheinlich länger, je nachdem, wie ich mich fühle. Aber es geht mir jetzt schon besser; die Sonne ist herrlich und die Luft so völlig anders als in der Stadt. Ich könnte hier für immer bleiben.«

Bevor er es verhindern konnte, sprach der Bürokrat aus ihm: »Das meinen Sie doch hoffentlich nicht ernst.«

»Nur so eine Redensart, Commissario.«

»Was haben Sie nun vor?«

»Ich werde am Strand spazieren und sehen, wen ich da so treffe. In der Bar einen Kaffee trinken und hören, was es Neues gibt. Mit Leuten reden. Angeln gehen.«

»Also ein völlig normaler Urlaub auf Pellestrina?« fragte Brunetti.

»So ist es«, antwortete sie, und die Möwe hatte dem nichts hinzuzufügen. Mit dem Versprechen, ihn wieder anzurufen, unterbrach Signorina Elettra die Verbindung.

14

ALS ELETTRA ZORZI das *telefonino* wieder in ihre linke Jackentasche steckte, war sie froh, daß sie die Wildlederjacke angezogen hatte, nicht die wollene. Die Taschen waren tiefer, das kleine Mobiltelefon, kaum größer als eine Zigarettenschachtel, war darin besser aufgehoben. Sie paßte auch besser zu der marineblauen Hose, obwohl Elettra nicht ganz glücklich über deren Kombination mit den Wanderschuhen war, die sie für Strandspaziergänge mitgebracht hatte. Glatt- und Veloursleder zusammen, das hatte sie noch nie gemocht, und sie wünschte sich jetzt, sie hätte doch diese rehbraunen Wildleder-Mokassins gekauft, die sie bei Fratelli Rossetti im Ausverkauf gesehen hatte.

Die Möwe schrie wieder, doch Elettra kümmerte sich nicht darum. Als der Vogel sie dennoch weiter ankrächzte, drehte sie sich um und ging ein paar Schritte auf ihn zu, worauf er sich in die Lüfte schwang und in Richtung Riserva Caroman davonflog. Wie die meisten Venezianer nahm sie Möwen hin, haßte aber Tauben, diese ständigen Ärgernisse, die mit ihren Nestern die Regenrinnen der Häuser verstopften und mit ihren Hinterlassenschaften Marmor in Meringe verwandelten. Sie dachte an die Touristen, die sie oft mit Tauben auf den Köpfen und Armen auf der Piazza San Marco stehen sah, und schüttelte sich: Geflügelte Ratten.

Sie spazierte weiter am Strand entlang, immer fort vom Dorf, und freute sich an der Sonne auf ihrem Rücken. Sie hatte nichts weiter im Sinn, als bis nach San Pietro in Volta zu gehen und dort einen Kaffee zu trinken, bevor sie nach Pellestrina zurückkehrte. Bei jedem ihrer immer länger werdenden Schritte merkte sie, wieviel sie in letzter Zeit am Schreibtisch gesessen hatte und wie wohl es ihrem Körper tat, einfach im Sonnenschein am Strand zu spazieren.

Ihre Kusine Bruna hatte sich, als sie vor einer Woche bei ihr anrief, anscheinend gar nicht darüber gewundert, daß Elettra für eine Woche hierherkommen wollte. Nur auf die Frage, wieso Elettra sich so kurzfristig freinehmen könne, hatte sie ihr wenigstens mit der halben Wahrheit geantwortet: Sie und ihr Freund hätten schon vor Monaten eine zweiwöchige Frankreichreise geplant, aber ihre plötzliche Trennung habe diese Pläne durchkreuzt, und nun habe sie so kurzfristig ihren Urlaubsantrag nicht zurückziehen können. Bruna hatte sich auch in keiner Weise gekränkt gezeigt, weil sie nur die zweite Wahl gewesen war, sondern darauf bestanden, daß Elettra sofort herauskommen und alle Gedanken an ihn in der Stadt zurücklassen solle.

Obwohl sie jetzt erst zwei Tage auf Pellestrina war, hatte das doch schon ganz gut geklappt. Ihr Exfreund war Arzt, ein Bekannter ihrer Schwester, und wahrscheinlich hatte sie schon seit Monaten gewußt, daß er der falsche war: zu ernst, zu ehrgeizig und – auch das hatte sie sich eingestehen müssen – zu habgierig. Sie hatte gefürchtet, daß ihr das Alleinsein zusetzen werde, aber statt dessen fühlte sie sich, wie ihr immer klarer wurde, dieser Möwe gleich: Der hatte es nicht gefallen, wie sie behandelt wurde, und da hatte sie sich in die Luft geschwungen und war fortgeflogen.

Elettra ging ans Wasser hinunter und bückte sich, um die Schuhe auszuziehen und die Hosenbeine hochzukrempeln. Sie hielt das

Wasser nur wenige Sekunden aus, dann hüpfte sie auf den Sand zurück, setzte sich hin und rubbelte zuerst den einen Fuß, dann den anderen, bis sie sich wieder wie Füße anfühlten. Schließlich hakte sie zwei Finger in die Schuhe und ging weiter, barfuß und frei, wobei sie sich langsam wieder daran erinnerte, wie es sich anfühlte, glücklich zu sein.

Schon bald endete der Sand, und sie mußte die Stufen zum Damm hinaufsteigen. Rechts von ihr Boote, die ihrer jeweiligen Bestimmung nachgingen, links tauchte nach kurzer Zeit das Dörfchen San Pietro in Volta auf.

In der Bar, die das Erdgeschoß eines Privathauses einnahm, bestellte sie sich ein Mineralwasser und einen Kaffee, trank durstig das Wasser und nippte am Kaffee. Hinter dem Tresen stand ein Mann von Mitte Sechzig, der sie von ihren früheren Besuchen wiedererkannte und sie fragte, wann sie angekommen sei. Sie kamen ins Gespräch, und bald erzählte er ihr von den Morden, für die sie sich aber kaum zu interessieren schien.

»Aufgeschlitzt und ausgenommen wie einen Fisch«, sagte der Mann. »Schade um ihn. War ein netter Junge. Schon erstaunlich bei diesem Vater.« Sie merkte, die Sache war den Leuten noch nicht lange genug her, als daß sie mit der ganzen Wahrheit über Bottin herausrückten; er war noch so nah am Leben, daß man lieber vorsichtig war und sich gut überlegte, was man über ihn redete.

»Ich habe die beiden nicht gekannt«, sagte Elettra mit einem uninteressierten Blick auf die erste Seite des *Gazzettino,* der zusammengefaltet auf dem Tresen lag.

»Marco ist mit meiner Enkelin zur Schule gegangen«, sagte er.

Elettra bezahlte, sagte noch, wie schön sie es finde, wieder hier draußen zu sein, und machte sich auf den Rückweg. Sie blieb bis Pellestrina auf dem Damm, und im Dorf angekommen, war sie wieder durstig, weshalb sie auf ein Gläschen Prosecco in die Bar des Restaurants ging. Und wer anders hätte sie dort bedienen sollen als Pucetti persönlich, der ihr jedoch nicht mehr Aufmerksamkeit schenkte als jeder anderen attraktiven Frau, die ein paar Jahre älter war als er.

Während sie trank, hörte sie den Männern zu, die sich um die Bar drängten. Auch von ihnen wurde sie kaum weiter beachtet,

110

nachdem man sie als Brunas Kusine erkannt hatte, die jeden Sommer hier herauskam und schon so etwas wie eine Einheimische ehrenhalber war.

Über die Morde wurde gesprochen, aber nur nebenbei, wie über eine weitere Möglichkeit für einen Fischer, eben Pech zu haben. Viel wichtiger war ihnen die Frage, was man mit diesen Saukerlen aus Chioggia machen solle, die nachts in ihre Gewässer kamen und die Muschelbänke zerwühlten. Einer meinte, man solle die Polizei einschalten; doch keiner befand einen so himmelschreiend dummen Vorschlag überhaupt einer Antwort wert.

Elettra ging an die Kasse und zahlte. Auch der Wirt erkannte sie als Brunas Kusine wieder und hieß sie auf der Insel willkommen. Sie plauderten ein Weilchen, und als auch er dann auf die Morde zu sprechen kam, sagte sie ihm, daß sie auf Urlaub sei und nichts davon hören wolle, wobei ihr Ton andeutete, daß Großstädter sich ohnedies eigentlich wenig für das Tun und Lassen der Provinzler interessierten, mochte es noch so blutrünstig sein.

Der Rest dieses Tages verlief ruhig, der nächste Tag ebenso. Sie erfuhr nichts Neues, ließ es sich aber nicht nehmen, Brunetti wieder anzurufen und ihm wenigstens so viel – oder so wenig – mitzuteilen. Während sie sich auch weiter standhaft dagegen wehrte, in Gespräche über die zurückliegenden Morde verwickelt zu werden, paßte sie sich rasch dem Rhythmus von Pellestrina an, einem Dorf, das nach seinem eigenen Tempo lebte. Der Großteil seiner Bevölkerung fuhr noch morgens im Dunkeln zur Arbeit aus und kam erst am späten Vormittag oder frühen Nachmittag wieder zurück. Viele gingen gleich nach Anbruch der Dunkelheit zu Bett. Elettra verfiel bald in einen Alltagstrott. Bruna sorgte täglich für ihre Enkel, solange deren Mutter in der Grundschule am Ort unterrichtete. Um dem Trubel zu entkommen, den zwei kleine Kinder im Haus bedeuteten, verbrachte Elettra die meiste Zeit draußen, vorwiegend mit Strandspaziergängen, wobei sie hin und wieder auch mit dem Boot für ein paar Stunden nach Chioggia hinüberfuhr. Aber immer kehrte sie am Ende auf einen Kaffee in der Bar des Restaurants ein, und immer war das genau um die Zeit, wenn die Männer von den Booten kamen.

Schon nach wenigen Tagen war sie so zu einem hübschen

Stück Inventar geworden, einem, das auf jede Erwähnung der Bottins oder der Morde mit Schweigen reagierte. Sie merkte gleich, daß keiner Giulio leiden konnte; aber erst mit der Zeit begann sie zu ahnen, daß die Abneigung gegen ihn noch ganz andere Gründe hatte als seinen Hang zur Gewalttätigkeit. Schließlich verdienten diese Männer sich ihren Lebensunterhalt damit, daß sie töteten; und wenn es auch nur Fische waren, so hatte dieser Beruf doch viele von ihnen gegen Blut abgestumpft, und Leben zu nehmen war ihnen nichts Besonderes. Die Brutalität, mit der Giulio beseitigt worden war, schien sie nicht im mindesten zu bekümmern; im Gegenteil, wenn überhaupt einmal davon gesprochen wurde, dann eher in einem Ton zähneknirschender Bewunderung. Was sie gegen ihn aufbrachte, war anscheinend seine Weigerung, das Wohl des Pellestrinotti-Rudels über alles andere zu stellen. Jede Aggression, jeder Betrug war, sofern er sich nur gegen die Fischer von Chioggia richtete, vollkommen gerechtfertigt, sogar lobenswert. Giulio Bottin schien es jedoch fertiggebracht zu haben, so etwas auch mit den eigenen Kollegen zu machen, wenn es nur zu seinem Vorteil war, und das verziehen sie nie, nicht einmal nach dem Tod, ja, selbst nicht nach einem so schrecklichen Tod wie dem seinen.

Als sie am Mittwochnachmittag wieder in der Bar saß, im *Gazzettino* las und den Gesprächen ringsum gar keine, wirklich nicht die allermindeste Aufmerksamkeit widmete, merkte sie, wie jemand hereinkam, der neu war. Sie sah nicht auf, bevor sie ein paar weitere Seiten durchgeblättert hatte, und als sie dann den Blick hob, sah sie einen Mann, der ein paar Jahre älter war als sie und sich durch die lässige Eleganz seiner Erscheinung von den Fischern am Tresen abhob. Er trug eine hellgraue Hose und einen blaßgelben Pulli über einem Hemd, das perfekt zur Hose paßte. Augenblicklich war sie gebannt von der Farbe des Pullis und der Tatsache, daß er im Kreis dieser Männer völlig akzeptiert zu sein schien und sich sogar wohl fühlte. Dabei wußte sie, daß die meisten von ihnen eher sterben würden als etwas Gelbes anzuziehen, das keine Ölhaut war.

Er hatte dunkle Haare und, soweit sie das von der Seite erkennen konnte, dunkle Augen und Brauen. Seine Haut war von Natur aus braun oder sonnengebräunt, das konnte sie nicht mit Sicherheit sagen. Er war größer als die meisten anderen hier, und dieser Eindruck wurde durch die Eleganz seiner Haltung noch gesteigert. Jede traditionelle Vorstellung von Männlichkeit wäre – vor allem in Gegenwart dieser wettergehärteten Fischer – schon durch den Pulli kompromittiert worden, erst recht aber durch die Art, wie er den Kopf schieflegte, um den Männern in der Runde zuzuhören. Bei ihm jedoch ergab sich als Gesamtwirkung eine Männlichkeit, die sich ihrer selbst so sicher war, daß Nebensächlichkeiten wie Kleidung oder Gestik sie nicht kümmerten.

Elettra richtete ihren Blick bewußt wieder auf die Zeitung, ihre Aufmerksamkeit aber auf den Mann. Er war, wie sich herausstellte, mit einem der anwesenden Fischer verwandt. Es wurden weitere Getränke bestellt, und bald sah Elettra, daß sie sich den Sportseiten näherte, die zu lesen sie nicht einmal aus Pflichtbewußtsein über sich gebracht hätte. Sie legte die Zeitung zusammen und stand auf. Als sie zur Kasse ging, rief einer der Männer, ein entfernter Verwandter von Bruna, sie zu sich, um sie mit dem Neuankömmling bekannt zu machen.

»Elettra, das ist Carlo, ein Fischer, einer von uns.« Der Mann zupfte mit zwei dicken Fingern an Carlos feinem Wollpullover und meinte: »Sollte man nicht denken, wenn man ihn sieht, wie?« Das allgemeine Gelächter, mit dem das quittiert wurde, war gutmütig und fröhlich, und Carlo stimmte selbst mit ein.

Dann wandte er sich an sie und gab ihr lächelnd die Hand.

»Auch fremd hier?« fragte er.

Sie mußte über die Frage lächeln. »Wenn man nicht hier geboren ist, bleibt man wahrscheinlich ewig fremd«, antwortete sie.

Er legte den Kopf schief und sah sie sich genauer an. »Kennen wir uns?« fragte er.

»Ich glaube nicht«, antwortete sie, im Moment so durcheinander, daß sie schon meinte, ihn vielleicht auch zu kennen. Doch sie war sicher, daß sie sich an ihn erinnern würde.

»Nein, ich habe Sie noch nie gesehen«, sagte er mit einem Lächeln, das noch herzlicher war als das, mit dem er ihre Hand genommen hatte. »Sonst wüßte ich das noch.«

Dieses Echo ihrer eigenen Gedanken verwirrte sie vollends. Sie nickte zuerst ihm, dann dem anderen Mann an der Bar zu, murmelte etwas davon, daß sie erwartet werde, bezahlte ihren Kaffee und flüchtete hinaus in den Sonnenschein.

Ihr Verflossener, der Arzt, war ein gutaussehender Mann gewesen; auf dem Heimweg gestand Elettra sich ein, daß sie eine Schwäche für schöne Männer hatte. Und dieser Carlo sah nicht nur gut aus, er war – nach dem wenigen zu urteilen, was sie von ihm gesehen hatte – auch sympathisch. Streng hielt sie sich vor, daß sie dienstlich hier war. Selbst wenn dieser Carlo nicht auf Pellestrina lebte, schloß ihn nichts von einer möglichen Verwicklung in den Mord an Giulio und Marco Bottin aus. Bei dem Gedanken mußte sie lächeln. Wenn sie so weitermachte, war sie schon bald wie die Uniformierten, denen jeder allerorten verdächtig war, noch bevor es überhaupt erste Hinweise auf eine Straftat gab.

Sie drängte alle weiteren Gedanken an den schönen Carlo in den Hintergrund und ging zurück zu Brunas Haus. Unterwegs rief sie mit ihrem *telefonino* noch Commissario Brunetti in der Questura an und sagte ihm, daß sie nichts weiter erfahren habe, als daß nach allgemeiner Ansicht der Fischer die Anchovis mit dem Mondwechsel auf Wanderung gehen würden.

15

BRUNETTI, DER DAHEIMGEBLIEBENE – während Signorina Elettra sich sonnte und am Strand spazierenging, ohne über die Morde irgend etwas zu erfahren – war indessen ebenso erfolglos wie sie. Er hatte noch einmal Luisa Follinis Nummer angerufen, aber da hatte sich ein Mann gemeldet, und diesmal war es Brunetti, der auflegte, ohne etwas zu sagen. Daß er überhaupt bei ihr angerufen hatte, war ein Instinkt gewesen, irgendeine atavistische Reaktion auf das Drohende, das von den beiden Männern ausging, die in den Laden gekommen waren, und derselbe Instinkt veranlaßte ihn, Vianello zu beauftragen, nach einem neuerlichen Versuch, Giacomini zu finden, noch kurz bei Signora Follini reinzuschauen.

Brunettis Anweisungen folgend, fuhr Vianello noch einmal nach Malamocco hinaus und fand dort Enrico Giacomini ohne Schwierigkeiten. Der Fischer erinnerte sich an die Schlägerei zwischen Scarpa und Bottin und behauptete, Scarpa habe den Streit provoziert, indem er Bottin ein Großmaul geheißen habe. Vianello gab sich damit nicht zufrieden und wollte von Giacomini wissen, worauf sich Scarpa denn damit bezogen habe, aber darauf antwortete der Fischer, er habe keine Ahnung, dies allerdings in einem Ton, dem der Sergente, der bei aller äußerlichen Schwerfälligkeit doch recht hellhörig war, entnehmen konnte, daß er hier an Geheimnisse der Pellestrinotti rührte. Noch während er dem Mann die Frage stellte, ob er sich denn wirklich nicht denken könne, worauf Scarpa hinausgewollt habe, wurde ihm klar, wie unsinnig es war, von einem Fischer etwas über einen anderen Fischer herauszubekommen zu wollen. Diese Leute hatten einen Loyalitätsbegriff, der die Polizei nicht einbezog – der von der ganzen Menschheit überhaupt nur dem kleinen Teil galt, der in den Wassern der Lagune und der Adria fischte.

Verärgert über Giacominis Ausflüchte, zugleich aber immer noch neugierig, was sich zwischen Bottin und Scarpa wohl abgespielt hatte, ließ Vianello sich von Montisi weiter nach Pellestrina fahren. Während Montisi beim Boot blieb, ging er selbst zuerst zu Signora Follinis Laden – doch es war Mittagszeit, und der Laden war geschlossen. Da Brunetti ihm eingeschärft hatte, nur ja keine Aufmerksamkeit auf Signora Follini zu lenken, ging Vianello an dem Laden vorbei und tat, als hätte er kein Interesse daran.

Er wandte sich nach links, um die Adresse aufzusuchen, die man ihm für Sandro Scarpa angegeben hatte, den Urheber der Bemerkung, die Bottin in Wut gebracht hatte. Aber Scarpa, der alles andere als glücklich darüber war, daß die Polizei ihn von seinem Mittagessen forthlote, erklärte ihm, den Streit habe der Tote provoziert, und wer etwas anderes behaupte, sei ein Lügner. Nein, er könne sich nicht mehr genau erinnern, was Bottin gesagt habe, und er wisse auch nicht mehr, warum es ihn so geärgert habe. Außerdem könne von Schlägerei eigentlich gar nicht die Rede sein. Was heißen solle, daß so etwas eben vorkomme, wenn es schon spät in der

115

Nacht sei und die Männer getrunken hätten; es habe nichts weiter zu bedeuten, und hinterher verschwende auch niemand mehr einen Gedanken daran.

Ohne Vorwarnung fragte ihn Vianello, wo sein Bruder sei. Scarpa antwortete, seines Wissens sei er wegen irgend etwas zu einem Freund nach Vicenza gefahren. Er forderte Vianello nicht direkt zum Gehen auf, sondern sagte nur, in der Küche werde sein Essen kalt, und er könne ihm über Bottin sowieso nichts weiter sagen. Vianello sah keinen Grund, das Gespräch in die Länge zu ziehen, und suchte das Restaurant auf, um in der Bar ein Gläschen Wein zu trinken.

Beim Eintreten erlebte er eine kurze Schrecksekunde, in der er sich fast schon wieder in der Questura glaubte, denn hinter der Theke stand Pucetti, und links an einem Tisch, vor sich den *Gazzettino* – in dem sie mit einer Aufmerksamkeit las wie sonst höchstens in *Vogue* –, saß Signorina Elettra. Beide blickten auf, als er hereinkam. Beide reagierten angemessen auf den Anblick seiner Uniform, und er hoffte, daß die Männer an der Bar das auch gesehen hatten: mit einem Argwohn und Widerwillen, die er selbst in den Gesichtern von Männern, die er schon wiederholt festgenommen hatte, selten zu sehen bekam.

Pucetti gönnte sich viel Zeit, bis er endlich kam und ihn nach seinen Wünschen fragte, und dann ließ er das bestellte Glas Prosecco erst schal und warm werden, bevor er es brachte. Vianello nippte nur einmal kurz daran, knallte das Glas auf die Theke, bezahlte und ging.

Wieder ein paar Minuten später faltete Signorina Elettra angesichts des nahenden Sportteils die Zeitung zusammen, bezahlte ihren Kaffee, nickte einigen der Männer an der Bar zu und lief hinaus in die Sonne. Sie war erst ein paar Schritte gegangen, als sie von hinten eine Stimme hörte, die sie augenblicklich erkannte: »Na, wieder auf dem Heimweg zu Ihrer Kusine?«

Sie drehte sich um, sah ihn, zögerte einen Moment und erwiderte dann sein Lächeln. »Ich denke, ja.« Als sie seine Verwirrung sah, erklärte sie: »Sie ist mit den Kindern zum Lido gefahren, um Schuhe zu kaufen, und von dort werden sie erst nach dem Mittagessen zurück sein.«

»So daß Sie zur Abwechslung einmal in Ruhe essen können?« fragte er mit noch breiterem Lächeln.

»Nein, nein, es sind richtig liebe Kinder. Außerdem haben sie ältere Rechte im Haus und an Bruna.«

»Sie wären demnach frei?« fragte er, denn das Benehmen der Kinder interessierte ihn weniger.

»Ich denke wohl«, antwortete sie, und als sie selbst merkte, wie ungnädig das klang, sagte sie: »Ja, ich bin frei.«

»Gut. Ich hatte nämlich gehofft, Sie zu einem Picknick am Strand überreden zu können. Am Wellenbrecher ist eine Stelle, da hat die Flut ein paar von den Steinen weggespült, so daß man dort völlig windgeschützt sitzt.«

»Picknick?« fragte sie mit einem Blick auf seine leeren Hände.

Er hakte die Daumen in ein vermeintliches Paar Hosenträger und drehte sich ein wenig um, damit sie den kleinen Rucksack auf seinem Rücken sah, gerade groß genug, um ein Picknick für zwei zu fassen. »Hier drin«, sagte er.

Sie mußte unwillkürlich lächeln. »Gut. Was haben Sie denn eingepackt?«

»Lauter Überraschungen«, antwortete er, und sie beobachtete, wie sein Lächeln immer am Mund begann und sich dann langsam in seine Augen hinaufschlich.

»Schön. Eine davon heißt hoffentlich Mortadella.«

»Mortadella?« fragte er. »Woher wußten Sie das? Die esse ich für mein Leben gern, aber ich denke immer, ich bin der einzige, darum packe ich nie welche ein. Das ist doch ein Bauernessen. Ich kann mir gar nicht vorstellen, daß jemand wie Sie so etwas ißt.«

»Aber ja doch!« rief sie mit ungespielter Begeisterung; sein Kompliment überhörte sie, zumindest für den Augenblick. »Aber es stimmt – keiner mag sie mehr so richtig gern essen. Es muß – was weiß ich – Kaviar sein oder Hummerschwänze oder …«

»Und dabei hängt ihnen in Wahrheit die Zunge heraus vor Gier nach einem *panino* mit Mortadella«, unterbrach er sie, »und mit so viel Mayonnaise dazwischen, daß sie hinten am Kinn hinunterläuft.« Damit hakte er sie so selbstverständlich unter, als gingen sie jeden Tag miteinander zum Picknick, und führte sie in Richtung Damm und Strand.

117

Am Wellenbrecher angekommen, sprang Carlo auf den ersten der riesigen Steinbrocken, drehte sich um und reichte ihr die Hand, um ihr hinaufzuhelfen. Als sie neben ihm stand, hakte er sie unter, und sie stellte erfreut fest, daß er sie nicht auf jedes Steinchen und jede Unebenheit aufmerksam machte, als hätte sie selbst keine Augen im Kopf. Nachdem sie etwa den halben Weg zurückgelegt hatten, blieb er stehen und beugte sich über den Rand, um die Steine darunter in Augenschein zu nehmen. Er sagte, sie solle kurz warten, dann sprang er auf einen Steinbrocken, der unter ihnen in einem prekären Winkel vorstand. Er reichte ihr wieder die Hand, und sie sprang zu ihm hinunter. Der Wellenbrecher hatte an dieser Stelle ein riesengroßes Loch in der Seite, wo ein Sturm ein paar Steine weggerissen hatte; so war eine Höhle entstanden, die gerade groß genug für zwei Personen war. Das Nichtvorhandensein herumliegender Zigarettenkippen oder Lebensmittelverpackungen bewies, daß die Höhle bisher noch der Entdeckung durch die Pellestrinotti entgangen war.

Der Höhlenboden glich einem Teppich aus weißem Sand, und eine Laune der Fluten hatte einen oben ganz flachen Stein so in der Rückwand stecken und nach vorn herausragen lassen, daß er einen idealen Tisch bildete. Carlo deckte ihn rasch mit den Sachen aus seinem Rucksack. Dann saßen sie im Schneidersitz auf dem Sandteppich und ließen es sich munden, während die Nachmittagssonne schräg zu ihnen hereinfiel und die Wellen gegen die Steine unter ihnen plätscherten.

Elettra fand das Picknick auch ohne Mortadella perfekt, nicht nur wegen der opulenten Schinkenbrote mit dick Butter auf beiden Scheiben und der gekühlten Flasche Chardonnay, auch nicht wegen der Erdbeeren, die dann folgten und – allem Kalorienbewußtsein zum Trotz – einzeln in Mascarpone getunkt werden wollten. Perfekt war das Picknick auch wegen der Gesellschaft, die sie hatte: Carlo hörte ihr zu, als ob sie alte Freunde wären, und sprach mit ihr, als würde er sie schon seit vielen, nur glücklichen Jahren kennen.

Er fragte sie nach ihrem Beruf, und sie antwortete, sie arbeite bei einer Bank: sehr langweilig, aber bei der rasant zunehmenden Arbeitslosigkeit ringsum ein beruhigend sicherer Posten. Als sie ihn dann ihrerseits fragte, sagte er, er sei Fischer, und beließ es dabei. Erst durch vorsichtiges Nachhaken bekam sie ihn dazu, ihr zu erzählen, daß er nach dem Tod seines Vaters vor zwei Jahren sein Studium abgebrochen habe und nach Burano zu seiner Mutter zurückgekehrt sei. Es gefiel ihr, wie er darüber sprach – als sei es ihm gar nicht bewußt, mit welcher Selbstverständlichkeit er die Verantwortung für seine Mutter übernommen hatte.

Während sie über ihre Familien und ihre jeweiligen Hoffnungen sprachen, wurde Elettra sich einer anwachsenden Unterströmung von Erregung bewußt, ohne daß irgend etwas von dem, was sie sagten oder taten, als Auslöser dafür hätte benannt werden können. Je länger sie ihm zuhörte, desto mehr hatte sie das Gefühl, dieser Stimme schon früher gelauscht zu haben, und sie wollte sie, wie ihr zunehmend bewußt wurde, auch sehr gern wieder hören.

Als die Brote aufgegessen, der Wein getrunken, die letzten Reste Mascarpone von gierigen Fingern geleckt waren, sah sie ihm zu, wie er gewissenhaft alles Einwickelpapier und die Servietten, die ihnen als Teller gedient hatten, einsammelte und in den leeren Rucksack steckte. Er sah, daß sie sein Tun beobachtete, und meinte grinsend: »Ich mag es nun mal nicht, wenn die Strände voller Unrat sind.« Mit verlegenem Achselzucken zog er einen Mundwinkel hoch und schnitt eine Grimasse, die sie inzwischen schon kannte und nett fand. »Es ist wahrscheinlich dumm, sich damit aufzuhalten, aber es ist doch so eine kleine Mühe.«

Sie beugte sich zu ihm hinüber und stopfte ihre Serviette über der seinen in den Rucksack. Dabei streifte ihre Brust seinen Arm, und sie erschrak richtig über die Gewalt ihrer Reaktion, die gar nichts mit erinnerten Freuden zu tun hatte, sondern viel mehr mit der Verheißung künftiger. Er sah sie mit einem Blick an, der so überrascht war, daß er fast dämlich wirkte, doch als sie dann so tat, als ob sie die Berührung gar nicht bewußt wahrgenommen hätte, wandte er sich wieder seinem Rucksack zu und zog dessen Schnüre fest.

Obwohl sie sich von da an scheinbar nur noch für ein großes Schiff am Horizont interessierte, das man durch den Höhleneingang sah, merkte sie doch ganz genau, daß er sie beobachtete. Als er dann »Kaffee?« fragte, ahnte sie sein selbstkritisches Grinsen mehr, als daß sie es sah.

Sie lächelte und nickte, aber ob die Frage sie erleichterte oder enttäuschte, hätte sie selbst nicht sagen können.

16

BRUNETTI, DER WEIT DAVON ENTFERNT WAR, am Wasser zu sitzen und frische Erdbeeren in Mascarpone zu tunken, sah sich unterdessen in sein Dienstzimmer gesperrt und unter den Papierlawinen ersticken, die von den Organen des Staates losgetreten wurden. Er hatte gehofft, es werde während Pattas Abwesenheit und Marottas Rückzieher an ihm sein, Entscheidungen zu treffen, die sich auf den Gang der Gerechtigkeit in Venedig auswirken würden. Selbst wenn er für nichts weiter sorgen könnte, als daß unfähige Beamte auf Unwichtiges – wie zu laut plärrende Fernseher – angesetzt wurden, damit die Besseren sich ernsterer Probleme annehmen konnten, wäre dies doch wenigstens ein Beitrag zum Allgemeinwohl gewesen. Aber nicht einmal für so etwas Simples hatte er Zeit. In Abwesenheit Signorina Elettras, die den täglich ankommenden Papierkram offenbar sehr gut siebte, landete das ganze Zeug auf seinem Schreibtisch und nahm seine gesamte Arbeitszeit in Anspruch. Anscheinend verfaßte das Innenministerium täglich ganze Bände von Bekanntgaben und Vorschriften und traf Entscheidungen zu so weit auseinanderliegenden Themen wie der Notwendigkeit, sich beim Verhör ausländischer Tatverdächtiger eines Dolmetschers zu bedienen, und der Absatzhöhe an den Schuhen der Polizistinnen. Er überflog das alles nur – es Lesen zu nennen, wäre eine Unwahrheit gewesen, denn dieser Begriff beinhaltet ein Minimum an Verstehen, und über dieses Stadium war Brunetti längst hinaus und hatte jenen Zustand der Abgestumpftheit erreicht, in dem man zwar noch Wort an Wort reiht und Seiten umblättert, aber keine Ahnung mehr hat, was die Wörter bedeuten.

Er konnte nicht verhindern, daß seine Phantasie immer wieder nach Pellestrina abschweifte. Er fand die Zeit, mit Vianello zu sprechen, war aber enttäuscht über das Wenige, das der Sergente erfahren hatte. Hingegen horchte er auf, als Vianello erwähnte, er habe bei seinen Gesprächen mit den Leuten auf Pellestrina immer das starke Gefühl gehabt, daß sie Bottin nicht als einen der ihren betrachteten, denn das bestätigte einen Verdacht, den Brunetti selbst schon gefaßt hatte, auch wenn er nicht mehr wußte, warum. Je länger er über Vianellos Worte nachdachte, desto merkwürdiger fand er das alles. Nach seiner Erfahrung war es ungewöhnlich, daß Menschen, die eine so enge Gemeinschaft bildeten wie die Einwohner von Pellestrina, sich so einmütig ablehnend über einen der Ihren äußerten. Das Geheimnis ihres Überlebens hatte immer darin bestanden, eine einige Front gegen fremde Mächte zu bilden, und eine fremdere Macht als die Polizei konnte es gar nicht geben. Was ihn ferner beschäftigte, war die wiederholte Gegensätzlichkeit ihrer Äußerungen über Giulio einerseits und Marco andererseits. Alle betrauerten den Tod des Jungen, aber keiner auf ganz Pellestrina schien Giulio Bottin eine Träne nachzuweinen. Noch eigenartiger war die Unbekümmertheit, mit der sie sich das anmerken ließen.

Die anschwellende Papierflut schwemmte diese Gedanken für die nächsten zwei Tage aus Brunettis Kopf. Am Freitag rief Marotta aus Turin an und sagte, er werde am Montag zurück sein. Brunetti fragte nicht, ob er in dem Prozeß ausgesagt habe; ihm war nur wichtig, daß der andere Commissario ihn bald von dem Papierkram erlöste.

Paola und er waren am Samstag abend bei Freunden zum Essen eingeladen, und als kurz vor acht das Telefon klingelte, während Brunetti sich gerade die Krawatte umband, war er versucht, nicht abzunehmen.

Paola rief über den Flur: »Soll ich rangehen?«

»Nein, ich mache das schon«, sagte er, aber widerstrebend, während er sich wünschte, eines der Kinder sei da, um das Gespräch anzunehmen und zu sagen, daß er gerade aus dem Haus gegangen sei, oder beschlossen habe, nach Patagonien auszuwandern und Schafe zu hüten.

»Brunetti«, sagte er.

»Commissario, hier Pucetti«, sagte der junge Beamte. »Ich bin in einer Telefonzelle am Hafen. Eben ist ein Boot hereingekommen. Die haben eine Leiche aufgefischt.«

»Wer ist es?«

»Keine Ahnung.«

»Mann oder Frau?« fragte er, denn bei dem Gedanken an Signorina Elettra blieb ihm fast das Herz stehen.

»Das weiß ich auch nicht, Commissario. Einer der Fischer ist vor einer Minute hereingekommen und hat es den Männern an der Bar gesagt, worauf wir alle hinausgegangen sind, um uns dies anzusehen.« Brunetti hörte Geräusche im Hintergrund, dann wurde der Hörer aufgelegt.

Er legte ebenfalls auf und ging ins Schlafzimmer. Paola blickte auf und sah sein Gesicht. Sie hatte ein schwarzes Kleid an, eng um die Hüften und sehr tief ausgeschnitten am Rücken, ein Kleid, das er noch nie zuvor gesehen zu haben glaubte. Gerade hatte sie sich den zweiten Ohrring anstecken wollen, doch als sie ihn sah, ließ sie beide Hände sinken. »Na ja, so gern wollte ich da auch gar nicht hin«, sagte sie, indem sie den Ohrring wieder in die Schublade ihres Toilettentischs warf, die obere, in der sie sowohl ihren Schmuck als auch ihre diversen Vitaminpillen aufbewahrte, letzteres aus Gründen, hinter die er nie gekommen war. In ganz beiläufigem Ton, mit dem sie im Laden ein halbes Dutzend Eier hätte verlangen können, erklärte sie: »Ich rufe Mariella an.«

Er kannte Männer, die vor ihren Frauen Geheimnisse hatten. Er kannte einen verheirateten Mann, der sich zwei Mätressen hielt, und zwar seit über zehn Jahren. Er kannte Männer, die ihr Unternehmen und ihr Haus verloren hatten, bevor ihre Frauen auch nur ahnten, daß sie spielten. Einen Augenblick lang fragte er sich, ob Paola wohl dem Teufel ihre Seele verkauft hatte, um die mystische Fähigkeit zu erlangen, seine Gedanken zu lesen. Aber nein, für so einen schlechten Handel war sie viel zu klug. »Oder willst du zuerst in der Questura anrufen?« fragte sie.

Er wollte schon anfangen, ihr zu erklären, worum es ging, unterbrach sich aber, als könnte er Signorina Elettras Sicherheit mit Schweigen gewährleisten. »Ich benutze das *telefonino*«, sagte er und

122

nahm es von der Kommode, auf der er es in Erwartung eines friedlichen Abends bei Freunden deponiert hatte. Paola ging für ihren Anruf hinunter ins Wohnzimmer, und er wählte die wohlbekannte Nummer der Questura und forderte ein Boot an, das ihn abholen und nach Pellestrina hinausbringen solle. Er drückte den kleinen blauen Knopf, wählte Vianellos Nummer und drückte eingedenk der Anweisungen, die er bei der Übernahme des Mobiltelefons bekommen hatte, noch einmal den blauen Knopf.

Vianellos Frau meldete sich. Als sie hörte, wer am Apparat war, hielt sie sich nicht lange mit Höflichkeiten auf, sondern sagte gleich, sie werde Lorenzo holen. Das Radar einer Polizistenfrau wußte sofort, wann ein Abend verdorben war. Manche machten dazu gute Miene, andere nicht.

»Ja?« meldete sich der Sergente.

»Pucetti hat eben angerufen. Aus einer Telefonzelle. Sie haben eine Leiche aufgefischt.«

»Ich warte am Anleger Giardini«, sagte Vianello und legte auf.

Fünfzehn Minuten später war er da, aber nicht in Uniform und hob auch nur kurz die Hand zur Begrüßung, als das Boot mit Brunetti kam und gar nicht erst anlegte, sondern nur die Fahrt verlangsamte, um ihn an Bord springen zu lassen. Vianello nahm an, daß er schon alles gesagt bekommen hatte, was Brunetti wußte, und vertat deshalb keine Zeit mit Fragen. Auch Signorina Elettras Namen sprach er nicht aus.

»Nadia?« fragte Brunetti in der Kürzelsprache langer Zusammenarbeit.

»Ihre Eltern wollten uns zum Essen ausführen.«

»Besonderer Anlaß?«

»Unser Hochzeitstag«, antwortete Vianello.

Statt sich zu entschuldigen, fragte Brunetti: »Der wievielte?«

»Der fünfzehnte.«

Das Boot schwenkte nach rechts und trug sie in Richtung Malamocco und Pellestrina. »Ich habe veranlaßt, daß ein Spurensicherungstrupp herauskommt«, sagte Brunetti. »Aber das Boot muß die alle erst einsammeln, sehr bald werden sie also nicht draußen sein.«

»Wie wollen wir erklären, daß *wir* so schnell draußen sind?« fragte Vianello.

»Ich sage, jemand hat uns angerufen.«

»Dann hat hoffentlich keiner Pucetti telefonieren sehen.«

Brunetti, der selbst nahezu nie sein Mobiltelefon bei sich hatte, fragte: »Wieso hat man ihm kein *telefonino* gegeben?«

»Die meisten jungen Leute haben ihr eigenes, Commissario.«

»Er auch?«

»Das weiß ich nicht. Wahrscheinlich aber nicht, wenn er Sie aus einer Zelle angerufen hat.«

»Wie dumm von ihm«, sagte Brunetti, wobei er sehr wohl merkte, daß er seine Angst um Signorina Elettra in Zorn über den jungen Beamten umwandelte, der diese Angst in erster Linie ausgelöst hatte.

Brunettis *telefonino* klingelte. Als er sich meldete, sagte ihm der Telefonist der Questura, soeben sei ein Anruf von einem Mann gekommen, der gesagt habe, ein Boot habe mit seinem Netz eine Frauenleiche aufgefischt und zum Hafen von Pellestrina gebracht.

»Hat er seinen Namen genannt?« fragte Brunetti.

»Nein, Commissario.«

»Hat er gesagt, daß er die Leiche gefunden hat?«

»Nein, Commissario. Nur daß ein Boot eine Leiche gebracht hat, nicht daß er selbst etwas damit zu tun hätte.«

Brunetti bedankte sich und schaltete ab. Er wandte sich an Vianello. »Eine Frau.« Der Sergente sagte nichts, und Brunetti fragte: »Wenn diese Boote alle mit Funk und Telefon ausgerüstet sind, wieso haben die uns nicht gleich angerufen?«

»Die meisten Leute wollen lieber nichts mit uns zu tun haben.«

»Wer eine Frauenleiche im Netz hat, kann es meines Erachtens in keinem Fall vermeiden, daß er mit uns zu tun bekommt«, blaffte Brunetti, der einen Teil seines Zorns jetzt auch auf Vianello übertrug.

»Ich fürchte, an so etwas denken die Leute nicht. Vielleicht gerade dann nicht, wenn sie eine Frauenleiche im Netz haben.«

»Ja, ja, natürlich«, sagte Brunetti, der natürlich wußte, daß der Sergente recht hatte, und dem es leid tat, daß er so heftig geworden war.

Die Lichter von Malamocco glitten vorüber, dann Alberoni, und dann kam nichts mehr als die lange gerade Strecke nach Pellestri-

124

na. Bald sahen sie vor sich die vereinzelten Lichter der Häuser und die Lampenreihe auf der Mole, die zugleich Dorfgrenze war. So sonderbar es anmutete, verriet doch nichts, daß etwas Außergewöhnliches passiert war, denn an der *riva* waren nur wenige Leute zu sehen. So schnell konnten sich nicht einmal die Pellestrinotti an den Tod gewöhnt haben.

Der Bootsführer, der seit Beginn dieser Ermittlung noch nicht auf Pellestrina gewesen war, steuerte die Lücke in der Reihe der Fischerboote an. Brunetti sprang an Deck, legte ihm die Hand auf die Schulter und rief: »Nein, nicht hier. Da hinten, am Ende.«

Der Bootsführer legte sofort den Rückwärtsgang ein, das Boot stoppte und entfernte sich gleich wieder von der *riva.* »Da drüben, rechts«, erklärte Brunetti, und der Bootsführer legte behutsam an der Mole an. Vianello warf die Leine einem Mann zu, der sich ihnen näherte, und sowie er sie um einen der Eisenpoller gelegt hatte, sprangen Brunetti und Vianello an Land.

»Wo ist sie?« fragte Brunetti; das Boot erklärte ja zur Genüge, wer sie waren.

»Hier«, sagte der Mann und ging zurück zu den Leuten, die in einem kleinen Grüppchen im trüben Licht der Straßenlaternen standen. Als Brunetti und Vianello näher kamen, wichen sie auseinander und machten eine Gasse frei, durch die man etwas auf dem Pflaster sah.

Die Füße lagen in einer Lichtpfütze, der Kopf im Dunkeln, aber als Brunetti das blonde Haar sah, wußte er gleich, wer sie war. Im Nähergehen mußte er ein aufkommendes Gefühl großer Erleichterung niederkämpfen. Zuerst glaubte er, daß ihre Augen geschlossen wären, zugedrückt von einer gütigen Seele, aber dann sah er, daß keine Augen mehr da waren. Er erinnerte sich, daß einer der Polizisten die Entscheidung, die Leichen der Bottins zu bergen, damit begründet hatte, daß da unten Krebse waren. Er hatte Bücher gelesen, in denen stand, daß sich Leuten in solchen Situationen die Mägen umgedreht hätten, aber was Brunetti empfand, machte eher seinem Herzen zu schaffen, das ein paar Sekunden lang wie wild schlug und sich erst wieder beruhigte, als er den Blick vom Gesicht der Frau wandte, um ihn auf die stillen Wasser der Lagune zu richten.

125

Vianello war so geistesgegenwärtig zu fragen: »Wer hat sie gefunden?«

Ein untersetzter Mann trat aus dem Schatten hervor. »Ich«, sagte er, sehr darauf bedacht, nur Vianello anzusehen, nicht etwa die stumme Frau, über deren Leiche hinweg dieses Gespräch geführt wurde.

»Wo? Und wann?« fragte Vianello.

Der Mann zeigte nach Süden, Richtung Festland. »Da draußen, etwa zweihundert Meter vor der Küste, direkt an der Mündung des Canale di Caroman.«

Da er den zweiten Teil von Vianellos Frage nicht beantwortet hatte, wiederholte Brunetti ihn. »Wann war das?«

Der Mann sah auf seine Uhr. »Vor einer guten Stunde. Ich hatte sie auf einmal im Netz, aber dann hab ich lange gebraucht, sie längsseits zu holen.« Sein Blick ging zwischen Brunetti und Vianello hin und her, als wollte er sehen, wer von den beiden ihm wohl am ehesten glauben würde. »Ich war allein auf meinem Boot und hatte Angst, womöglich zu kentern, wenn ich sie an Bord gehievt hätte.«

»Was haben Sie also getan?«

»Sie hereingeschleppt«, sagte er, und offensichtlich gestand er das nur sehr ungern. »Ich konnte sie nur so hierherbekommen.«

»Haben Sie die Frau erkannt?« fragte Brunetti.

Der Mann nickte.

Froh, daß er Signora Follini nicht ansehen mußte, blickte Brunetti der Reihe nach in die Gesichter der Umstehenden, Signorina Elettra war nicht dabei. Wenn die Leute auf die Leiche schauten, verschwanden ihre Gesichter im Schatten der eigenen Köpfe, aber die meisten taten das sowieso lieber nicht. »Wann hat jemand von Ihnen sie zuletzt gesehen?«

Keiner antwortete.

Er sah die einzige Frau in der Gruppe fest an. »Sie, Signora«, sagte er mit sanfter Stimme, in der nur Wißbegier lag, kein Hauch von Autorität. »Können Sie sich erinnern, wann Sie Signora Follini zuletzt gesehen haben?«

Die Frau blickte zuerst ihn mit furchtsamen Augen an, dann nach rechts und links. Endlich sprudelte es hastig aus ihr heraus:

»Vor einer Woche. Oder fünf Tagen. Da war ich in ihrem Laden und habe Toilettenpapier gekauft.« Plötzlich schien ihr bewußt zu werden, was sie da vor all den versammelten Männern gesagt hatte, denn sie schlug sich die Hand vor den Mund und blickte zu Boden, dann aber schnell wieder zu ihm auf.

»Wir sollten vielleicht von hier weggehen«, meinte Brunetti, wobei er sich schon in Richtung der hellerleuchteten Häuserfenster begab. Vom Dorf her kam ihnen ein Mann mit einer Decke über dem Arm entgegen. Als er auf die Leiche zuging, zwang Brunetti sich zu sagen: »Lassen Sie das lieber. Niemand sollte die Leiche anrühren.«

»Es ist doch nur aus Respekt, Signore«, sagte der Mann, ohne die Tote anzusehen. »Man sollte sie hier nicht so liegen lassen.« Er hatte sich die Decke zusammengefaltet über den Arm gelegt, was einen sonderbar förmlichen Eindruck machte.

»Tut mir leid, aber es ist besser so«, sagte Brunetti, ohne sich anmerken zu lassen, wie gut er den Wunsch des Mannes verstand. Das Verbot, Signora Follini zuzudecken, kostete ihn wahrscheinlich das bißchen Sympathie, das er sich damit erworben haben mochte, daß er die Menge von der Toten weggeführt hatte.

Vianello, der das spürte, ging noch ein paar Schritte weiter aufs Dorf zu, faßte die Frau leicht am Arm und sagte: »Ist Ihr Mann hier, Signora? Vielleicht könnte er Sie nach Hause bringen.«

Die Frau schüttelte den Kopf und befreite ihren Arm, aber langsam, wie um nicht den Anschein zu erwecken, daß sie sich gekränkt fühlte oder ihrerseits kränken wollte. Sie ging weiter auf die Häuser zu und überließ die Angelegenheit den Männern.

Vianello kam zu dem Mann zurück, der neben der Frau gestanden hatte. »Können Sie sich erinnern, wann Sie Signora Follini zuletzt gesehen haben, Signore?«

»Irgendwann diese Woche, Mittwoch vielleicht. Meine Frau hatte mich geschickt, Mineralwasser zu kaufen.«

»Wissen Sie noch, wer da vielleicht zur selben Zeit außer Ihnen im Laden war?«

Der Mann zögerte kurz, bevor er antwortete. Brunetti und Vianello merkten es beide, zeigten das aber nicht.

»Nein.«

Vianello fragte nicht nach einer Erklärung. Vielmehr wandte er sich wieder an die Menge. »Kann mir sonst noch jemand sagen, wann er sie zuletzt gesehen hat?«

Einer sagte: »Dienstag. Morgens. Da machte sie gerade ihren Laden auf. Ich war auf dem Weg in die Bar.«

Noch einer meldete sich. »Meine Frau hat am Dienstag die Zeitung geholt.«

Da sonst keiner mehr etwas sagte, fragte Vianello: »Kann sich einer erinnern, sie später als am Mittwoch gesehen zu haben?« Niemand antwortete. Vianello zog sein Notizbuch aus der Gesäßtasche, öffnete es und sagte: »Dürfte ich Sie bitten, mir Ihre Namen zu nennen?«

»Wozu?« wollte der Mann mit der Decke wissen.

»Wir werden mit jedem im Dorf sprechen müssen«, antwortete Vianello in ruhigem Ton, als hätte er die Frage oder die Schärfe, mit der sie gestellt worden war, gar nicht zur Kenntnis genommen. »Wenn ich also Ihre Namen habe, brauchen wir Sie alle hier nicht noch einmal zu belästigen.«

Ganz schien das zwar nicht zu überzeugen, aber die Männer nannten ihre Namen und auf Nachfrage auch ihre Adressen. Dann entfernten sie sich langsam, einer nach dem anderen bewegten sie sich von Lichtkegel zu Lichtkegel und überließen die Straße den beiden Polizisten sowie – in einiger Entfernung – der Frau, die stumm dalag, die leeren Augen zu den Sternen erhoben.

17

BRUNETTI GING NOCH EIN STÜCK WEITER von der Toten fort, bevor er sprach. »Als ich letzte Woche bei ihr im Laden war, kamen zwei Männer herein«, sagte er. »Es war überdeutlich, daß sie ihr angst machten. Als ich sie dann anrief, am Montag, glaube ich, legte sie auf, kaum daß sie meinen Namen hörte. Und als ich dann im Lauf der Woche noch einmal anrief, meldete sich ein Mann, worauf ich aufgelegt habe, ohne etwas zu sagen. Wahrscheinlich dumm von mir.« Er dachte an die Auskünfte, die er über sie bekommen hatte: daß sie jahrelang drogensüchtig gewesen war und sich davon befreit hatte, daß sie in ihren Geburtsort zurückgekommen war und im Laden ihrer Eltern angefangen hatte. »Ich mochte sie. Sie hatte Humor. Und sie war zäh.« Das Objekt dieser Bemerkungen lag hinter ihnen, taub für die Meinungen anderer.

»Das klang ja wie ein Kompliment«, meinte Vianello.

Ohne zu zögern antwortete Brunetti: »War es auch.«

Nach einer Weile fragte Vianello: »Und sie machte sich keine Illusionen, was das Leben in Pellestrina anging, oder?«

Brunetti blickte zu den niedrigen Häusern des Dorfs hinüber. In einem Erdgeschoßfenster ging gerade das Licht aus, dann in noch einem. Ob die Bewohner von Pellestrina noch soviel Schlaf wie möglich mitbekommen wollten, bevor die Fischerflotte auslief, oder ob sie ihre Zimmer nur verdunkelten, um besser sehen zu können, was draußen vor sich ging? »Ich glaube, über das Leben hier macht sich keiner von ihnen irgendwelche Illusionen.«

Sollte der eine oder der andere von ihnen beiden den Gedanken gehegt haben, bis zur Ankunft der Spurensicherung in die Bar zu gehen und etwas zu trinken, so sprach ihn keiner aus. Brunetti warf einen Blick zurück zum Polizeiboot und sah den Bootsführer in einem Lichtkegel auf dem pilzförmigen Poller sitzen und eine Zigarette rauchen, aber er schlug nicht diese Richtung ein. Es schien das mindeste zu sein, was sie tun konnten, so lange bei Signora Follini zu bleiben, bis die anderen kamen, um aus ihr ein Verbrechensopfer zu machen, Teil einer Statistik.

Das zweite Polizeiboot brachte nicht nur den vierköpfigen Spurensicherungstrupp, sondern mit ihm einen jungen Arzt aus dem Krankenhaus, der immer als Ersatz einsprang, wenn weder Rizzardi noch Guerriero erreichbar war. Brunetti war bisher zweimal zugegen gewesen, wenn dieser junge Arzt geschickt worden war, um den Tod eines Opfers festzustellen, und beide Male hatte er sich in einer Weise verhalten, die Brunetti nicht gefiel, nämlich ohne jeden Sinn für den Ernst des Augenblicks. Dottor Venturi hatte die fünf Jahre seit Verlassen der Universität offenbar dazu genutzt, sich eher die Arroganz seines Berufsstandes zuzulegen als das Mitgefühl. Und er hatte sich von Rizzardi, seinem Vorgesetzten, die ma-

kellose Kleidung abgeguckt, obwohl das Ergebnis an seinem unter-
setzten Körper eher ein wenig lächerlich wirkte.

Das Boot legte neben dem ihren an. Der Arzt sprang schwerfäl-
lig von Bord und kam auf die beiden Gestalten zu, die er als
Brunetti und Vianello erkannt hatte, aber er nahm ihre Anwesen-
heit in keiner Weise zur Kenntnis. Er trug einen anthrazitfarbenen
Anzug mit kaum wahrnehmbaren dunklen Längsstreifen, die seine
Rundlichkeit eher hervorhoben als verbargen.

Er schaute kurz auf Signora Follinis Leiche hinunter, dann nahm
er ein Taschentuch aus seiner Brusttasche und breitete es neben ihr
auf dem feuchten Pflaster aus, bevor er sich darauf kniete. Er hob
ihre Hand hoch, ohne auch nur in ihr Gesicht zu sehen, befühlte
das Handgelenk und ließ den Arm achtlos wieder auf den Boden
fallen. »Sie ist tot«, sagte er, an die Allgemeinheit gewandt. Dann
blickte er zu Brunetti und Vianello auf, um zu sehen, wie sie darauf
reagierten.

Als keiner der beiden etwas sagte, wiederholte Venturi: »Ich sagte, sie ist tot.«

Brunetti wandte den Blick von der Lagune und sah auf den Arzt
hinunter. Er hätte gern die Todesursache gewußt, aber er wollte
nicht mit ansehen, wie dieser junge Mann die Frau noch einmal
anrührte, darum nickte er nur und wandte sich wieder der Betrach-
tung der fernen Lichter zu, die man über dem Wasser sah.

Vianello gab den beiden Männern, die hinter den am Boden
knienden Arzt getreten waren, ein Zeichen. Venturi wollte sich erheben, rutschte aber mit dem rechten Fuß auf dem nassen Pflaster
aus und konnte einen Sturz nur dadurch vermeiden, daß er sich mit
beiden Händen abstützte. Rasch stand er auf und entfernte sich von
der Leiche, wobei er achtgab, daß er mit den schmutzigen Händen
seine Kleidung nicht berührte. Dann wandte er sich an einen der
Fotografen und sagte: »Holen Sie mir mein Taschentuch.«

Der Fotograf, ein Mann in Brunettis Alter, war gerade damit
beschäftigt, sein Stativ aufzubauen. Er zog eines der Beine aus,
schraubte es fest, sah zu dem Arzt hinüber und sagte: »Ich hab's
nicht hingeworfen.« Damit wandte er sich dem zweiten Stativbein
zu.

Venturi öffnete schon den Mund, um den Mann abzukanzeln,

130

besann sich dann aber und ging in Richtung Boot zurück; sein Taschentuch ließ er bei der Leiche liegen. Brunetti sah ihm nach, wie er mit seitlich abgestreckten Händen davonging, was sehr an einen Pinguin erinnerte. Das leere Boot tänzelte im Wasser, mindestens einen Meter vom Anleger entfernt, von den beiden Bootsführern war weit und breit nichts zu sehen. Statt das Boot nun einfach an seiner Leine näher heranzuziehen oder den Weitsprung von der Mole aufs Deck zu wagen, ging Venturi weiter und setzte sich auf eine hölzerne Parkbank. Brunetti bemerkte plötzlich den dichten Abendnebel, der heraufgezogen war, und war froh darum.

Er ging wieder zu Signora Follini und kniete neben ihr nieder. Die kurzzeitige Ablenkung durch die Feuchtigkeit, die in seine Hosenbeine zog, kam ihm gerade recht. Die Tote hatte einen tief ausgeschnittenen Angorapullover an, den das Wasser zu chaotischen Faltengebirgen aufgeschoben hatte. Brunetti war kein Pathologe, aber er kannte die Anzeichen eines gewaltsamen Todes, und hier sah er keine. Die Haut an ihrem Hals war unberührt, die Wolle ihres Pullovers ebenso. Mit den Fingern seiner rechten Hand hob er den Saum dieses Pullovers an und legte ihren Bauch bloß. Als er auch da nichts anderes sah als Altersfalten, wandte er den Blick ab und deckte sie wieder zu.

Die Leute von der Spurensicherung machten sich an ihre jeweilige Arbeit. Brunetti und Vianello warteten. Während sie so untätig dastanden, sah Brunetti den Mann mit der Decke wieder nahen. Er ging zu Vianello, deutete mit dem Kopf zu den Technikern hinüber und fragte: »Würden Sie die Decke über sie legen, wenn die hier fertig sind?«

Vianello versprach es und nahm dem Mann die Decke ab.

»Ich muß sie nicht wiederhaben, darum brauchen Sie sich nicht zu kümmern«, sagte der Mann, dann ging er fort von der Mole und verschwand in der Dunkelheit eines Gäßchens zwischen den Häusern. Die Zeit verstrich. Hin und wieder zerrissen Blitze aus der Kamera des Fotografen die Finsternis. Vianello wartete, bis die Leute von der Spurensicherung fertig waren und anfingen, ihre Gerätschaften einzupacken, dann ging er zu Signora Follini, breitete die Decke in der Luft aus und ließ sie so, daß Gesicht und Augen zugedeckt waren, langsam auf die Tote sinken.

131

»Rizzardi hätte uns etwas gesagt«, meinte er, als er zu Brunetti zurückkam.

»Rizzardi hätte auch sein Taschentuch selbst aufgehoben«, sagte Brunetti.

»Spielt es eine Rolle, daß wir bis nach der Obduktion nicht wissen, woran sie gestorben ist?« fragte Vianello.

Brunetti deutete zu den Häusern von Pellestrina, von denen die meisten jetzt völlig verdunkelt waren. »Glauben Sie, daß uns von denen einer helfen wird, selbst wenn wir es wissen?«

»Einige mochten sie doch anscheinend gern«, antwortete Vianello mit vorsichtigem Optimismus.

»Sie mochten auch Marco Bottin«, versetzte Brunetti.

Da Signorina Elettra und Pucetti im Dorf waren, fand Brunetti es besser, mit den notwendigen Befragungen bis zum nächsten Tag zu warten. Das würde den beiden Gelegenheit geben, sich zwanglos zwischen den Einwohnern zu bewegen und vielleicht Dinge zu hören, die vergessen oder verdrängt wären, bis die Polizei mit der förmlichen Untersuchung von Signora Follinis Tod begann.

Brunetti gab den Technikern ein Zeichen, worauf sie eine Trage entrollten. Die Decke verrutschte kaum, als sie Signora Follini hochhoben und zum Boot trugen.

Auf der Rückfahrt nach Venedig blieb Brunetti oben an Deck stehen und mußte daran denken, wie er und Vianello sich über Signora Follini lustig gemacht hatten, obwohl sie damals beide nicht ahnen konnten, wie geübt ihre Aufmerksamkeiten gewesen waren. Er tröstete sich mit dem Gedanken, daß sie, wenn sie ihre Witze hätte hören können, vielleicht mit darüber gelacht hätte, aber nun vermehrte das Bewußtsein, daß sie weit jenseits aller Möglichkeiten war, sein Bedauern zu spüren, nur noch seine Gewissensbisse.

Er kam erst spät nach Mitternacht heim, doch wie er gehofft hatte, war Paola noch wach und wartete auf ihn. Sie saß im Bett und las, klappte das Buch jedoch zu und legte es weg, nahm auch noch ihre Brille ab und fragte zuletzt: »Was war denn los?«

Brunetti hängte sein Jackett in den Kleiderschrank, band seine Krawatte ab und legte sie über eine Stuhllehne. »Signora Follini. Jemand hat sie aus der Lagune gefischt«, sagte er, während er sein Hemd aufzuknöpfen begann. Müder, als ihm selbst bewußt war, setzte er sich auf den Stuhl neben dem Bett und bückte sich, um seine Schuhe aufzuschnüren.

»Ich vermute, daß jemand sie ins Wasser geworfen und einfach hat ertrinken lassen.«

»Wegen der anderen Morde?« fragte sie.

»Muß wohl so sein.«

»Ist sie immer noch da draußen?« fragte Paola. Im ersten Moment dachte Brunetti, sie spreche von Luisa Follini, deren Leichnam jetzt in der kalten Gesellschaft anderer Toter im Ospedale Civile lag, aber dann verstand er, daß sie wohl Signorina Elettra meinte.

»Ich werde sie zurückrufen«, sagte er. Ehe Paola etwas dazu bemerken konnte, ging er ins Bad, wo er es sorgsam vermied, sich beim Zähneputzen im Spiegel anzusehen.

Einige Zeit später, als er neben ihr unter die Decke schlüpfte, nahm Paola den Faden an derselben Stelle wieder auf, an der sie ihn losgelassen hatten. »Wird sie auf dich hören?«

»Hören tut sie immer.«

»Genau wie Chiara«, sagte Paola, doch dabei ließ sie es bewenden.

Er drehte sich zu ihr um und legte den Arm um sie. Er fühlte noch, wie sie sich bewegte, dann ging das Licht im Zimmer aus. Sie veränderte kurz ihre Lage und schob ihren Arm unter seinem Hals durch, bis sein Kopf bequem in der Kuhle an ihrer Schulter ruhte. Da lag er nun in den Armen seiner Frau und dachte an eine andere, aber weil er sich sagen konnte, daß es ihm nur um deren Sicherheit zu tun war, unternahm er keinen Versuch, den Gedanken zu verdrängen.

Nach einer Weile, die so lang war, daß beide längst hätten eingeschlafen sein müssen, sagte Paola: »Du solltest das nicht hinnehmen.«

Er gab einen Ton von sich, und nach einer weiteren langen Weile schliefen sie beide.

Am nächsten Morgen rief Brunetti, noch ehe er die Wohnung verließ, im Leichenschauhaus an und fragte den Wärter, wer an der Frau, die letzte Nacht von Pellestrina hereingebracht worden war, die Autopsie vornehmen werde.

133

»Dottor Rizzardi.«

»Gut. Wann?«

Schweigen. Brunetti hörte, wie eine Seite umgeblättert wurde. »Da waren noch zwei Leute aus Castello. Wahrscheinlich an Abgasen aus ihrem Boiler gestorben. Aber ich kann die Frau vorziehen. Dann müßte er gegen elf fertig sein.«

»Danke«, sagte Brunetti. »Sagen Sie ihm bitte, daß ich ihn anrufen werde.«

»Gut, Commissario«, sagte der Wärter und legte auf.

Brunetti wollte unbedingt wissen, wann Signora Follini gestorben war, und das konnte ihm nur Rizzardi sagen. Irgendwann nach Mittwoch, sofern sich nicht jemand fand, der sie noch später gesehen haben wollte.

Und wo? Er holte seine Lagunenkarte und betrachtete das schmale Band namens Pellestrina. Am Südende, etwa drei Kilometer vom Dorf, war die Kanalmündung, in der sie gefunden worden war, kurz hinter dem Naturschutzgebiet Caroman. Er faltete die Karte wieder zusammen und steckte sie ein. Nur einer von den Bootsführern konnte ihm sagen, was er über Gezeiten und Strömungen wissen mußte, um sich ein Bild davon zu machen, wie und wohin etwas im Wasser treiben würde.

In der Questura ging er zuerst in den Bereitschaftsraum und traf dort Montisi, der sich gern freiwillig für die ruhigere Sonntagsschicht meldete. Der Bootsführer saß in dem merkwürdig leeren Raum, vor sich eine zerfledderte *Gazzetta dello Sport,* auf die er so uninteressiert starrte, als wäre es die leere Wand gegenüber. Brunetti breitete die Karte auf der Zeitung aus und erklärte Montisi, wo der Fischer Signora Follinis Leiche gefunden haben wollte, dann bat er den Bootsführer, ihm zu sagen, wie sie dorthin gekommen sein könnte.

Nachdem Montisi eine Weile die Karte betrachtet hatte, fragte er: »Wie schlimm war sie dran?«

Sie war doch tot, dachte Brunetti. Wieviel schlimmer konnte sie noch dran sein? »Ich verstehe die Frage nicht.«

»Sie haben doch die Leiche gesehen, nicht?« erkundigte der Bootsführer sich geduldig.

»Ja.«

»Wie stark war sie beschädigt?«

»Die Augen waren weg.«

Montisi nickte, als hätte er das erwartet. »Und Arme und Beine? Sah sie aus, wie wenn sie über den Grund geschleift worden wäre?«

Brunetti rief sich widerstrebend das Bild vor Augen, das Signora Follini geboten hatte. »Sie hatte einen Pullover und Hosen an, so daß ich ihre Arme und Beine nicht sehen konnte. Aber ich habe keine Verletzungen an Händen oder Gesicht gesehen. Abgesehen von den Augen.«

Montisi beugte sich mit einem Grunzlaut über die Karte. »Gegen acht wurde sie hereingebracht, ja?«

»Da habe ich den Anruf bekommen.« Brunetti überraschte sich selbst damit, daß er nicht einmal gegenüber dem Bootsführer erwähnte, daß der Anruf von Pucetti gekommen war. Vielleicht war das ja der Beginn einer echten Paranoia.

»Sie haben keine Ahnung, seit wann sie im Wasser war?«

»Nein.«

Montisi erhob sich und ging zu einer Büchervitrine, einem Relikt aus früheren Zeiten. Er zog die Tür auf, nahm ein dünnes, in Papier eingeschlagenes Buch heraus, blätterte darin, fuhr mit dem Zeigefinger eine Seite hinunter, drehte sie um und tat dasselbe mit der nächsten und übernächsten Seite. Er fand, wonach er suchte, las es, klappte das Buch zu und stellte es zurück.

Als er wieder an den Schreibtisch kam, sagte er: »Ich muß wissen, wie lange sie im Wasser war. Sie könnte praktisch von überall her angetrieben worden sein: Chioggia, Pellestrina, sogar aus einem der anderen Kanäle, falls man sie einfach irgendwo über Bord geworfen hat.« Er war einen Moment still, dann fuhr er fort: »Die Flut war gestern abend sehr stark und hatte ihren Höhepunkt bereits überschritten, als die Leiche gefunden wurde, so daß sie in Richtung Meer trieb. Das hätte ihr Auffinden unwahrscheinlicher gemacht.«

»Wann sie gestorben ist, erfahre ich erst im Lauf des Vormittags, wenn ich mit Rizzardi spreche«, sagte Brunetti.

Montisi gab zu erkennen, daß er verstanden hatte. »Wenn sie lange im Wasser war, dann hat irgendwer sie wahrscheinlich einfach ins Wasser geworfen und nicht groß etwas dabei geplant. Aber

135

wenn sie noch nicht lange tot war, dann hat man sie an einer Stelle ins Wasser geworfen, wo man wußte, daß der Ebbstrom sie in die Adria ziehen würde. Wenn sie sich am Grund des Kanals in irgendwas verfangen hätte, wäre nicht mehr viel von ihr übriggeblieben. Die Gezeitenströme sind dort sehr stark, und sie wäre schnell abgetrieben. Die Steine da unten hätten sie übel zugerichtet.«

Montisi sah den Blick, den sein Vorgesetzter ihm zuwarf. »Ich kann ja nichts dafür, Commissario. Das ist das Werk von Ebbe und Flut.«

Brunetti dankte ihm für die Informationen, sagte nichts zu Montisis selbstverständlicher Annahme, daß die Frau ermordet worden war, und ging wieder in sein Dienstzimmer hinauf, um dort zu warten, bis er Rizzardi anrufen konnte.

Der Arzt kam ihm mit seinem Anruf zuvor. Die Todesursache sei schlichtes Ertrinken gewesen, sagte er; in Salzwasser.

»Könnte jemand sie ertränkt haben?« fragte Brunetti.

Rizzardis Antwort ließ ein Weilchen auf sich warten. »Schon möglich. Es hätte sie ja nur einer von einem Boot ins Wasser zu stoßen brauchen oder so ähnlich. Neuere Hinweise auf eine Fesselung gab es nicht.«

Ehe Brunetti nachhaken konnte, fuhr der Pathologe fort: »Aus gynäkologischer Sicht war sie interessant.«

»Warum?«

»Es gibt Anzeichen dafür, daß sie im Lauf der Zeit schon alle bedeutenderen Geschlechtskrankheiten gehabt hat, und es gibt Spuren von mindestens einer Abtreibung.«

»Sie war jahrelang drogensüchtig«, sagte Brunetti. Rizzardi grunzte, als wäre dies so offensichtlich, daß es kaum noch einer Erwähnung bedurfte. »Und anscheinend hat sie sich als Prostituierte betätigt.«

»Das wäre auch meine Vermutung gewesen«, meinte Rizzardi mit einer Sachlichkeit, die Brunetti wieder daran erinnerte, wie sehr er diesen Arzt mochte und warum.

Brunetti kam auf die Frage zurück, die er vorhin nicht hatte stellen können. »Du sagst, es gab keine *neueren* Hinweise auf eine Fesselung. Was heißt das genau?«

Der Pathologe zögerte lange, endlich erklärte er: »Es gibt Anzeichen von Fesselungen an Oberarmen und Fußgelenken. Ich schließe daraus, daß der, mit dem sie in letzter Zeit zusammen war – sofern sie einen festen Freund hatte –, harten Sex bevorzugte.«

»Was heißt ›harter Sex‹? Vergewaltigung?«

»Nein«, antwortete Rizzardi sofort.

»Was dann? Was kann es denn noch sein?«

»Harter Sex ist nicht unbedingt Vergewaltigung«, antwortete Rizzardi so barsch, daß Brunetti schon auf ein belehrendes »Commissario« dahinter wartete.

»Was ist denn Vergewaltigung?«

»Wenn sie oder er nicht will, dann ist es Vergewaltigung.«

»Sie oder *er*?«

Rizzardis Stimme wurde wieder sanfter. »Wir leben in anderen Zeiten, Guido. Die Tage sind vorbei, in denen sich eine Vergewaltigung immer nur zwischen einem gewalttätigen Mann und einer unschuldigen Frau abspielte.«

Brunetti, Vater einer heranwachsenden Tochter, hätte zu gern gehört, was Dottor Rizzardi zu diesem Thema noch zu sagen hatte, aber da er nicht sah, wie das seine Ermittlungen voranbringen sollte, beließ er es dabei und fragte: »Wann war das Ganze?«

»Nach meiner Schätzung vor zwei Tagen, irgendwann am Freitag abend.«

»Warum?«

»Glaub mir's einfach, Guido. Wir sind hier nicht im Fernsehen, wo ich jetzt etwas über den Mageninhalt oder den Sauerstoffgehalt des Blutes erzählen müßte. Vor zwei Tagen«, wiederholte er, »wahrscheinlich abends, nach zehn oder so. Glaub mir's einfach, und geh davon aus, daß es vor Gericht Bestand haben wird.«

»Wenn es je vor Gericht kommt«, meinte Brunetti abwesend, und eigentlich war diese Bemerkung auch gar nicht für den Pathologen bestimmt.

»Nun gut, das ist deine Aufgabe. Ich berichte dir nur, was die physischen Merkmale mir sagen. Warum und Wie und Wer mußt du herausbekommen.«

»Ich wollte, das wäre so einfach«, seufzte Brunetti.

Rizzardi zog es vor, sich nicht auf eine Diskussion über die Anforderungen ihrer jeweiligen Berufe einzulassen, und beendete das Gespräch. Brunetti blieb nichts anderes übrig, als wieder nach Pellestrina hinauszufahren und zu versuchen, auf diese Fragen eine Antwort zu finden.

18

AUCH WENN SONNTAG WAR, sah Brunetti keinen Grund, daß er und Vianello nicht nach Pellestrina hinausfahren und versuchen sollten, etwas in Erfahrung zu bringen, was ihnen helfen könnte, Signora Follinis Tod zu verstehen. Montisi war alles andere als abgeneigt, sie hinzubringen, und versicherte, daß die Zeitung ihn langweile; da er sich für Fußball nicht besonders interessiere, sei es für ihn sowieso Zeitverschwendung, die Berichte über die Spiele des Tages zu lesen.

Während sie am Anleger Giardini auf dem Deck standen und bei laufendem Motor auf Vianello warteten, kam Brunetti wieder auf Montisis Bemerkung zurück und fragte: »Für welchen Sport interessieren Sie sich denn?«

»Ich?« fragte Montisi, eine Verzögerungstaktik, die Brunetti von vielen Zeugen kannte, denen eine Frage unbequem war.

»Ja, Sie.«

»Meinen Sie zum Ausüben oder zum Zuschauen, Commissario?« fragte Montisi ausweichend.

»Beides«, antwortete Brunetti, den es inzwischen schon mehr als die Frage selbst interessierte, warum Montisi so ungern mit der Sprache herausrückte.

»Nun – ich treibe ja in meinem Alter keinen Sport mehr«, sagte Montisi schließlich in einem Ton, der verhieß, daß es keine weiteren Auskünfte geben würde.

»Aber zum Zuschauen?« fragte Brunetti.

Montisi blickte die lange Allee zum Corso Garibaldi hinunter, ob dort nicht endlich Vianello auftauchte. Brunetti sah den Passanten nach. Eine ganze Weile später sagte Montisi: »Wissen Sie,

Commissario, es ist ja nicht so, daß ich etwas davon verstehe oder daß ich mir ein Bein ausreiße, um es sehen zu können, aber wenn im Fernsehen die Hütehundprüfungen gezeigt werden, aus Schottland, da gucke ich gern zu.« Als Brunetti nichts sagte, fuhr Montisi fort: »Oder aus Neuseeland.«

»Im *Gazzettino* wird darüber sicher nicht viel berichtet, denke ich mir«, meinte Brunetti.

»Nein«, antwortete der Bootsführer, dann richtete er seinen Blick wieder auf den Torbogen am Ende der Allee und sagte mit unüberhörbarer Erleichterung in der Stimme: »Da kommt Vianello.«

Der Sergente, heute in Uniform, winkte im Näherkommen, dann sprang er an Deck. Montisi legte ab und nahm Kurs auf den mittlerweile vertrauten Kanal, der nach Pellestrina führte, wo man gerade friedvoll den Tag des Herrn beging.

Daß Religion ein Relikt aus der Vergangenheit ist und keinen wirklichen Einfluß mehr auf das Verhalten der Menschen in Italien ausübt, hat bisher noch in keiner Weise etwas an ihren Kirchgangsgewohnheiten geändert, schon gar nicht in den kleineren Dörfern. Man könnte sogar in einer Art mathematischer Gleichung die Kleinheit einer Gemeinde in Beziehung zum prozentualen Anteil ihrer Kirchgänger setzen. Überhaupt nie in die Messe gehen ungenierte Heiden wie die Römer und Mailänder, weil die Millionen, zwischen denen sie leben, sie vor den Augen und Zungen ihrer Mitmenschen schützen. Hingegen nehmen die Pellestrinotti es mit ihrem Messebesuch sehr genau, denn regelmäßiger Kirchgang macht es ihnen möglich, sich über das Tun und Lassen ihrer Nachbarn auf dem laufenden zu halten, ohne naseweis zu erscheinen, denn alles, was sich ereignet hat, zumal wenn es geeignet sein könnte, irgend jemandes Tugend oder Ehrlichkeit in Frage zu stellen, wird unfehlbar am Sonntag morgen auf der Kirchentreppe durchgehechelt.

Dort warteten denn auch kurz vor zwölf Uhr – als die Elf-Uhr-Messe gerade zu Ende gegangen und den Dorfbewohnern von Pellestrina ein letztes »Gehet hin in Frieden« mitgegeben worden war – Brunetti und Vianello.

Wie er so auf den Kirchenstufen stand, dachte Brunetti bei

sich, daß Religion ihm – obwohl er sich dessen nie bewußt gewesen war, bis Paola ihn darauf hinwies – immer ein gewisses Unbehagen bereitete. Paola hatte aus seiner Sicht das große Glück gehabt, mehr oder weniger religionsfrei aufgewachsen zu sein, denn ihre Eltern hatten es beide nie nötig gefunden, kirchlichen Veranstaltungen beizuwohnen, jedenfalls nicht solchen, die man zum Zwecke religiöser Pflichterfüllung besuchte. Ihre gesellschaftliche Stellung verlangte ihnen manchmal die Teilnahme an irgendwelchen Zeremonien ab, zum Beispiel der Investitur von Bischöfen und Kardinälen, sogar der Krönung – falls das der richtige Ausdruck dafür ist – des derzeitigen Papstes. Aber diese Zeremonien hatten nichts mit Glauben zu tun, sondern nur mit Macht, und die war – sagte Paola – sowieso das eigentliche Anliegen der Kirche.

Da sie also ebenso unbelastet von jedem Glauben war wie von allen religiösen Verpflichtungen, hatte sie nie einen Widerwillen gegen Religion als solche entwickelt, nicht die Spur, und beobachtete die Riten, mit denen die Leute den Vorschriften ihrer jeweiligen Religion Genüge taten, mit an thropologischem Abstand. Brunetti hingegen war von einer gläubigen Mutter erzogen worden, und obwohl er selbst seinen Glauben schon als Heranwachsender abgelegt hatte, trug er die Erinnerung daran noch in sich, auch wenn es die an einen betrogenen Glauben war. Er wußte, daß er Religionen ablehnend bis feindlich gegenüberstand; mochte er noch so sehr dagegen ankämpfen, er konnte weder dieser Feindschaft entfliehen noch den Schuldgefühlen, die sie ihm verursachte. Paola hielt ihm dafür gern ein Zitat von Wordsworth vor: »Da möcht ich eher Heide sein, genährt von einem überlebten Glauben ...«

Das alles schwirrte Brunetti durch den Kopf, wie er da auf den Kirchenstufen wartete, um zu sehen, wer alles herauskommen und was für neue Erkenntnisse ihm das bringen würde. Eine Orgel begann zu spielen, doch die Reinheit ihres Klanges sprach mehr für die gute Akustik in der Kirche als für das Talent des Organisten. Die Türen gingen auf, die Musik schwoll an und ergoß sich die Treppe herunter, rasch gefolgt von den ersten Gemeindemitgliedern. Bei ihrem Anblick fiel Brunetti nicht zum erstenmal auf, wie gehetzt die Gesichter von Leuten wirkten, die gerade aus der Kirche kamen.

Wären sie eine Viehherde gewesen, Schafe, die über einen niedrigen Zauntritt auf eine neue Wiese sprangen, ihr plötzliches Erschrecken über den Anblick von etwas Fremdem hätte nicht offenkundiger sein können, auch nicht die Welle des Unbehagens, die sich von vorn nach hinten fortpflanzte und jeden in dem Moment erfaßte, in dem er die potentielle Gefahr erkannte, die auf den Stufen seiner harrte. Wenn Vianello nicht in Uniform gewesen wäre, zweifellos hätte manch einer von ihnen einfach so getan, als ob er die beiden Männer gar nicht gesehen hätte. Auch so gaben sich einige noch große Mühe, keine Notiz von ihnen zu nehmen, obwohl Vianellos weiße Uniformmütze so weithin sichtbar war wie die Heiligenscheine an den Figuren, die sie soeben in der Kirche zurückgelassen hatten.

Brunetti studierte, möglichst ohne es sich anmerken zu lassen, die Gesichter der Vorbeikommenden. Zuerst glaubte er, was er sah, sei das Ergebnis ihrer bewußten Anstrengung, sowohl unschuldig als auch unwissend auszusehen, aber dann merkte er, daß es die Folge einer eingeschränkten Geographie war: Viele ähnelten einander. Die Männer waren alle von kleiner Gestalt, ihre Köpfe rund, die Augen standen eng beieinander. Den im allgemeinen muskulösen Körperbau schrieb er ihrem Beruf zu, ebenso die sonnenverbrannten, tief zerfurchten Gesichter aller, auch der jüngsten. Die Frauen zeigten eine größere Vielfalt in der Erscheinung, obwohl sich eine gewisse Korpulenz all derer bemächtigt zu haben schien, die über dreißig waren.

An diesem Morgen blieb niemand auf der Kirchentreppe stehen, um mit den Nachbarn zu plauschen. Vielmehr gehorchte die ganze Gemeinde einem irgendwie geschlossen ergangenen und sehr dringenden Ruf nach Hause. Zu sagen, daß sie flüchteten, wäre übertrieben, nicht aber, daß sie sich scheu und sehr zügig entfernten.

Nachdem die letzten fort waren, wandte Brunetti sich an Vianello in der Hoffnung, seine Enttäuschung ein wenig dadurch lindern zu können, daß er ihn fragte, ob der Mißerfolg wohl der Uniform des Sergente zuzuschreiben sei. Doch ehe er etwas sagen konnte, sah er Signorina Elettra aus der Bar links von der Kirche kommen. Das heißt, er sah sie nur ganz kurz vor dieser Bar erscheinen und sofort wieder halb hineingehen. Gleich darauf kam sie ganz heraus, und als sie von der Tür wegtrat, sah er den Grund für den Aufenthalt: Ein junger Mann, der ihre Hand hielt, rief et was nach hinten in die Bar. Was immer er gesagt hatte, es verursachte brüllendes Gelächter aus mehr als einer Kehle, worauf Signorina Elettra einmal kräftig an seinem Arm ruckte und ihn so schließlich von der Tür wegriß.

Der junge Mann kam ihr nach, legte ihr mit einer Selbstverständlichkeit, die nach langer Vertrautheit aussah, einen Arm um die Schulter und zog sie an sich. Sie reagierte darauf ohne jede Koketterie, indem sie den linken Arm um seine Taille legte und neben ihm Schritt aufnahm. So kamen sie auf die beiden Polizisten zu, die sie bisher noch nicht gesehen hatten. Der Mann, der wesentlich größer war als sie, bückte sich zu ihr hinunter und sagte etwas; Elettra legte den Kopf in den Nacken und sah mit einem Lächeln zu ihm auf, das Brunetti noch nie an ihr gesehen hatte. Der Mann bückte sich tiefer und küßte sie auf den Kopf, wozu sie beide kurz stehenbleiben mußten. Als er den Kopf wieder hob, erblickte er Brunetti und Vianello auf der Kirchentreppe und blieb unvermittelt stehen.

Signorina Elettra sah überrascht zu dem jungen Mann auf und folgte seinem Blick. Die Worte, die ihr darauf entfuhren, gingen in den ersten Schlägen der Kirchturmuhr unter. Aber schon lange vor dem zwölften Schlag gewann sie ihre Fassung wieder und richtete ihre Aufmerksamkeit, die vom unerwarteten Anblick eines Polizisten auf der Kirchentreppe momentan abgelenkt worden war, wieder auf die ernste Frage, wohin sie mit ihrem neuen Freund zum Essen gehen sollte.

Nachdem sie eine Stunde lang versucht hatten, mit den Leuten von Pellestrina ins Gespräch zu kommen, sah Brunetti ein, daß dabei nichts herauskommen würde, bevor sie nicht alle zu Mittag gegessen hätten. Also zogen er und Vianello sich ins Restaurant zurück und nahmen ein schweigsames Mahl zu sich, das beide nicht recht genießen konnten, obwohl die Zutaten frisch waren und der Wein prickelte. Sie fanden es besser, sich jetzt zu trennen, weil sie hofften, daß die Sympathien, die Vianello sich im Gespräch bereits erworben hatte, die unausweichliche Reaktion auf seine Uniform vielleicht besiegen würden.

In den ersten beiden Häusern bekam Brunetti zu hören, daß man Signora Follini gar nicht so gut gekannt habe; einer der Männer ging sogar so weit, zu behaupten, daß er einmal die Woche das Auto nehme und zusammen mit seiner Frau zum Lido fahre, weil im hiesigen Laden die Preise viel zu hoch und einige der angebotenen Waren nicht mehr frisch seien. Der Mann war ein jämmerlich schlechter Lügner, was seine Frau sich zu ignorieren bemühte, indem sie mit vier Porzellanfigürchen herumhantierte, die eine entfernte Ähnlichkeit mit Dackeln hatten. Brunetti bedankte sich bei beiden und ging.

In den nächsten beiden Häusern machte niemand auf, vielleicht weil man nicht wollte, vielleicht weil wirklich keiner da war. Dagegen wurde die dritte Tür schon geöffnet, ehe Brunetti auch nur richtig angeklopft hatte, und schon stand er vor dem Traum eines jeden Polizisten: der wachsamen Nachbarin. Er erkannte sie auf den ersten Blick an ihren schmalen Lippen, dem ungeduldigen Blick, der leicht vornübergebeugten Haltung. Daß sie sich nicht die Hände rieb, tat dem allgemeinen Eindruck der Befriedigung keinen Abbruch, den ihr begieriges Lächeln vermittelte: Endlich kam da jemand, der ihr Erschrecken und Entsetzen über all das Tun und Lassen teilen würde, dessen sich ihre Nachbarn schuldig machten.

Sie trug ihr Haar in einem dünnen Knoten am Hinterkopf, während ein paar widerspenstige Strähnen von einer fettigen, parfümierten Pomade an ihrem Platz gehalten wurden. Ihr Gesicht war schmal, ihr Körper dagegen rundlich und ohne sichtbare Taille. Über einem schwarzen Kleid, das mit zunehmendem Alter vom vielen Waschen grün wurde, trug sie eine schmuddelige Schürze, die vor Jahren einmal geblümt gewesen sein mochte.

»Guten Tag, Signora«, begann Brunetti, und noch bevor er ihr seinen Namen nennen konnte, kam sie ihm zuvor.

»Ich weiß, wer Sie sind und warum Sie kommen. Ist auch höchste Zeit, daß Sie mal mit mir reden.« Sie versuchte Mißbilligung in ihren Gesichtsausdruck zu legen, aber es wollte ihr nicht gelingen, ihre Befriedigung über sein Kommen zu verbergen.

143

»Bedaure, Signora«, sagte er, »aber ich wollte erst einmal hören, was die anderen mir zu erzählen hatten, bevor ich zu Ihnen käme.«

»Kommen Sie, kommen Sie«, sagte sie, schon von ihm abgewandt, und führte ihn in den rückwärtigen Teil des Hauses. Er folgte ihr über einen langen, dumpfigen Flur, an dessen Ende Licht durch einen offenen Zugang zur Küche fiel. Hier gab es keinen Temperaturwechsel, keine wohltuende Wärme zum Ausgleich für die Feuchte des Flurs, keine angenehmen Essensdüfte, um den bedrückenden Geruch nach Schimmel, Wolle und irgend etwas Wildem, Animalischem, das er nicht erkannte, zu übertönen.

Sie zeigte auf einen Stuhl am Tisch und setzte sich, ohne ihm etwas zu trinken anzubieten, ihm gegenüber.

Brunetti nahm ein kleines Notizbuch aus der Seitentasche seiner Jacke, öffnete es und schraubte seinen Füller auf. »Ihr Name, Signora?« fragte er, wohlbedacht auf italienisch, nicht auf veneziano, denn je förmlicher und amtlicher er dieses Gespräch erscheinen lassen konnte, desto größer würde ihre Freude und Befriedigung darüber sein, daß sie die Behörden endlich auf die vielen, vielen Dinge hinweisen konnte, die sie alle die undankbaren Jahre lang an ihrem Busen genährt hatte.

»Boscarini«, sagte sie. »Clemenza.« Er sagte nichts dazu und schrieb nur stumm.

»Und wie lange wohnen Sie schon hier, Signora Boscarini?«

»Mein ganzes Leben lang«, antwortete sie, ebenfalls wohl bedacht auf italienisch, was ihr alles andere als leicht fiel. »Dreiundsechzig Jahre.«

Emotionen oder Erlebnisse, die über seine Vorstellungskraft gingen, ließen sie mindestens zehn Jahre älter wirken, aber Brunetti machte sich nur wieder eine Notiz. »Ihr Gatte, Signora?« fragte er dann, denn er wußte, daß sie sich geschmeichelt fühlen würde, wenn er einfach unterstellte, daß sie einen hatte, aber beleidigt wäre, wenn er sie fragte, ob sie einen habe.

»Tot. Schon vierunddreißig Jahre. Im Sturm.« Brunetti notierte sich diesen bedeutenden Umstand, dann sah er wieder auf und beschloß, sie lieber nicht nach Kindern zu fragen.

»Haben Sie schon immer dieselben Nachbarn, Signora?«

»Ja. Außer den Rugolettos drei Türen weiter«, sagte sie mit einer ärgerlichen Kopfbewegung nach links. »Die sind vor zwölf Jahren da eingezogen, von Burano, als der Großvater der Frau starb und ihnen das Haus vermachte. Schmutzig, die Frau«, sagte sie voll abgrundtiefer Verachtung, und damit er nur ja verstand, woran das lag, fügte sie hinzu: »Buranesi.«

Brunetti gab ein zustimmendes Grunzen von sich, dann fragte er, um keine Zeit zu verlieren: »Kannten Sie Signora Follini?«

Sie lächelte über die Frage, kaum daß sie ihre Freude verbergen konnte, rückte aber schnell ihre Züge wieder zurecht. Brunetti hörte ein leises Geräusch und blickte zu ihr hinüber. Es dauerte einen Augenblick, bis er begriff, daß sie sich tatsächlich die Lippen leckte, wie um ihnen endlich die Freiheit zu geben, mit der schrecklichen Wahrheit herauszurücken. »Ja«, sagte sie endlich. »Ich kannte sie, und ihre Eltern habe ich auch gekannt. Ordentliche, fleißige Leute. Sie hat sie getötet – genauso, als wenn sie ein Messer genommen und es ihrer armen Mutter direkt ins Herz gestoßen hätte.«

Brunetti, der in sein Notizbuch blickte, damit sie sein Gesicht nicht sah, gab ermutigende Töne von sich und schrieb weiter.

Wieder machte sie erst einmal eine Pause, um zu lecken, dann fuhr sie fort: »Eine Hure war sie, und rauschgiftsüchtig, und über ihre Familie hat sie Krankheit und Schande gebracht. Es überrascht mich gar nicht, daß sie tot ist, auch nicht, daß sie auf diese Weise gestorben ist. Mich wundert nur, daß es so lange gedauert hat.« Sie verstummte für einen Augenblick, dann fügte sie in so salbungsvollem Ton, daß Brunetti die Augen schließen mußte, hinzu: »Gott sei ihrer Seele gnädig.«

Nachdem Brunetti der angesprochenen Gottheit genügend Zeit gelassen hatte, die Bitte zur Kenntnis zu nehmen, fragte er: »Sie sagen, daß sie eine Prostituierte war, Signora? Auch als sie hier wohnte? War sie es da immer noch?«

»Sie war schon als Mädchen und als junge Frau eine Hure. Wenn eine Frau mit so etwas erst anfängt, ist sie besudelt, und sie verliert nie den Geschmack daran.« Aus ihrer Stimme sprachen Gewißheit und Ekel. »Sie muß es also auch jetzt noch getrieben haben. Das liegt doch auf der Hand.«

Brunetti blätterte um, kramte seinen Gesichtsausdruck zusam-

145

men und sah mit einem ermutigenden Lächeln auf. »Wissen Sie jemanden, der vielleicht ihr Kunde war?« Er sah sie schon den Mund zur Antwort öffnen, doch dann fielen ihr die möglichen Folgen übler Nachrede ein, und sie schloß ihn wieder.

»Oder haben Sie jemanden im Verdacht, Signora?« Als sie immer noch zögerte, klappte er sein Notizbuch zu, legte es auf den Tisch, schraubte den Füller zu und legte ihn obendrauf. »Manchmal ist es für uns einfach wichtig, Signora, wenigstens ungefähr zu wissen, was sich abspielt, selbst wenn wir keine Beweise haben. Es kann uns nämlich auf die richtige Fährte bringen, wenn wir erst einmal wissen, wo wir zu suchen anfangen sollten.« Sie blieb weiter stumm, also fuhr er fort: »Und da können nur die couragiertesten und rechtschaffensten Bürger uns helfen, Signora, vor allem in Zeiten, in denen die meisten Leute nur allzu bereitwillig die Augen verschließen vor Unmoral und Verhaltensweisen, die unsere Gesellschaft verderben, weil sie die Einheit der Familie zerstören.« Er war kurz versucht gewesen, sich sogar auf die »geheiligte Einheit« der Familie zu berufen, fand das dann aber doch übertrieben und begnügte sich mit dem geringeren Unsinn. Für Signora Boscarini genügte er jedoch.

»Stefano Silvestri.« Der Name schlüpfte ihr glatt von den Lippen: Es war der Mann, der ihm so groß und breit erklärt hatte, daß er einmal wöchentlich mit seiner Frau zu den größeren Geschäften auf dem Lido fuhr. »Andauernd war der in ihrem Laden, wie ein Hund, der an einer Hündin herumschnüffelt, ob sie für ihn bereit ist.«

Brunetti nahm die Auskunft mit den üblichen Zustimmungslauten entgegen, griff aber nicht nach seinem Notizbuch. Dieser Akt der Diskretion ermutigte zum Fortfahren: »Sie hat es ja immer so hinzustellen versucht, als ob sie gar kein Interesse hätte, und sich über ihn lustig gemacht, wenn jemand zuhörte, aber ich weiß, worauf sie aus war. Alle wußten das. Sie hat ihn aufgereizt.« Brunetti hörte ruhig zu und versuchte sich zu erinnern, ob er diese Frau aus der Kirche hatte kommen sehen; es hätte ihn schon interessiert, was Kirchgang für einen Menschen wie sie bedeutete.

»Fällt Ihnen noch ein Mann ein – oder mehrere Männer, die sich mit ihr eingelassen haben könnten?« fragte er.

»Es wurde geredet«, sagte sie, nur allzu erpicht darauf, ihm zu berichten. »Auch ein verheirateter Mann«, erzählte sie, nachdem die Lippen frisch angefeuchtet waren. »Ein Fischer.« Im ersten Moment dachte er, sie werde ihm gleich den Namen nennen, aber dann sah er sie die Folgen ab wägen, und sie sagte nur: »Da waren bestimmt noch ganz viele.« Als Brunetti stumm blieb, fügte sie hinzu: »Sie hat die Männer doch provoziert.«

»Natürlich«, gestattete er sich zu antworten, während er sich gleichzeitig fragte, was schlimmer wäre: Tod auf See oder weitere vierunddreißig Jahre mit dieser Frau? Er merkte ihr an, daß sie ihm jetzt nichts weiter verraten wollte, und in der Hoffnung, daß sie ihm neben gehässigem, eifersüchtigem Tratsch auch wirkliche Informationen gegeben hatte, stand er auf, steckte Notizbuch und Füller ein und sagte: »Danke für Ihre Hilfe, Signora. Ich versichere Ihnen, daß alles, was Sie mir gesagt haben, streng vertraulich behandelt wird. Und wenn Sie mir die persönliche Bemerkung gestatten: Es kommt selten vor, daß Zeugen so gern bereit sind, uns Auskünfte dieser Art zu geben.« Es war ein harmloser Stich, der auch noch voll und ganz an ihr vorbeiging, nichtsdestoweniger war es ein Stich, und ihm war danach wohler. Mit aller gebotenen Höflichkeit verabschiedete er sich, froh, ihrem Haus, ihren Worten, den Schmatzgeräuschen ihrer Schlangenzunge zu entrinnen.

Wie vereinbart, trafen er und Vianello sich um fünf in der Bar. Beide bestellten Kaffee, und nachdem der Barkellner die Täßchen vor sie hingestellt und sich zurückgezogen hatte, fragte Brunetti: »Nun?«

»Es hat jemanden gegeben. Einen Mann«, sagte Vianello.

Brunetti riß zwei Päckchen Zucker auf, schüttete sie in seinen Kaffee, rührte um und trank in einem einzigen langen Zug die Tasse leer. »Wer?« Er stellte fest, daß Vianello noch immer seinen Kaffee ohne Zucker trank, eine Angewohnheit, von der seine eigene Großmutter gemeint hatte, sie »verdünne das Blut«, was das auch immer heißen sollte.

»Keine Ahnung. Und überhaupt hat nur ein einziger Mann etwas über sie gesagt, nämlich daß Signora Follini immer schon vor Morgengrauen auf war, obwohl sie ihren Laden erst um acht öffne-

147

te. Was er sagte, war weniger interessant, als wie er es sagte – und der Blick, mit dem ihn seine Frau dabei ansah.«

Das war alles, was Vianello mitgebracht hatte, und es sah nicht nach sehr viel aus. Es hätte Stefano Silvestri gewesen sein können, obwohl Brunetti sich kaum vorstellen konnte, daß seine Frau es dulden würde, wenn ihr Mann sich vor Morgengrauen anderswo befand als neben ihr im Bett oder höchstens bei seinen Netzen.

»Ich habe Signorina Elettra gesehen«, sagte Vianello noch.

Brunetti zwang sich, kurz zu warten, bevor er fragte: »Wo?«

»Auf dem Weg zum Strand.«

Brunetti verkniff sich die Frage, und nach einer Weile fügte Vianello von sich aus hinzu: »Wieder mit demselben Mann.«

»Wissen Sie, wer es ist?«

Vianello schüttelte den Kopf. »Ich glaube, um das herauszukriegen, bitten wir am besten Montisi, seinen Freund zu fragen.«

Brunetti gefiel der Gedanke nicht, etwas zu unternehmen, was in irgendeiner Weise Aufmerksamkeit auf Signorina Elettra lenken könnte. »Nein. Fragen Sie lieber Pucetti.«

»Falls der heute noch mal zur Arbeit erscheint«, antwortete Vianello mit einem Blick zum anderen Ende der Bar, wo der Wirt sich ganz vertieft mit zwei Männern unterhielt.

»Wo wohnt er denn?«

»In einem der Häuser. Bei einem Vetter des Wirts oder so.«

»Können wir uns mit ihm in Verbindung setzen?«

»Nein. Sein *telefonino* wollte er nicht mitbringen; er meinte, da könnte jemand eine Nachricht draufsprechen, die ihn verraten würde.«

»Wir hätten ihm ein dienstliches geben können, dann hätte keiner von seinen Freunden die Nummer gekannt«, versetzte Brunetti mit unverhohlenem Ärger.

»Das wollte er auch nicht. Man kann nie wissen, hat er gemeint.«

»Was kann man nie wissen?« schnauzte Brunetti.

»Das hat er nicht gesagt. Aber ich stelle mir vor, daß er gemeint hat, irgend jemand in der Questura könnte erwähnen, daß er ein Mobiltelefon für einen Sondereinsatz bekommen hat, oder jemand könnte darauf anrufen, oder irgendwer höre womöglich unsere sämtlichen Gespräche ab.«

»Ist das nicht ein bißchen paranoid?« fragte Brunetti, obwohl er selbst sich über letztere Möglichkeit schon öfter als einmal seine Gedanken gemacht hatte.

»Ich glaube, man sollte sicherheitshalber immer annehmen, daß alles, was man sagt, abgehört wird.«

»So kann man doch nicht leben«, erwiderte Brunetti hitzig, obwohl er Vianellos Glauben teilte.

Der Sergente zuckte die Achseln. »Also, was machen wir jetzt?«

Brunetti erinnerte sich, was Rizzardi ihm über »harten Sex« mitgeteilt hatte, und sagte: »Ich möchte wissen, mit wem sie Umgang hatte.« Dann sah er Vianellos Blick und fügte hinzu: »Signora Follini, meine ich.«

»Ich halte es immer noch für das beste, Montisi zu bitten, seinen Freund zu fragen. Diese Leute werden uns nichts verraten, jedenfalls nicht direkt.«

»Ich habe mir von einer Frau erzählen lassen, daß Signora Follini noch immer die Männer des Ortes zur Sünde verführte«, meinte Brunetti halb angewidert, halb belustigt.

»Dann war einer der Versuchten vermutlich ihr Mann, oder ihr Nachbar.«

»Zwei Häuser weiter.«

»Das ist dasselbe.«

Brunetti beschloß, zum Boot zurückzugehen und Montisi zu bitten, mit seinem Freund zu reden. Das erwies sich als unnötig, denn der Bootsführer, dem sie beim Verlassen der Bar begegneten, war von dem Mann nach Hause zum Mittagessen eingeladen worden, und dann hatten sie den Nachmittag damit verbracht, Grappa zu trinken und über die alten Zeiten beim Militär zu reden. Nachdem sie auf drei Kameraden getrunken hatten, die inzwischen schon nicht mehr lebten, hatte das Gespräch sich ihrem jetzigen Leben zugewandt. Montisi hatte dabei großen Wert darauf gelegt, unmißverständlich klarzumachen, welcher Seite er sich zur Loyalität verpflichtet fühlte, indem er gesagt hatte, daß er so bald wie möglich aus dem Polizeidienst auszuscheiden gedenke.

Während die drei Polizisten langsam zum Boot gingen, erklärte Montisi, daß er keinerlei Schwierigkeiten gehabt habe. Die Flasche

Grappa sei noch nicht ganz leer gewesen, da habe er schon den Namen von Signora Follinis Liebhaber gehabt.

»Vittorio Spadini«, sagte er, nicht ohne Stolz auf seine Leistung. »Er ist von Burano. Ein Fischer. Verheiratet, drei Kinder, die Söhne sind Fischer, die Tochter ist mit einem Fischer verheiratet.«

»Und?« fragte Brunetti.

Vielleicht lag es am Grappa, vielleicht aber auch an dem Gespräch von neulich über seine Pensionierung, daß Montisi antwortete: »Wahrscheinlich ist das mehr, als Sie und Vianello zusammen hier in einer Woche herausbekommen hätten.« Überrascht von der eigenen Kühnheit, hängte er noch ein respektvolles »Commissario« hintendran, aber erst nach einer deutlichen Pause.

Sie schwiegen, bis Montisi schließlich wieder das Wort ergriff: »Aber jetzt fischt er eigentlich kaum noch. Hat vor ungefähr zwei Jahren sein Boot verloren.«

Brunetti dachte an Signora Boscarinis Mann und fragte: »In einem Sturm?«

Montisi tat den Gedanken mit einem raschen Kopfschütteln ab. »Nein, schlimmer. Steuern.« Ehe Brunetti fragen konnte, inwiefern Steuern schlimmer sein konnten als ein Sturm, erklärte Montisi es ihm schon: »Die Guardia di Finanza hat ihm ein Bußgeld für drei falsche Steuererklärungen aufgebrummt. Er hat sich ein Jahr lang dagegen gewehrt, dann aber doch verloren. Da verliert man ja immer. Und dann haben sie ihm sein Boot weggenommen.«

Jetzt mischte sich Vianello mit der Frage ein: »Und wieso ist das schlimmer als ein Sturm?«

»Versicherung«, antwortete Montisi. »Gegen die Mistkerle von der Guardia di Finanza kann man sich nicht versichern.«

»Wieviel war das Boot denn wert?« fragte Brunetti, dem wieder einmal klar wurde, wie wenig er über diese Welt der Boote wußte oder die Männer, die damit die See befuhren.

»Die wollten fünfhundert Millionen Lire haben. Das war das Bußgeld zusammen mit der Steuerschuld, die sie ausgerechnet hatten. Aber so viel Geld hat keiner flüssig, da mußte er also sein Boot verkaufen.«

»Was, so viel sind diese Boote wert?« fragte Brunetti.

Montisi sah ihn verwundert an. »Wenn sie so groß sind wie das seine, dann sind sie noch viel mehr wert; die können eine Milliarde kosten.«

Vianello sprach dazwischen: »Wenn sie fünfhundert Millionen Lire für drei Jahre wollten, dann hat er sie doch sicher um das Zwei- oder Dreifache betrogen.«

»Bestimmt«, pflichtete Montisi ihm bei, nicht ohne einen Anflug von Stolz auf die Schläue der Männer, die in der Lagune fischten. »Wie Ezio sagt, hat Spadini geglaubt, er gewinnt den Prozeß. Sein Anwalt hat ihm geraten, den Fall durchzufechten, aber das hat er wahrscheinlich nur getan, um sein eigenes Honorar in die Höhe zu treiben. Am Ende hatte Spadini keine Wahl mehr. Da sind sie also gekommen und haben es ihm weggenommen. Denn wenn er jetzt plötzlich mit dem Geld angekommen wäre, um seine Strafe zu bezahlen, hätte das zu viele Fragen aufgeworfen«, sagte er und überließ es den anderen, daraus den Schluß zu ziehen, daß das Geld dagewesen wäre, versteckt auf geheimen Anlagekonten wie so viele von den Reichtümern Italiens. Er warf einen Blick zu Vianello und fügte hinzu: »Jemand hat mir erzählt, daß der Richter ein Grüner war.«

Vianello funkelte ihn an, sagte aber nichts.

»Und daß er etwas gegen alle *vongolari* hatte«, fuhr Montisi fort. »Wegen der Sachen, die sie in der Lagune treiben.«

An dieser Stelle machte Vianello nun endlich den Mund auf, und seine Stimme klang gefährlich gepreßt. »Paolo«, sagte er, »solche Fälle, ich meine Steuerfälle, kommen nicht vor einen Richter.« Ehe Montisi darauf antworten konnte, fuhr er fort: »Egal ob der ein Grüner ist oder nicht.« Dann wandte er sich zwar an Brunetti, aber seine Worte schienen doch weiter an Montisi gerichtet zu sein: »Als nächstes bekommen wir wahrscheinlich zu hören, wie die Grünen über den Gebirgen Vipern aus Hubschraubern abwerfen, um die Tiere da wieder anzusiedeln.« Dann wandte er sich wieder direkt an Montisi und sagte in einem Ton, der aggressiver klang, als Brunetti es von ihm je gehört hatte: »Nun mach schon, Paolo, erzähl uns doch, wie deine Freunde oben in den Bergen tote Vipern in Flaschen gefunden haben oder daß sie gesehen haben, wie Leute sie aus Hubschraubern abwarfen?«

Montisi sah den Sergente an, ohne ihn einer Antwort zu würdigen, aber sein Schweigen bedeutete unmißverständlich, daß er es für reine Zeitverschwendung hielt, mit einem Fanatiker zu diskutieren. Brunetti hatte im Lauf der Jahre schon oft von solch geheimnisvollen, bösartigen Hubschraubern erzählen hören, in denen durchgeknallte Umweltbewegte sitzen sollten, die sich vorgenommen hatten, irgendeine verdrehte Vorstellung von »Natur« wiederherzustellen, aber er wäre nie auf die Idee gekommen, daß irgend jemand wirklich daran glauben könnte.

Sie waren nicht nur in eine Sackgasse geraten, sondern hatten inzwischen auch wieder ihr Boot erreicht. Montisi kehrte ihnen den Rücken und beschäftigte sich mit den Leinen. Vianello begab sich zum Heck und löste die zweite Leine, was vielleicht ein Versuch sein sollte, seinen Worten die Schärfe zu nehmen. Brunetti ließ die beiden gewähren und machte sich seinerseits Gedanken über die für ihn erstaunlichen Summen, von denen er eben gehört hatte. Als Montisi die Leine aufgerollt hatte, folgte Brunetti ihm an Bord, und als der Bootsführer an den Führerstand ging, rief er: »Da muß man aber viel Fisch fangen, um sich so ein Boot leisten zu können.«

»Muscheln«, korrigierte Montisi ihn prompt. »Da steckt das Geld drin. Wegen Fisch wird keiner auf Sie schießen, aber wenn einer Sie dabei erwischt, wie Sie seine Muscheln schürfen und die Beete ruinieren, weiß man nie, was er mit Ihnen macht.«

»Und das hat er getan – die Muschelbänke ruiniert?« fragte Brunetti.

»Ich sagte Ihnen doch, das tun sie alle«, antwortete Montisi. »Sie schürfen überall, und jedes Jahr werden die Muscheln weniger. Dann steigen die Preise.« Er blickte von Brunetti zu Vianello, der noch auf der Mole stand und zuhörte. Der Bootsführer winkte dem Sergente mit einer barschen Geste und rief: »Komm schon, Lorenzo.« Vianello warf das Ende seiner Leine um einen Pfosten am Boot und sprang an Bord.

»Aber wenn er sein Boot verloren hat«, meinte Brunetti, um so zu tun, als hätte er den erfolgreichen Abschluß der Friedensverhandlungen nicht bemerkt, und um zugleich das Gespräch vom Allgemeinen aufs Besondere zu bringen, »was macht er dann jetzt?«

»Ezio sagt, er arbeitet für einen seiner Söhne, fährt eines seiner

Boote«, sagte Montisi, wobei er an den Knöpfen und Hebeln auf seinem Instrumentenbrett zu hantieren begann. »Das ist ein viel kleineres Boot, nur mit zwei Mann besetzt.«

»Muß hart für ihn sein«, sagte Vianello dazwischen, »ich meine, daß er nicht mehr der Eigner ist.«

Montisi zuckte die Achseln. »Das kommt auf den Sohn an.«

»Und Signora Follini?« fragte Brunetti, um das Gespräch wieder auf das zu bringen, was ihn eigentlich interessierte.

»Das ging seit ungefähr zwei Jahren«, sagte Montisi. »Seit er das Boot verloren hat.« Wohl in dem Gefühl, daß dies als Erklärung nicht reichte, fuhr Montisi fort: »Er muß nicht mehr so früh raus auf See, höchstens wenn er will.«

»Und seine Frau?« fragte Vianello.

Ganz Italien mitsamt seiner Geschichte und Kultur gingen in das Schulterzucken ein, mit dem Montisi diese Frage abtat. »Sie hat ein Zuhause, und er zahlt die Miete. Sie haben drei Kinder, alle verheiratet und auf eigenen Füßen. Worüber soll sie sich beklagen?« Falls er sonst noch etwas zu dem Thema sagte, ging es im Lärm des Motors unter, der auf Knopfdruck ansprang.

Brunetti hätte darüber sowieso nicht diskutieren wollen und war froh, daß sie in die Stadt zurückkehrten, in ihre eigenen vier Wände und zu den eigenen Kindern.

19

BRUNETTI WAR AM NÄCHSTEN MORGEN noch keine Stunde in seinem Dienstzimmer, als sein Telefon klingelte und Signorina Elettras Stimme sich am anderen Ende meldete.

»Wo stecken Sie?« fragte er barsch, dann mäßigte er seinen Ton und fragte: »Ich meine, wie geht es Ihnen?«

Ihr langes Schweigen verriet, was sie davon hielt, in diesem Ton verhört zu werden. Als sie ihm dann aber antwortete, war ihrer Stimme nicht anzuhören, daß sie etwas übel genommen hätte. »Ich bin am Strand. Und es geht mir gut.«

Ferne Möwenschreie bestätigten die Richtigkeit des ersten Teils der Aussage, der leichte Ton die des zweiten.

»Signorina«, begann er so unvermittelt wie unbedacht, »Sie sind jetzt schon über eine Woche draußen. Ich meine, es wird Zeit, daß Sie sich Gedanken übers Zurückkommen machen.«

»O nein, Commissario, diese Idee finde ich überhaupt nicht gut.«

»Ich aber«, sagte er mit Nachdruck. »Ich finde, Sie sollten sich von Ihren Verwandten verabschieden und morgen wieder zur Arbeit kommen.«

»Wir haben Anfang der Woche, Commissario, und ich hatte vor, mindestens bis zum Wochenende zu bleiben.«

»Also, ich halte es für besser, wenn Sie zurückkommen. Seit Sie fort sind, hat sich hier eine Menge Arbeit angesammelt.«

»Bitte, Commissario, da ist bestimmt nichts dabei, was nicht eine der anderen Sekretärinnen erledigen kann.«

»Ich brauche einiges an Informationen«, sagte Brunetti, der selbst merkte, daß sein Ton schon fast flehend klang. »Dinge, die ich den Sekretärinnen nicht auf die Nase binden möchte.«

»Vianello kann inzwischen gut genug mit dem Computer umgehen, um Ihnen zu beschaffen, was Sie brauchen.«

»Es betrifft die Guardia di Finanza«, versuchte Brunetti einen großen Trumpf auszuspielen. »Von der brauche ich Informationen, und ich bezweifle, daß Vianello sie bekäme.«

»Informationen welcher Art, Commissario?« Er hörte Geräusche im Hintergrund – Seemöwen, irgendeine Sirene, einen anspringenden Automotor – und erinnerte sich, wie schmal der Strand von Pellestrina war – und wie nah bei der Straße.

»Steuerhinterziehung.«

»Da brauchen Sie doch nur die Zeitung zu lesen, Commissario«, meinte sie und mußte über den eigenen Witz lachen. Als er dazu schwieg, sprach sie weiter, allerdings war das Lachen nicht mehr in ihrer Stimme, die aber deswegen nicht weniger schön klang. »Sie können dort in der Zentrale anrufen und fragen. Dort arbeitet ein Maresciallo Resto, der Ihnen alles sagen kann, was Sie wissen müssen. Sagen Sie ihm nur, daß ich Ihnen empfohlen habe, ihn anzurufen.«

154

Er kannte sie lange genug, um die höfliche Unbeugsamkeit zu erkennen, mit der er es zu tun hatte. »Ich fände es besser, wenn Sie das in die Hand nähmen, Signorina.«

Alle Nettigkeit war aus ihrer Stimme verschwunden, als sie antwortete: »Wenn Sie so weitermachen, Commissario, werde ich mich gezwungen sehen, noch eine Woche richtigen Urlaub zu nehmen, und das möchte ich doch lieber nicht, weil es sehr zeitaufwendig wäre, die Dienstpläne anzupassen.«

Er hätte sie am liebsten kurzerhand gefragt, was das für ein Mann war, mit dem er sie gestern gesehen hatte, aber ihr Verhältnis zueinander bot keine Grundlage für eine solche Frage, schon gar nicht in dem Ton, den er sich, wie er wußte, bestimmt nicht verkneifen könnte. Er war ihr Vorgesetzter, doch das berechtigte ihn nicht, *in loco parentis* zu handeln. Weil der Stellungsunterschied zwischen ihnen die Vertrautheit der Freundschaft ausschloß, konnte er sie auch nicht einfach fragen, was sich zwischen ihr und dem gutaussehenden jungen Mann abspielte, mit dem er sie gesehen hatte. Er hätte nicht gewußt, wie er seine Sorge ausdrücken sollte, ohne daß sie wie Eifersucht klang, und nicht einmal sich selbst hätte er erklären können, was von beiden er tatsächlich empfand.

»Dann sagen Sie mir wenigstens, ob Sie etwas erfahren haben«, forderte er sie auf, jetzt um einen nicht mehr so strengen Ton bemüht, damit die Niederlage, die er so eindeutig hatte einstecken müssen, den kleinen Anschein eines Kompromisses bekam.

»Erfahren habe ich nichts, aber gelernt, woran man ein *sandolo* von einem *puparin* unterscheidet. Und wie man auf einem Sonarbild einen Fischschwarm entdeckt.«

Er widerstand der Versuchung, sarkastisch zu werden, und fragte in verbindlichem Ton: »Und die Morde?«

»Nichts«, räumte sie ein. »Ich bin nicht von hier, also spricht in meiner Gegenwart keiner darüber, jedenfalls nicht mehr als das Übliche, was Leute ebenso sagen.« Es klang, als schmerzte es sie, daß die Pellestrinotti sie nicht als ihresgleichen behandelten, und er hätte gern gewußt, was dieser Ort und seine Bewohner nur an sich hatten, daß solche Gefühle aufkommen konnten. Aber er hütete sich, sie das zu fragen.

»Was ist mit Pucetti? Hat er etwas in Erfahrung gebracht?«

155

»Nicht daß ich wüßte, Commissario. Ich sehe ihn in der Bar, wenn er mir einen Kaffee macht, aber bisher hat er mir kein Zeichen gegeben, daß er mir etwas zu sagen hätte. Ich glaube, es hat wenig Sinn, ihn noch länger hier draußen zu lassen.«

Das fand nicht nur sie. Brunetti hatte wegen Pucetti schon drei Anfragen von Tenente Scarpa bekommen, Pattas Adjutant, dem aufgefallen war, daß der Name des jungen Beamten auf dem Dienstplan fehlte. Mit der Leichtigkeit langer Gewohnheit hatte Brunetti ihm vorgelogen, er habe Pucetti abgestellt, um am Flughafen wegen Drogensendungen zu ermitteln. Für diese Lüge gab es keinen weiteren Grund als sein instinktives Mißtrauen gegenüber dem Tenente und seinen dringenden Wunsch, daß niemand, wirklich niemand etwas von Pucettis oder Signorina Elettras Anwesenheit auf Pellestrina erfahren möge.

»Das gleiche gilt für Sie, Signorina«, sagte er so unbeschwert und humorvoll, wie er nur konnte. »Wann kommen Sie zurück?«

»Ich sagte Ihnen schon, Commissario, daß ich noch ein bißchen bleiben möchte.«

Zwischen den Schreien der Möwen ertönte eine Männerstimme: »Elettra!« Er hörte sie kurz nach Luft schnappen, dann sagte sie ins Telefon: »*Ti chiamerò. Ciao, Silvia*«, und fort war sie und ließ Brunetti stirnrunzelnd darüber nachgrübeln, daß sie ihn, um ihn endlich mit dem vertrauten »du« anreden zu können, »Silvia« nennen mußte.

Gar nicht schwer fiel es Signorina Elettra hingegen, Carlo mit *tu* anzureden. Vielmehr gab es Momente, in denen sie dachte, die grammatikalische Intimität werde der Nähe und Vertrautheit, die sie bei ihm empfand, nicht ganz gerecht. Nicht nur war ihr schon bei ihrer ersten Begegnung etwas an ihm durch und durch vertraut vorgekommen, nein, dieses Gefühl hatte sogar noch zugenommen, je mehr sie ihm zuhörte und je besser sie ihn kennenlernte. Beide liebten Mortadella, und beide hatten, so unwahrscheinlich es klingen mochte, Asterix und Popeye, Kaffee ohne Zucker und Bambi geliebt; beide hatten zugegeben, daß sie geweint hatten, als sie von Moana Pozzis Tod erfuhren, und dabei hatten sie sich dann auch noch gegenseitig gestanden, daß sie noch nie so stolz gewesen waren, Italiener zu sein, wie bei dieser spontanen Sympathiewelle für den Tod eines Porno-Stars.

Sie hatten in dieser Woche stundenlang miteinander geredet, und es hatte Elettra geschmerzt, angesichts seiner Offenheit die Lüge aufrechterhalten zu müssen, daß sie bei einer Bank arbeite. Er hatte seine kurze Lebensgeschichte vor ihr ausgebreitet und ihr berichtet, daß er in Mailand Wirtschaftswissenschaften studiert, das Studium aber vor zwei Jahren, als sein Vater starb, abgebrochen hatte und nach Hause zurückgekehrt war. Es bedurfte für beide keiner Erwähnung, daß es für einen jungen Mann, dem zum Abschluß seines Studiums noch zwei Prüfungen fehlten, keine passende Stelle gab. Sie bewunderte die Ehrlichkeit, mit der er ihr erklärte, daß ihm keine andere Möglichkeit blieb, als Fischer zu werden, und mit Freude vernahm sie, mit welchem Stolz er von seiner Dankbarkeit gegenüber dem Onkel sprach, der ihn beschäftigte.

Die Arbeit auf dem Boot war so anstrengend, daß er schon zweimal in ihrer Gegenwart eingenickt war, einmal, als sie in ihrer Höhle saßen, das andere Mal, als er mit ihr in der Bar war. Sie hatte sich beide Male nicht daran gestört, gab es ihr doch Gelegenheit, die kleine Delle unmittelbar vor seinem Ohr zu betrachten und sein Gesicht zu beobachten, das sich im Schlaf entspannte und jünger wurde. Sie hielt ihm oft vor, er sei zu dünn, und er antwortete, das komme von der schweren Arbeit. Obwohl er aß wie ein Wolf – das konnte sie bei jeder gemeinsamen Mahlzeit mit eigenen Augen sehen –, entdeckte sie an seinem Körper keine Spur von Fett. Wenn er sich bewegte, sah es aus, als bestehe er nur aus Sehnen und Muskeln; der Anblick seines bronzefarbenen Unterarms hatte sie einmal fast zu Tränen gerührt, weil sie ihn so schön fand.

Wenn sie einmal zum Nachdenken kam, mußte sie sich vorhalten, daß sie auf Pellestrina war, um zu hören, was die Leute zum Thema Mord zu sagen hatten, nicht der Anziehungskraft eines jungen Mannes zu erliegen, mochte er noch so schön sein. Sie war hier, weil sie hoffte, irgend etwas aufzuschnappen, was der Polizei weiterhelfen würde, und nicht, um sich von einem Mann umgarnen zu lassen, der, und sei es nur aufgrund seines Berufs, durchaus zu denen gehören konnte, über die sie Informationen sammeln sollte.

Aber das alles war wie weggepustet, als Carlos Arm seinen schon vertrauten Platz auf ihrer Schulter fand, seine linke Hand hinten um sie herum griff und auf ihrem Arm zu liegen kam. Sie hatte sich bereits an die Art gewöhnt, wie diese Hand seinen Gefühlen Ausdruck gab, wie die Finger sich um ihren Arm spannten, wenn er etwas sagen wollte, was ihm besonders wichtig war, oder wie sie in einem schnellen Rhythmus zu klopfen begannen, wenn er sich anschickte, einen Witz zu machen. Er war zwar nicht der erste Mann, der ihren Arm berührte, aber nur wenige hatten dabei ebenso ihr Herz angerührt, wie es bei ihm der Fall war. Einmal war sie nachts mit ihm und seinem Onkel hinausgefahren, und da hatte sie seine mit Fischinnereien, Schuppen und Blut bedeckten Hände im Licht des Vollmonds glänzen sehen, und sein Gesicht war ganz abwesend und völlig darauf konzentriert gewesen, die Beute aus dem Netz in die unter Deck befindliche Kühlkammer zu befördern. Dann hatte er einmal aufgeblickt und bemerkt, daß sie ihn beobachtete, worauf er sich sofort in Frankensteins Monster verwandelte, die erhobenen Arme vor sich ausstreckte und mit drohend zuckenden Fingern steifbeinig auf sie zugestapft kam.

Sie hatte gequietscht – es gab kein freundlicheres Wort dafür: gequietscht vor schaurigem Entzücken, während sie an die Reling zurückwich. Das Monster kam näher, die Hände schossen in rücksichtsvollem Abstand von ihren Haaren beiderseits an ihrem Kopf vorbei, und Carlos lächelnder Mund legte sich sanft auf den ihren und verweilte dort, bis sein Onkel, der am Ruder stand, zu ihm herüberrief: »Das ist kein Fisch, Carlo. Marsch, zurück an die Arbeit.«

Heute aber, hier am Strand, war kein Gedanke an Arbeit. Seine Hand spannte sich um ihren Arm; eine Möwe kreischte und schwang sich in die Lüfte, als er sie an sich zog, nicht grob, aber auch nicht zu sanft. Der Kuß war lang, und ihre Körper verschmolzen dabei, soweit das möglich war, noch enger miteinander. Er löste sich von ihr, schob die Hand nach oben, legte sie sanft um ihren Hinterkopf und drückte ihr Gesicht in die Mulde an seiner Schulter. Dann begann die Hand über ihren Rücken zu gleiten, auf und ab und auf und ab, und schließlich hielt sie mit gespreizten Fingern an ihrem Gürtel inne.

Elettra gab einen Laut von sich, der halb Seufzer war, wie eine Sopranistin kurz vor ihrem Einsatz zu einer großen Arie. Er schob zwei Fingerspitzen – Ringfinger und kleiner Finger, aber nur die Spitzen – langsam unter ihren Gürtel. Sie öffnete den Mund und drückte ihn an sein Schlüsselbein, und plötzlich biß sie durch die dicke Wolle seines Pullovers zu.

Sie drückte sich von ihm ab, griff blind nach seiner Hand und führte ihn mit schnellen Schritten den Strand hinunter auf den Wellenbrecher zu, den mit der Höhle.

20

BRUNETTI, DEM SEINE LEIDENSCHAFTEN weniger zusetzten als seine Umbenennung in Silvia, ließ sich noch einmal durch den Kopf gehen, was er Signorina Elettra soeben an Lügen aufgetischt hatte. Er brauchte keine Auskünfte von der Guardia di Finanza, und es stimmte, daß Vianello es am Computer inzwischen weit genug gebracht hatte, um diesem Gerät eine erstaunliche Menge an Informationen zu entlocken. Das Wort »Finanza« spukte ihm allerdings weiter im Kopf herum und erinnerte ihn daran, daß er irgend etwas über sie gelesen oder erzählt bekommen hatte; es war, wie immer, etwas Unerfreuliches gewesen.

Er stand auf und ging ans Fenster, wo seine Aufmerksamkeit auf den Campo San Lorenzo gelenkt wurde, denn irgendwelche Leute – vielleicht die alten Männer aus dem Pflegeheim – hatten dort mehrgeschossige Schutzhütten für die streunenden Katzen gebaut, die seit Jahren den Campo bevölkerten. Er fragte sich, auf welche Katzengeneration er wohl heute hinunterblickte und wie sie mit jenen Katzen verwandt waren, die er dort schon gesehen hatte, als er vor über zehn Jahren zum erstenmal in die Questura gekommen war.

Flink und geschmeidig wie jene Katzen schlich sich der Name in sein Gehirn: Vittorio Spadini, Luisa Follinis angeblicher Liebhaber. Die Finanza hatte – wann? Vor zwei Jahren? – sein Boot beschlagnahmt. Spadini lebte auf Burano; es war ein schöner Frühlingstag, ein geradezu vollkommener Tag für einen Mittagsausflug nach Burano. Brunetti sagte dem Beamten an der Pforte, wenn jemand nach ihm frage, solle er antworten, der Commissario habe einen Termin beim Zahnarzt und werde nach dem Mittagessen wieder zurück sein.

Er verließ das Vaporetto auf Mazzorbo und wandte sich nach links, um zu Fuß nach Burano zu gehen, voll Vorfreude schon auf ein Mittagessen im da Romano, wo er seit Jahren nicht mehr gegessen hatte. Die Sonne wärmte ihn, und seine Schritte wurden immer länger, so wohlig war seinem Körper in der Sonne und der jodgesättigten Luft. Hunde tollten auf dem frischen Gras, und alte Damen saßen in der Sonne und waren froh über die zusätzliche Lebenskraft, die ihnen der Frühling verhieß. Ein riesiger schwarzer Hund erhob sich neben seinem Herrn, der in den *Gazzettino* vertieft dasaß, und kam zu Brunetti getrottet. Der bückte sich und hielt ihm den Handrücken hin, den der Hund abschleckte, bis er genug von Brunetti hatte, zu seinem Herrn zurücktrottete und sich wieder neben ihn legte.

Noch ehe Brunetti den Anleger Burano erreichte, fiel ihm auf, daß er viel mehr Menschen sah, als für einen Wochentag gegen Ende des Frühjahrs normal war. Als er an den ersten der Stände kam, die »Original-Burano-Spitzen« verkauften, von denen seines Wissens die meisten aus Indonesien importiert wurden, sah er seinen Weg ständig von pastellfarbenen Leibern verstellt. Er schlängelte sich um sie herum, irritiert von der Achtlosigkeit dieser Leute, die sich offenbar nicht vorstellen konnten, daß jemand einem Ziel zustrebte und anderes zu tun hatte, als mitten auf der Straße zu lustwandeln.

Er wandte sich von der Piazza in die Via Galuppi und strebte aufs Da Romano zu, wo er sicher noch einen Platz für ein Uhr reservieren konnte: Einzelpersonen waren in Restaurants immer willkommen. Schlimmstenfalls würde er eine Viertelstunde warten müssen, aber an einem Tag wie diesem wäre es ein Vergnügen, sich

160

so lange in eine der Bars an der Straße zu setzen, einen Prosecco zu schlürfen und vielleicht die Zeitung zu lesen.

Die Tischchen vor dem Restaurant waren alle besetzt; an etlichen saßen drei Personen, obwohl es nur Zweiertische waren. Er ging durch die Tür in das Restaurant hinein, aber noch bevor er etwas sagen konnte, erspähte ihn einer der Kellner, der mit einem Teller *Antipasto misto mare* vorbeigeeilt kam, und rief: »Siamo al completo.«

Einen Augenblick spielte Brunetti mit dem Gedanken, ihm zu widersprechen und sich einfach dennoch einen Platz zu suchen, aber ein Blick in den Gastraum ließ ihn von der Idee wieder Abstand nehmen und gehen. Zwei weitere Restaurants waren ebenso voll, obwohl es erst kurz nach zwölf war, für jeden zivilisierten Menschen viel zu früh zum Essen.

Brunetti verzehrte in einer Bar, am Tresen stehend, zu Mittag ein Toastbrot mit einer Scheibe Schinken, die nach gar nichts schmeckte, und einer Scheibe Käse, die allem Anschein nach den längsten Teil ihres Lebens in Plastikfolie verbracht hatte. Der Prosecco schmeckte bitter und abgestanden; sogar der Kaffee war schlecht. Angewidert von diesem Mahl und der enttäuschten Hoffnungen überdrüssig, spazierte er mutlos zu einem kleinen Park, um wenigstens ein bißchen die Sonne zu genießen, bis sich seine Stimmung wieder hob. Er setzte sich auf die erste Bank, an die er kam, legte den Kopf zurück und drehte das Gesicht ans Licht. Nach wenigen Minuten erregte furchterregendes Gebell seine Aufmerksamkeit, und als er die Augen öffnete, erblickte er wieder diesen riesigen schwarzen Hund von vorhin, den er jetzt als Neufundländer erkannte.

Der Hund rannte wie wild über den Rasen, wobei sein Ziel offenbar ein kleines blondes Mädchen war, das am Fuß der Leiter zu einer langen Rutsche stand. Die Kleine sah den Hund kommen, faßte die Holme der Leiter und kletterte, so schnell sie konnte, hinauf. Der Hundehalter stand ratlos auf der anderen Seite des Parks, die leere Leine in der Hand, und rief hinter seinem Hund her.

Dieser erreichte unter wildem Gebell die Rutsche. Das Mädchen, das schon oben war, kreischte in den höchsten Tönen. Plötzlich sprang der Hund auf die Leiter und überraschte damit Brunetti, der hilflos mit ansehen mußte, wie das Tier oben ankam. Das Mädchen rettete sich mit einem Satz auf die Rutsche und sauste hinunter, der Hund mit steif nach vorn gestreckten Vorderbeinen hinterher.

Das Mädchen purzelte am Ende der Rutsche in den Sand. Brunetti sprang auf und rannte in ihre Richtung, die rechte Hand vergebens an der Tasche, in der er seine Pistole wieder einmal nicht hatte. Doch er ballte die Hand zur Faust und rannte weiter.

Der Hund landete unmittelbar neben dem Mädchen, das die Arme ausbreitete und um den riesigen Kopf schlang. Das Bellen ertrank in schrillem Gelächter, dann wurde es ganz still, als der Hund sich anschickte, der Kleinen wie wild das Gesicht abzuschlecken.

Brunetti hielt so abrupt an, daß er fast hingeschlagen wäre. Er blickte über den Rasen hinweg zu dem Hundehalter, der einmal kurz winkte und auf ihn zukam. Das kleine Mädchen sprang auf und rannte um die Rutsche herum, der Hund überglücklich immer hinterher. Wieder folgte er ihr die Leiter hinauf und die Rutsche hinunter, und unten ergab sich abermals das gleiche Geschlecke. Ehe der Hundehalter bei Brunetti angekommen war, machte dieser kehrt und ging fort. Sein Ziel war der Campo Vigner, wo laut Telefonbuch Vittorio Spadini wohnte.

Spadinis rechtes Nachbarhaus war von einem leuchtenden Rot, das linke von einem ebenso leuchtenden Blau. Sein eigenes Haus aber war von einem blassen Rosa, gebleicht von der Sonne und dem Regen vieler Jahre. Brunetti erkannte noch andere Zeichen: An einem der Fenster hing ein Vorhang halb von der Stange, ein Fensterladen war an der einen Seite so gut wie durchgefault. Die Buranesi waren Leute, die zumindest ihre Häuser liebten, und es überraschte ihn darum, solch offenkundige Zeichen von Verwahrlosung zu sehen.

Er läutete, wartete kurz und läutete noch einmal. Als niemand öffnete, ging er nach einer Weile zu dem roten Haus und klingelte dort. Eine kugelrunde Frau kam öffnen – jedenfalls war »kugelrund« das erste Wort, das Brunetti ein fiel, als er sie sah. Sie war klein, kleiner als Chiara, mußte aber über hundert Kilo wiegen, und davon hatten sich die meisten zwischen Brüsten und Knien angesiedelt. Ihr Kopf war rund, ihr Gesicht war rund, sogar die kleinen Augen, die man hinter den Fleischwülsten kaum sah, waren kugelrund.

»Guten Tag, Signora«, sagte er. »Ich suche Signor Spadini.«

»Da sind Sie nicht der einzige«, antwortete sie mit einem Lachen, das ihren ganzen Körper zum Wabbeln brachte.

»Wie darf ich das verstehen?«

»Seine Frau sucht ihn, seine Söhne suchen ihn, und wenn mein Mann die kleinste Chance sähe, das Geld wiederzubekommen, das er ihm geliehen hat, würde er ihn sicher auch suchen.« Wieder lachte sie, und wieder wabbelte dabei ihr ganzer Körper.

Brunetti, den der sonderbare Widerspruch zwischen dem, was sie sagte, und der Art, wie sie es sagte, leicht verwirrte, wollte nun wissen: »Wann hat man ihn denn zuletzt gesehen?«

»Ach, irgendwann letzte Woche.« Und um die Lässigkeit zu erklären, mit der sie das alles von sich gab, fuhr sie fort: »Das macht er doch immer so: verschwindet einfach und kommt erst zurück, wenn er alles Geld durchgebracht hat und wieder ein bißchen arbeiten muß.«

»Als Fischer?«

»Natürlich«, antwortete sie, diesmal ohne zu lachen; vielmehr drückte ihre Miene Unverständnis gegenüber diesem Fremden vor ihrer Tür aus, der zu glauben schien, es gäbe für einen Mann von Burano noch andere Möglichkeiten, seinen Lebensunterhalt zu verdienen.

»Und seine Frau?«

»Arbeitet«, antwortete sie, und als sie sah, daß Brunetti als nächstes auch darüber Genaueres würde wissen wollen, fügte sie von sich aus hinzu: »Sie putzt in der Grundschule.«

Plötzlich schien ihr eingefallen zu sein, daß dieser Mann, der obwohl er Veneziano sprach, eindeutig nicht von Burano war, ihr noch nicht den Grund für seine Neugier erklärt hatte, worauf sie fragte: »Was wollen Sie denn von ihm?«

Brunetti setzte ein Lächeln auf, von dem er hoffte, daß es recht wehmutsvoll aussah. »Ich fürchte, ich bin in einer ähnlichen Situation wie Ihr Gatte, Signora. Ich habe ihm Geld geliehen.« Er seufzte, schüttelte den Kopf und breitete in einer Geste, die ein Zwischending aus Enttäuschung und Resignation darstellen sollte, die Hände aus. »Haben Sie eine Ahnung, wo er zu finden ist?«

Sie lachte wieder, diesmal über den Aberwitz seines Vorhabens. »Nein. Frühestens wenn er von sich aus wiederkommt. Vittorio ist ein Waldvogel; kommt und verschwindet, wie es ihm gefällt, und fangen läßt er sich nicht, da kann einer sich noch so große Mühe geben.«

Einen Augenblick spielte Brunetti mit dem Gedanken, ihr seine Privatnummer zu geben und sie zu bitten, ihn anzurufen, wenn Spadini zurückkäme, aber dann überlegte er es sich anders, dankte ihr und fügte hinzu: »Ich hoffe, Ihr Mann hat mehr Glück.«

Ihr ganzer Körper wabbelte wieder, so unwahrscheinlich fand sie das; dann lächelte sie und schloß die Tür, und Brunetti blieb nichts anderes übrig, als sich durch das Menschengewimmel wieder zum Vaporetto zu begeben und nach Venedig zurückzufahren.

In der Questura angekommen, sah er zu seiner Verblüffung Pucetti – in Uniform – vor dem Ufficio Straniero stehen und auf die Leute aufpassen, die dort Schlange standen und warteten, daß ihre Papiere bearbeitet wurden.

»Was machen Sie denn hier?« fragte er den gleichermaßen verdutzten Beamten.

»Ich habe heute vormittag angerufen und nach Ihnen gefragt, Commissario«, sagte Pucetti, ohne sich um die Leute hinter ihm zu kümmern. »Aber ich wurde zu Tenente Scarpa durchgestellt. Wahrscheinlich hatte er die Anweisung gegeben, daß er mich sprechen wollte, wenn ich mich meldete. Er sagte, der Vice-Questore persönlich erteile mir den Befehl, sofort hier zu erscheinen, in Uniform. Ich habe ihm zu erklären versucht, ich hätte einen Sonderauftrag, aber da hat er nur gesagt, es wäre ein Entlassungsgrund, wenn ich nicht gehorchte.« Pucetti hatte den Mut, nicht den Blick zu wenden, und sprach direkt zu Brunetti. »Ich fand nicht, daß ich einen Befehl von oben verweigern dürfte, Commissario, und da bin ich eben zurückgekommen.«

»Waren Sie schon bei ihm?« fragte Brunetti, der sich mühsam beherrschte.

»Bei Scarpa?«

164

»Ja«, antwortete Brunetti, ohne den jungen Mann dafür zu rügen, daß er Scarpas Titel weggelassen hatte. »Was hat er gesagt?«

»Er wollte wissen, wo ich gewesen wäre, und ich habe ihm geantwortet, ich hätte den Befehl, darüber mit niemandem zu sprechen.«

»Hat er gefragt, von wem Sie diesen Befehl haben?«

»Ja.« Pucettis Stimme klang ganz ruhig. »Ich habe ihm gesagt, daß ich ihn von Ihnen habe, Commissario, und da hat er gemeint, darüber wolle er mit Ihnen sprechen.«

»Sonst noch etwas?«

»Nein, Commissario, das war alles.«

Brunetti hatte zwar selbst schon daran gedacht, Pucetti nach Venedig zurückkommen zu lassen, aber daß Scarpa über seinen Kopf hinweg gehandelt hatte, nahm er übel.

»Tut mir leid, Commissario«, sagte Pucetti, dann drehte er sich kurz um und warf einem Mann, der gegen den in der Schlange hinter ihm Stehenden laut geworden war, einen strafenden Blick zu. Der Blick genügte, um beide zu beruhigen, und Pucetti wandte sich wieder Brunetti zu.

»Hatten Sie Gelegenheit, mit Signorina Elettra zu sprechen?« fragte Brunetti beiläufig.

»Ein-, zweimal, Commissario, wenn sie auf einen Kaffee hereinkam, aber da waren immer Leute drum herum, und wir haben unsere Rollen gespielt und uns übers Wetter und die Fischerei unterhalten.«

»Dieser junge Mann«, wechselte Brunetti das Thema, »haben Sie eine Ahnung, wer das ist?« Ihm war gar nicht bewußt, daß er es Pucetti überließ, zu erraten, von welchem Mann er sprach, und dachte sich auch nichts dabei, daß Pucetti auf Anhieb wußte, wen er meinte.

»Das ist der Neffe von einem der Fischer da draußen.«

»Wie heißt er?«

»Wer, der Mann oder sein Onkel?«

»Der Mann. Wie heißt er?« Brunetti merkte jetzt, wie ungeduldig das klang, weshalb er eine Hand in die Jackentasche steckte und von einem Fuß auf den anderen trat, um entspannter dazustehen. »Ich meine, falls Sie es wissen«, fügte er lahm hinzu.

165

»Targhetta«, antwortete Pucetti, ohne sich anmerken zu lassen, ob er Brunettis Interesse in irgendeiner Weise außergewöhnlich fand. »Carlo.«

Brunetti wollte sich schon weiter nach dem jungen Mann erkundigen und fragen, was er auf Pellestrina machte, aber dann merkte er doch noch, wie sein Interesse an Signorina Elettras Privatleben den jungen Beamten immer neugieriger machte. »Gut, danke, Pucetti«, sagte er darum. »Sie können sich wieder auf den normalen Dienstplan setzen lassen.« Dabei vergaß er ganz, daß in Abwesenheit von Signorina Elettra, die sonst für die Rotation in der Belegschaft sorgte, seit zwei Wochen immer derselbe Dienstplan aushing.

Wieder in seinem Dienstzimmer, machte er insofern ein Zugeständnis an ihre Abwesenheit, als er persönlich bei der Guardia di Finanza anrief und nach Maresciallo Resto fragte.

Der Maresciallo sei im Augenblick nicht in seinem Zimmer, sagte man ihm, ob er vielleicht mit jemand anderem sprechen möchte? Das lehnte er so prompt wie automatisch ab, und erst nachdem er wieder aufgelegt hatte, ging ihm die volle Bedeutung seiner Reaktion auf: Selbst bei etwas so Gewöhnlichem wie einem simplen Anruf einer staatlichen Dienststelle bei einer anderen war er nicht gewillt, irgend jemandem – ganz gleich welchen Rang und welche Stellung dieser bekleidete – den Grund für seinen Anruf zu nennen, es sei denn, daß wieder jemand anderer, den er kannte und dem er vertraute, für den Betreffenden bürgte. Was ihn dabei traurig stimmte, war nicht so sehr, daß die Leute, mit denen er es zu tun hatte, möglicherweise im Sold der Mafia standen oder aus irgendeinem anderen Grund nicht zuverlässig waren, sondern daß dieses instinktive Mißtrauen stark genug war, um jede Chance auf eine Zusammenarbeit zwischen den zersplitterten Vertretern der öffentlichen Ordnung von vornherein auszuschließen. Und Maresciallo Resto hatte sich, wie ihm aufging, sein Vertrauen nur dadurch erworben, daß er Signorina Elettras Vertrauen besaß. Diese Überlegung brachte ihn wieder nach Pellestrina, zu dem jungen Mann, der jetzt einen Namen hatte, und zu Signorina Elettra. Damit beschäftigte er seine Gedanken eine Viertelstunde lang, dann rief er wieder bei der Finanza an.

166

»Resto«, meldete sich eine helle Stimme.

»Maresciallo«, begann Brunetti, »hier ist Commissario Guido Brunetti von der Questura. Ich rufe an, weil ich Sie um ein paar Auskünfte bitten möchte.«

»Sind Sie Elettras Chef?« fragte der Mann, wobei er Brunetti nicht nur mit der Frage überraschte, sondern auch mit dem selbstverständlichen Gebrauch ihres Vornamens.

»Ja.«

»Gut. Fragen Sie, was Sie wollen.« Brunetti wartete – allerdings vergeblich – auf das übliche Loblied über Signorina Elettras zahlreiche Tugenden.

»Ich interessiere mich für einen Fall, den Sie vor etwa zwei Jahren hatten. Da wurde ein Fischerboot beschlagnahmt, das einem Vittorio Spadini gehörte, einem Fischer von Burano.« Er wartete, ob Resto etwas dazu sagte, doch der andere schwieg, und Brunetti fuhr fort: »Ich möchte gern alles wissen, was Sie mir über den Fall oder den Mann sagen können.«

»Ist das wegen der Morde?« fragte Resto zu seiner erneuten Überraschung.

»Wieso fragen Sie?«

Resto lachte kurz auf. »Es hat in den letzten zehn Tagen auf Pellestrina drei Tote gegeben, zwei davon waren Fischer, und jetzt ruft die Polizei an und fragt mich nach einem Fischer aus. Ich müßte ja ein Carabiniere sein, um mir über den Zusammenhang keine Gedanken zu machen.«

Es war zwar scherzhaft gesagt, aber nicht so gemeint. »Er soll mit einem der Opfer irgendwas zu tun gehabt haben«, bot Brunetti vorsichtig als Erklärung an.

»Haben Sie ihn verhört?«

»Er ist spurlos verschwunden. Eine Nachbarin sagt, er sei auf und davon.«

Resto schien zu überlegen, dann sagte er: »Warten Sie einen Augenblick, ich besorge mir die Akte.« Er blieb eine kleine Weile fort, kam dann zurück, nahm den Hörer auf und sagte: »Die Akte ist unten im Archiv. Ich rufe zurück.« Damit hängte er ein.

Aha, auch Resto will also sicher sein, mit wem er spricht, dachte Brunetti, der mutmaßte, daß der Maresciallo die Akte in der Hand

167

hatte, es aber für klüger hielt, in der Questura anzurufen und sich mit Brunetti verbinden zu lassen.

Als schon wenige Augenblicke später das Telefon klingelte, nahm er ab und meldete sich mit seinem Namen, und da nichts damit zu gewinnen war, wenn er den Mann provozierte, widerstand er der Versuchung, Resto zu fragen, ob er jetzt wirklich zu wissen glaube, mit wem er es zu tun habe.

Brunetti hörte Papier rascheln, dann sagte Resto: »Wir haben mit dieser Ermittlung im Juni vor zwei Jahren begonnen. Damals haben wir uns seine Konten vorgenommen und sein Telefon und das seines Steuerberaters angezapft. Wir haben verfolgt, wieviel er auf dem Fischmarkt verkaufte, und dann geprüft, wieviel davon in seiner Steuererklärung auftauchte.«

»Was noch?« wollte Brunetti wissen.

»Und dann haben wir die üblichen Kontrollen vorgenommen.«

»Und die wären?« fragte Brunetti.

»Das sage ich lieber nicht«, antwortete Resto. »Aber wir haben schließlich herausbekommen, daß er in einem Jahr Fisch und Muscheln für fast eine Milliarde Lire verkaufte, aber ein Einkommen von weniger als hundert Millionen angab.«

»Und?« fragte Brunetti in die nächste Stille hinein.

»Wir haben noch ein paar Monate lang ein Auge auf ihn gehabt, und dann haben wir ihn an Land gezogen.«

»Wie einen Fisch.«

»Genau. Wie einen Fisch. Aber daraufhin verwandelte er sich augenblicklich in eine Auster. Nichts. Kein Geld. Keine Ahnung, wo er es hat. Falls er es noch hat.«

»Was meinen Sie, wie lange er so gut verdient hat?«

»Unmöglich zu sagen. Vielleicht fünf Jahre. Vielleicht länger.«

»Und Sie haben keine Ahnung, wo er es versteckt hält?«

»Er könnte es ausgegeben haben.«

Brunetti, der gesehen hatte, in welchem Zustand sich Spadinis Haus befand, bezweifelte das, behielt diese Information aber für sich. Er dachte über das Gehörte nach, dann fragte er: »Was hat Sie auf seine Spur gebracht?«

»Eins eins sieben.«

»Pardon?«

»Das ist die Nummer für anonyme Anzeigen.«

Brunetti hörte seit Jahren von dieser Nummer 117, von der es hieß, sie sei eingerichtet worden, um Bürgern die Möglichkeit zu geben, Steuerhinterzieher anonym anzuzeigen. Er kannte die Geschichte, hatte aber nie so ganz daran geglaubt und immer angenommen, 117 sei wieder nur so ein Stadtgerücht. Aber nun hatte es ihm ein Maresciallo der Guardia di Finanza bestätigt: Es gab die Nummer, und sie war benutzt worden, um eine Ermittlung gegen Vittorio Spadini in Gang zu setzen, die damit endete, daß er sein Boot verlor.

»Wie werden diese Anrufe protokolliert?«

»Darüber kann ich leider nicht mit Ihnen sprechen, Commissario«, sagte Resto, ohne daß seiner Stimme ein Zaudern oder Bedauern anzuhören gewesen wäre.

»Aha«, antwortete Brunetti. »Wurde seinerzeit ein Strafverfahren gegen ihn eröffnet?«

»Nein, man hielt es für besser, ihm nur eine Geldbuße aufzubrummen.«

»Wie hoch war die Buße?«

»Fünfhundert Millionen Lire«, sagte Resto. »Das heißt, darauf wurde sie zuletzt festgesetzt. Anfangs war sie höher, doch dann wurde sie herabgesetzt.«

»Warum?«

»Wir haben uns sein Vermögen vorgenommen, und da besaß er nichts weiter als sein Boot und zwei kleine Bankguthaben.«

»Dabei wußten Sie aber, daß er eine halbe Milliarde im Jahr verdiente?«

»Wir hatten Grund zu dieser Annahme, ja. Doch es wurde entschieden, daß wir uns – weil nicht mehr bei ihm zu holen sei – mit der niedrigeren Summe zu begnügen hätten.«

»Und die setzte sich wie zusammen?«

»Aus seinem Boot und den beiden Bankguthaben.«

»Und das Haus?«

»Das gehört seiner Frau. Sie hatte es mit in die Ehe gebracht, wir hatten keinen Zugriff darauf.«

»Haben Sie irgendeine Vorstellung, wo das Geld geblieben sein kann?«

»Nicht direkt. Es gehen Gerüchte, daß er spielt.«

»Und anscheinend hat er im Spiel kein Glück«, bemerkte Brunetti.

»Kein Spieler hat Glück im Spiel.«

Brunetti lachte, wie es von ihm erwartet wurde, dann fragte er: »Und seitdem?«

»Keine Ahnung«, antwortete Resto. »Er ist uns seit damals nicht mehr aufgefallen, folglich kann ich Ihnen auch nichts weiter über ihn sagen.«

»Haben Sie ihn einmal kennengelernt?« fragte Brunetti.

»Ja.«

»Und?«

Ohne zu zögern antwortete Resto: »Ein überaus unangenehmer Zeitgenosse. Nicht wegen seiner Tat. Schummeln tut jeder. Damit rechnen wir. Aber in seinem Widerstand gegen uns lag eine Wut, der ich bis dahin nur selten begegnet bin. Ich glaube nicht, daß es mit dem Geld zusammenhing, das er verlor, aber da könnte ich auch im Irrtum sein.«

»Was denn sonst, wenn nicht das Geld?«

»Die Niederlage. Einfach daß er verloren hat«, meinte Resto. »Ich habe noch nie einen Menschen so wütend darüber gesehen, daß man ihn erwischt hatte, wobei es im Grunde gar nicht möglich war, ihn nicht zu erwischen. Er hatte sich derart dumm angestellt.«

Es klang, als mißbilligte Resto vor allem Spadinis Leichtfertigkeit, weniger seine Unehrlichkeit.

»Würden Sie ihn als gewalttätig bezeichnen?« fragte Brunetti Resto.

»Soll das heißen, ob ich ihn dieser Morde für fähig halte?«

»Ja.«

»Das weiß ich nicht. Ich nehme an, daß viele Leute fähig wären, einen Mord zu begehen, auch wenn sie es selbst nicht wissen, bevor sie in die richtige Situation geraten. Oder in die falsche«, verbesserte Resto sich rasch. »Vielleicht ja, vielleicht nein.« Als Brunetti nichts sagte, meinte Resto: »Tut mir leid, daß ich Ihnen das nicht beantworten kann, aber ich weiß es einfach nicht.«

»Schon gut«, sagte Brunetti. »Vielen Dank für die Auskünfte, die Sie mir geben konnten.«

»Lassen Sie mich wissen, wie es weitergeht«, sagte Resto – ein Ansinnen, mit dem er Brunetti von neuem überraschte.

»Ja, natürlich. Warum?«

»Ach, nur aus Neugier«, antwortete Resto, womit er irgend etwas verschleierte, Brunetti wußte nur nicht was. Mit wechselseitigen Artigkeiten verabschiedeten sich die beiden Männer voneinander.

21

ALS BRUNETTI NACH HAUSE KAM, fand er seine Familie bei Tisch, alle vor fast leergegessenen Tellern mit Lasagne. Chiara stand auf und gab ihm einen Kuß, Raffi sagte »*Ciao papà*«, bevor er sich wieder seiner Pasta widmete, und Paola sah lächelnd zu ihm herüber. Dann ging sie zum Herd, bückte sich, zog den Backofen auf, nahm einen Teller heraus, auf dessen Mitte ein großes Rechteck Lasagne lag, und stellte ihn auf Brunettis Platz.

Er ging ins Bad, um sich die Hände zu waschen, und als er wiederkam, merkte er erst so richtig, wie hungrig er war und wie froh, wieder bei seinen Lieben zu Hause zu sein.

»Du siehst aus wie einer, der heute in der Sonne war«, sagte Paola, als sie ihm ein Glas Cabernet einschenkte.

Er trank ein Schlückchen. »Ist das der Wein, den dieser Student von dir macht?« fragte er, wobei er das Glas hob, um die Farbe zu studieren.

»Ja. Schmeckt er dir?«

»Sehr. Wieviel haben wir davon gekauft?«

»Zwei Kisten.«

»Gut«, sagte er und machte sich an seine Pasta.

»Du siehst aus wie einer, der heute in der Sonne war«, wiederholte Paola.

Er kaute, schluckte und sagte: »Ich war auf Burano.«

»Kann ich da mal mit, *papà*, wenn du wieder hinfährst?« rief Chiara dazwischen.

»Chiara, ich rede mit deinem Vater«, sagte Paola.

»Kann ich nicht gleichzeitig mit ihm reden?« fragte Chiara, der verletzte Stolz in Person.

»Wenn ich fertig bin.«

»Aber wir reden doch alle über dasselbe, oder?« fragte Chiara, immerhin klug genug, alles Beleidigtsein aus ihrer Stimme herauszuhalten.

Paola sah auf ihren Teller, dann legte sie ihre Gabel neben den Rest ihrer Lasagne.

»Ich habe deinen Vater etwas gefragt«, begann sie, und Brunetti vernahm das »dein Vater« und argwöhnte sofort, daß hinter der sprachlichen Distanzierung noch eine andere steckte.

Chiara wollte noch etwas sagen, aber Raffi gab ihr unter dem Tisch einen kräftigen Tritt, worauf sie den Kopf zu ihm herumwarf. Er preßte die Lippen aufeinander und kniff die Augen zu, und sie verstummte.

Schweigen legte sich über den Tisch. »Ja«, sagte Brunetti nach einer Weile, dann räusperte er sich und fuhr fort: »Ich bin nach Burano gefahren, weil ich dort mit jemandem reden wollte, aber der war nicht da. Dann wollte ich bei Romano zu Mittag essen, aber da war kein Tisch mehr frei.« Er aß seine Lasagne auf und schaute zu Paola hinüber. »Ist noch etwas übrig? Schmeckt nämlich köstlich«, fügte er hinzu.

»Was gibt es danach, *mamma*?« wollte Chiara wissen, deren Appetit doch stärker war als Raffis Warnung.

»*Ragù di manzo* mit Paprikagemüse«, antwortete Paola.

»Das mit den Kartoffeln?« fragte Raffi mit dick aufgetragener falscher Begeisterung.

»Ja.« Paola stand auf und sammelte die Teller ein. Die Lasagne entpuppte sich zu Brunettis Enttäuschung als ausgestorbene Spezies: Es gab keine mehr.

Kaum war Paola am Herd beschäftigt, begann Chiara in der Luft herumzufuchteln, um Brunetti auf sich aufmerksam zu machen, dann legte sie den Kopf auf die Seite, riß den Mund auf und ließ die Zunge heraushängen. Dabei verdrehte sie die Augen und wackelte mit dem Kopf hin und her und hin und her, wie ein Metronom, und immer noch hing ihr die schlaffe Zunge aus dem Mund.

Paola sagte vom Herd aus, wo sie das Gulasch auftat: »Wenn du glaubst, daß du von dem Fleisch den Rinderwahn bekommst, Chiara, dann möchtest du vielleicht lieber nichts davon essen.«

Augenblicklich stellte Chiara das Kopfwackeln ein und legte die Hände sittsam vor sich auf den Tisch. »Aber nein, *mamma*«, erklärte sie in salbungsvollem Ton, »ich bin sehr hungrig, und du weißt doch, daß es eines meiner Lieblingsgerichte ist.«

»Für dich ist doch alles ein Lieblingsgericht«, meinte Raffi.

Sie streckte wieder die Zunge heraus, aber ihren Kopf hielt sie diesmal still.

Paola kam zurück an den Tisch und stellte erst Chiara, dann Raffi einen Teller hin. Sie holte einen weiteren für Brunetti und zuletzt einen für sich selbst. Dann setzte sie sich.

»Wie war's denn heute in der Schule?« fragte Brunetti beide Kinder gleichzeitig in der Hoffnung, daß wenigstens eines antworten würde. Beim Essen wanderte seine Aufmerksamkeit von dem gehackten Rindfleisch über die Karottenwürfel zu den kleinen Zwiebelscheiben. Raffi berichtete etwas von seinem Griechischlehrer. Als er einmal kurz verstummte, sah Brunetti zu Paola hinüber und fragte: »Ist da ein Schuß Barbera drin?«

Sie nickte, und er lächelte, erfreut, daß er richtig geraten hatte. »Wunderbar«, sagte er, während er ein weiteres Stück Fleisch auf die Gabel spießte. Raffi beendete seinen Bericht über den Griechischlehrer, und Chiara räumte das Geschirr ab. »Die Dessertteller«, sagte Paola zu ihr, als sie damit fertig war.

Paola ging zur Anrichte und nahm die runde Abdeckung von der Kuchenplatte, einem Erbstück von ihrer Großtante Ugolina in Parma. Zum Vorschein kam, was Brunetti kaum zu hoffen gewagt hatte: Paolas berühmter Apfelkuchen, der so mit Zitrone, kandierter Orangenschale und reichlich Grand Marnier durchtränkt war, daß der Gesamtgeschmack für alle Zeiten auf der Zunge verweilte.

»Eure Mutter ist eine Heilige«, sagte er zu den Kindern.

»Eine Heilige«, bestätigte Raffi.

»Eine Heilige«, echote Chiara, die sich ein zweites Stück erhoffte.

Nach dem Essen nahm Brunetti, um bei dem durch den Kuchen

173

eingeführten Apfelmotiv zu bleiben, eine Flasche Calvados und ging damit auf die Terrasse. Dort stellte er die Flasche hin, dann ging er zurück in die Küche, um zwei Gläser und – wie er hoffte – seine Frau zu holen. Als er Chiara nahelegte, den Abwasch zu machen, erhob das Mädchen keine Einwände.

»Komm«, sagte er zu Paola und ging wieder hinaus auf die Terrasse.

Er goß zwei Gläser ein, setzte sich, legte die Füße aufs Geländer und schaute den Wolken nach, die in der Ferne dahintrieben. Als Paola sich in den anderen Liegestuhl sinken ließ, deutete er mit dem Kopf zu den Wolken und fragte: »Meinst du, es wird regnen?«

»Das will ich hoffen. Ich habe heute gelesen, daß es in den Bergen oberhalb Belluno schon Brände gibt.«

»Brandstiftung?« fragte er.

»Wahrscheinlich«, antwortete sie. »Wie wollen sie dort anders bauen?« Es war eine Besonderheit des Gesetzes, daß ein unerschlossenes Grundstück, auf dem das Bauen verboten war, diesen Schutz verlor, sobald die Bäume, die darauf standen, nicht mehr existierten. Und wie bekam man Bäume besser weg als durch ein Feuer?

Beide hatten keine Lust, dieses Thema zu vertiefen, weshalb Brunetti schließlich fragte: »Was ist denn los?«

Zu den Dingen, die Brunetti an Paola immer geliebt hatte, gehörte ihr »maskuliner« Verstand, wie er es beharrlich ausdrückte, mochte sie gegen das Wort protestieren, soviel sie wollte. So hielt sie es auch jetzt nicht für nötig, Verwirrung vorzuschützen, und sagte statt dessen freiheraus: »Ich finde dein Interesse an Elettra eigenartig. Und ich glaube, wenn ich noch etwas länger darüber nachdenken müßte, würde ich es wahrscheinlich anstößig finden.«

Es war an Brunetti, unschuldig zurückzufragen: »Anstößig?«

»Nur wenn ich noch länger darüber nachdenken müßte. Im Augenblick finde ich es nur eigenartig, kommentierungsbedürftig, ungewöhnlich.«

»Warum?« fragte er, wobei er sein Glas hinstellte und noch etwas Calvados nachschenkte.

Sie drehte sich zu ihm um, und ihr Gesicht war eine Studie offenen Unverständnisses. Aber sie wiederholte seine Frage nicht, sondern versuchte sie zu beantworten. »Weil du in der letzten Woche kaum noch an etwas anderes gedacht hast, und weil ich annehme, daß deine heutige Fahrt nach Burano auch mit ihr zu tun hatte.«

Bewundert hatte er an Paola auch immer, daß sie keine Schnüfflerin war und Eifersucht nicht zu ihrer Ausstattung gehörte. »Bist du eifersüchtig?« fragte er, bevor er sich die Zeit genommen hatte, darüber nachzudenken.

Ihr klappte das Kinn herunter, und die Augen, die ihn anstarrten, hätten an Stielen stecken können, so ungeteilt war ihre Aufmerksamkeit. Dann drehte sie sich weg, und an den Campanile von San Polo gerichtet, sagte sie: »Er möchte wissen, ob ich eifersüchtig bin.« Als der Campanile nicht antwortete, wandte sie den Blick in Richtung San Marco.

Wie sie so dasaßen und das Schweigen andauerte, verzog sich ganz langsam die Anspannung, als hätte die bloße Erwähnung des Wortes »Eifersucht« genügt, sie zu verjagen.

Die halbe Stunde schlug, und endlich sagte Brunetti: »Dafür besteht nämlich kein Grund, Paola. Ich will doch nichts von ihr.«

»Du willst ihre Sicherheit.«

»Das ist etwas für sie, nicht von ihr.«

Da drehte sie ihr Gesicht zu ihm und fragte ohne jede Spur ihrer sonstigen Heftigkeit: »Du glaubst das wirklich, ja, daß du nichts von ihr willst?«

»Natürlich«, verkündete er.

Sie wandte sich wieder von ihm ab und sah den Wolken nach, die jetzt höher waren und in Richtung Festland zogen.

»Was ist denn?« fragte er schließlich in die immer länger werdende Stille hinein.

»Nichts direkt. Wir sind nur an einem dieser Punkte angekommen, wo der Unterschied zwischen Männern und Frauen offen zutage tritt.«

»Welcher Unterschied?«

»In der Fähigkeit zum Selbstbetrug«, sagte sie, verbesserte sich aber gleich: »oder eher darin, worüber wir uns selbst gern täuschen.«

»Zum Beispiel?« fragte er, um Sachlichkeit bemüht.

175

»Männer täuschen sich über ihr eigenes Tun, während Frauen sich eher über das Tun anderer täuschen.«

»Vermutlich das der Männer?« fragte er.

»Ja.«

Wäre sie Chemikerin gewesen und hätte das periodische System der Elemente vorgelesen, es hätte nicht überzeugter klingen können.

Er trank seinen Calvados aus, schenkte sich aber keinen neuen mehr ein. In dem langen Schweigen, das folgte, ließ er sich ihre Worte durch den Kopf gehen. »Dann scheint mir, daß die Männer den besseren Teil erwischt haben«, antwortete er schließlich.

»Wann wäre das einmal nicht der Fall?«

Bis zum nächsten Morgen hatte Brunetti Paolas Feststellung, daß er vergangene Woche an kaum etwas anderes gedacht habe als an Signorina Elettra – was stimmte –, in die Behauptung umgedeutet, Paola glaubte, sie habe Grund zur Eifersucht – was eigentlich nicht dasselbe war. Vollkommen überzeugt, daß Paola keinen Grund zur Eifersucht hatte, räumte er seiner Sorge um Signorina Elettra weiter Vorrang in seinem Denken ein, und das beeinträchtigte seinen Instinkt, jedem, der mit der Sache zu tun hatte, mit ebensoviel Mißtrauen wie Neugier zu begegnen. So blieben unbehagliche Gefühle – wenn man das so nennen darf – unbeachtet, und einige der dünneren Fäden, die in gewisse Richtungen führten, wurden nicht weiterverfolgt.

Marotta kam zurück und übernahm die Leitung der Questura. Da Mord in Venedig selten vorkam und Marotta ein ehrgeiziger Mensch war, ließ er sich die Akte über die Bottin-Morde kommen, und nachdem er sie gelesen hatte, erklärte er, daß er den Fall selbst übernehmen werde.

Als Brunetti die Nummer von Signorina Elettras *telefonino* nicht fand, verbrachte er eine halbe Stunde vor dem Computer und versuchte in die Verzeichnisse der telecom hineinzukommen, gab es dann aber auf und fragte Vianello, ob er die Nummer beschaffen könne. Nachdem er sie hatte, dankte er dem Sergente und ging wieder in sein Dienstzimmer, um den Anruf von dort aus zu tätigen. Es klingelte achtmal, dann meldete sich eine Stimme, die ihm mitteilte, daß dieses Telefon abgeschaltet sei, er aber, wenn er wolle, eine Nachricht hinterlassen könne. Gerade wollte er schon seinen Namen nennen, da erinnerte er sich an den Blick, mit dem sie den jungen Mann angesehen hatte, dessen Namen er jetzt kannte, und meldete sich nur mit »Guido«, nannte sie »Elettra« sagte »*tu*« und, sie solle ihn an seinem Arbeitsplatz zurückrufen.

Dann rief er unten bei Vianello an und bat ihn, sich noch einmal an den Computer zu setzen und diesmal alles über einen gewissen Carlo Targhetta herauszufinden, möglicherweise wohnhaft auf Pellestrina. Vianellos Stimme war die Neutralität in Person, als er den Namen wiederholte, woraus Brunetti schloß, daß der Sergente mit Pucetti gesprochen hatte und sehr genau wußte, wer der junge Mann war.

Er nahm ein leeres Blatt Papier aus seiner Schublade und schrieb den Namen Bottin in die Mitte, dann links davon den Namen Follini. Es folgte auf dem unteren Teil des Blatts der Name Spadini. Von Follini zu Spadini zog er einen Verbindungsstrich. Rechts neben Spadini schrieb er Sandro Scarpa, den Bruder des Kellners, der sich mit Bottin geprügelt haben sollte, und verband auch diese beiden Namen miteinander. Darunter schrieb er noch den Namen des vermißten Kellners. Dann saß er da und starrte auf die Namen, als wartete er darauf, daß sie sich auf dem Papier in Bewegung setzten und neue interessante Beziehungen untereinander knüpften. Nichts tat sich. Er nahm wieder seinen Stift und schrieb den Namen Carlo Targhetta unauffällig, kleiner, in eine Ecke.

Es tat sich noch immer nichts. Er zog die vordere Schublade auf, legte das Blatt hinein und ging nach unten, um zu sehen, was Vianello herausgefunden hatte.

Vianello hatte sich in der Zwischenzeit per Computer in den Archiven verschiedener staatlicher Stellen herumgetrieben, um zu sehen, ob Carlo Targhetta seinen Militärdienst abgeleistet oder jemals Ärger mit der Polizei gehabt hatte. Aber das Gegenteil schien der Fall zu sein – jedenfalls sagte er das zu Brunetti, als dieser in Signorina Elettras Zimmer trat, wo der Sergente am Computer saß.

»Er war in der Guardia di Finanza«, sagte Vianello, selbst noch sehr verwundert.

»Und jetzt ist er Fischer«, fügte Brunetti hinzu.

»Und verdient damit wahrscheinlich unvergleichlich viel mehr«, bemerkte Vianello.

Obwohl das kaum zur Diskussion stand, erschien der Berufswechsel dennoch sonderbar, und die beiden Polizisten fragten sich, welchen Anlaß es dafür gegeben haben mochte. »Wann ist er dort ausgeschieden?« fragte Brunetti.

Vianello drückte ein paar Tasten, betrachtete den Bildschirm, drückte noch ein paar und sagte dann: »Vor ungefähr zwei Jahren.«

Beide dachten es, aber Brunetti war derjenige, der es aussprach: »Also um die Zeit, als man Spadini sein Boot weggenommen hat.«

»Mhm«, bestätigte Vianello, dann drückte er eine Taste, die den Bildschirm leerte. »Ich versuche mal herauszubekommen, warum er ausgeschieden ist«, sagte er, während er eine neue Informationsquelle aufrief. Ein paar Sekunden lang huschten Buchstaben und Zahlen über den Bildschirm, jagten und verjagten einander. Nach, wie es schien, ungebührlich langer Zeit sagte Vianello: »Darüber geben sie keine Auskunft, Commissario.«

Brunetti beugte sich zum Bildschirm hinunter und begann zu lesen. Das meiste waren Zahlen und unverständliche Symbole, aber kurz über dem unteren Rand las er: »Nur für internen Gebrauch, siehe betreffende Akte«, worauf eine lange Reihe von Zahlen und Buchstaben folgte, vermutlich die Kennzeichnung der Akte, in der die Gründe für Carlo Targhettas Ausscheiden aus dem Dienst standen.

Vianello tippte mit dem Finger auf diesen Satz und meinte: »Glauben Sie, das hat etwas zu bedeuten?«

»Muß nicht eigentlich alles etwas zu bedeuten haben?« fragte Brunetti zurück, statt zu antworten, aber auch er war neugierig zu erfahren, was wohl dahintersteckte. »Kennen Sie dort irgendwen?« fragte er Vianello in diesem jahrhundertealten venezianischen Kurzcode: Freunde, Verwandte, alte Klassenkameraden, eben irgendwen, der einem vielleicht eine Gefälligkeit schuldete.

»Nadias Patentante«, sagte Vianello nach kurzem Überlegen. »Sie ist mit einem ehemaligen Colonnello verheiratet.«

»Die beiden waren nicht zufällig zu Ihrem Hochzeitstag eingeladen?« fragte Brunetti.

Vianello lächelte bei dieser Anspielung auf die Gefälligkeit, die Brunetti ihm schuldete. »Nein. Er ist vor etwa drei Jahren pensioniert worden, kommt aber sicher noch an alles heran, was er haben will.«

»Steht Nadia den beiden sehr nah?«

Vianellos Lächeln erinnerte an einen Hai. »Wie eine Tochter, Commissario.« Er nahm den Hörer vom Telefon. »Mal sehen, was ich erfahren kann.«

Brunetti schloß aus der Kürze des Einleitungsgeplänkels, daß Vianello den pensionierten Colonnello direkt erreicht hatte. Er hörte ihn sein Anliegen vortragen. Als er Vianello nach einer kurzen Pause nur »Juni vor zwei Jahren« sagen hörte, nahm Brunetti an, daß der Colonnello nicht hatte wissen wollen, wozu der Sergente die Auskunft brauchte. Und als Vianello dann noch sagte: »Gut, dann rufe ich dich morgen früh noch mal an«, ging er wieder hinauf in sein Dienstzimmer.

22

AM FOLGENDEN MORGEN MACHTE BRUNETTI sich auf den Weg zum Dienst, bevor Paola wach war, und kam so darum herum, Fragen nach dem Stand seiner Ermittlungen beantworten zu müssen. Da Signorina Elettra auf seinen Anruf nicht geantwortet oder zumindest gestern nicht in der Questura angerufen hatte, konnte er sich in dem Glauben wiegen, sie habe ihm gehorcht und sei von Pellestrina zurückgekommen. Und so liebäugelte er auf dem Weg zur Arbeit mit der Vorstellung, sie in der Questura an ihrem Schreibtisch vorzufinden, im Gewand des Frühlings, froh, daß sie wieder da war, und noch froher, ihn wiederzusehen.

Aber leider war sein Gedanke nicht der Vater ihrer Tat und in ihrem Zimmer von ihr nichts zu sehen. Ihr Computer stand untätig da, der Bildschirm leer, doch bevor er das nun als ein Omen ansah, ging er lieber nach oben.

Unterwegs ging er noch rasch in den Bereitschaftsraum, wo Vianello an seinem Schreibtisch saß, vor sich die Einzelteile einer zerlegten Pistole. Die Teile lagen in wildem Durcheinander auf einer *Gazzetta dello Sport* und standen mit ihrer dumpfen Bedrohlichkeit in einem so krassen Gegensatz zu dem rosa Papier wie Schlagringe an den Händen einer Ballettänzerin.

»Was ist denn hier los?« fragte Brunetti.

Der Sergente sah auf und lächelte. »Alvises Dienstwaffe, Commissario. Er hat sie heute morgen zerlegt, um sie zu reinigen, und kriegte sie danach nicht wieder zusammen.«

»Wo ist er denn?« fragte Brunetti und sah sich um.

»Er holt sich einen Kaffee.«

»Und da hat er das hier liegenlassen?«

»Ja.«

»Und was machen Sie damit?«

»Ich dachte, ich könnte sie wieder zusammensetzen und ihm auf den Schreibtisch legen, Commissario.«

Brunetti dachte gebührend über diesen Vorschlag nach und meinte dann: »Ja, das ist sicher das beste.«

Vianello ließ jetzt die Pistole Pistole sein und sagte: »Der Colonnello hat angerufen.«

»Und?«

»Er sagt es uns nicht.«

»Und das heißt?«

»Es heißt wahrscheinlich, daß er es uns sagen würde, wenn man es ihm selbst gesagt hätte, aber das hat man wohl nicht.«

»Warum glauben Sie das?«

Vianello überlegte, wie er am besten anfangen sollte, und sagte schließlich: »Er war ja mal Colonnello und ist es von daher noch gewohnt, daß ihm fast jeder gehorcht. Meiner Meinung nach ist nun folgendes passiert: Man hat sich rundheraus geweigert, ihm zu sagen, warum Targhetta gegangen ist, aber er geniert sich, das zuzugeben, darum behauptet er, daß er die Information nicht weitergeben darf.« Nach kurzem Schweigen fuhr er fort: »Um sein Gesicht zu wahren – es so aussehen zu lassen, als hätte er selbst entschieden.«

»Wissen Sie das bestimmt?«

»Das nicht«, antwortete der Sergente, »aber es ist die plausibelste

Erklärung.« Wieder eine längere Pause, dann fügte er hinzu: »Außerdem ist er mir mehr als einen Gefallen schuldig. Er würde es mir sagen, wenn er könnte.«

Brunetti dachte eine Weile nach, und als ihm klar wurde, daß Vianello schon viel länger darüber nachgedacht haben mußte, fragte er: »Und was meinen Sie?«

»Meine Vermutung ist, daß man Targhetta bei irgend etwas erwischt hat, es ihm aber nicht nachweisen konnte oder die Folgen fürchtete, wenn man ihn vor den Kadi brachte. Da hat man ihn lieber ohne Aufsehen ziehen lassen.«

»Und das hat man in seiner Akte vermerkt?«

»Hm, ja«, mutmaßte Vianello, worauf er sich nun doch die Pistole vornahm. Schnell und geschickt ergriff er die einzelnen Teile und steckte sie zusammen, und in Sekunden war wieder das kalte Todesinstrument daraus geworden.

Vianello legte die Waffe beiseite und seufzte: »Wenn sie doch nur hier wäre!«

»Wer?«

»Signorina Elettra«, antwortete Vianello, und aus einem unerfindlichen Grund freute es Brunetti, daß er nicht einfach »Elettra« gesagt hatte.

»Ja, das wäre gut.« Mit einemmal wurde Brunetti klar, wie vollkommen abhängig er von ihr geworden war. »Gäbe es sonst noch jemanden?« fragte er.

»Darüber denke ich schon seit dem Anruf nach«, antwortete Vianello. »Mir ist nur einer eingefallen, der dazu imstande wäre.«

»Und wer?«

»Sie werden keine Freude daran haben, Commissario«, antwortete der Sergente.

Für Brunetti konnte das nur eines – oder einen – bedeuten. »Sie wissen doch, daß ich mit Galardi lieber nichts zu tun haben möchte«, sagte er. Stefano Galardi, Besitzer und Direktor einer Software-Firma, war mit Vianello zur Schule gegangen, hatte aber schon lange vergessen, daß er in Castello aufgewachsen war und in einem Haus ohne Heizung und Warmwasser gelebt hatte, bevor er von dort in die himmlischen Gefilde des Cyber-Mammons entschwebte. Er war, gesellschaftlich und finanziell, die Leiter hinaufgefallen

181

und wurde an jedem Tisch in der Stadt akzeptiert, sogar begrüßt, außer eben am Tisch eines gewissen Guido Brunetti, denn da hatte er sich vor sechs Jahren einmal im Suff allzu plump an Paola heranzumachen versucht und war von einem ebenso wütenden wie stocknüchternen Ehemann aufgefordert worden, das Haus zu verlassen.

Da Galardi überzeugt war, daß Vianello ihn vor fast zwanzig Jahren nach einem besonders wilden Redentore-Fest vor dem Ertrinken gerettet hatte, war er, bevor Signorina Elettra die Bühne betrat, öfter für die Beschaffung gewisser elektronischer Informationen herangezogen worden. Brunettis Begeisterung für Signorina Elettra und ihr Können kam nicht zuletzt daher, daß sie es ihm ersparte, sich in Galardis Dankesschuld zu begeben.

Nach längerem Schweigen sagte Brunetti endlich: »Also gut. Rufen Sie ihn an.« Dann ging er aus dem Zimmer, weil er nicht auch noch dabeisein wollte, wenn Vianello mit dem Kerl sprach.

Zwei Stunden später wurde seine Neugier befriedigt, als Vianello ins Zimmer kam und unaufgefordert ihm gegenüber Platz nahm. »Er hat so lange gebraucht, um da hineinzukommen«, sagte er.

»Und?«

»Meine Vermutung war richtig. Man hat ihn beim Manipulieren von Beweisen erwischt und rausgeworfen.«

»Was war das für ein Fall, und was für Beweise waren das?«

Vianello beantwortete zuerst den zweiten Teil der Frage. »Das einzige, was er mir beschaffen konnte, war eine Übersetzung des Codes.« Er sah Brunettis verständnislose Miene und erklärte: »Erinnern Sie sich an diese Liste von Zahlen und Buchstaben unter dem Bericht?«

»Ja.«

»Er hat herausgefunden, was die bedeuten.« Vianello sprach schon von selbst weiter, ohne daß Brunetti ihn groß dazu auffordern mußte. »Wie er mir erklärt hat, benutzen sie diesen Code in Fällen, in denen ein Beamter der Guardia di Finanza Beweise entweder übersehen oder unterdrückt oder den Ausgang der Ermittlungen irgendwie sonst zu manipulieren versucht hat.«

»Wie zum Beispiel?« fragte Brunetti.

»Genauso wie wir«, antwortete Vianello, ohne rot zu werden.

182

»Indem wir woandershin gucken, wenn unser Lebensmittelhändler keine Quittung gibt. Uns nicht erinnern, wie ein Prügelei zwischen einem Polizeibeamten und einem Zivilisten anfing. In dieser Art.« Brunetti, der Vianellos zweites Beispiel lieber überhört haben wollte, fragte: »Und in diesem speziellen Fall, was hat er genau gemacht?«

»Das war nicht herauszubekommen. Es steht nicht in der Akte.« Vianello ließ Brunetti ein paar Sekunden Zeit, die Bedeutung dieser Information zu schlucken, dann fügte er hinzu: »Aber es war der Fall Spadini. Der Name stand nicht da, aber die Codenummer eines anderen Falles, an dem Targhetta seinerzeit arbeitete, ist dieselbe wie die für Spadini.«

Brunetti überlegte. Das Leben hatte ihn gelehrt, tiefes Mißtrauen gegenüber dem Zufall zu hegen, und es hatte ihn ebenso gelehrt, jedes scheinbar willkürliche Zusammentreffen von Ereignissen oder Menschen als Zufall anzusehen und folglich auch dieses mit Mißtrauen zu betrachten. »Pucetti?« fragte er.

Vianello schüttelte den Kopf. »Ich habe ihn gefragt, Commissario, aber er weiß gar nichts über Targhetta, den er nur ein paarmal in der Bar gesehen hat.«

»Mit Elettra?«

»Davon hat er nichts gesagt, Commissario.«

Brunetti merkte nicht, wie ausweichend Vianellos Antwort war. Brunetti erwog die verschiedenen Möglichkeiten, darunter die, selbst nach Pellestrina hinauszufahren. Nach einer Weile fragte er Vianello: »Glauben Sie, daß Montisis Freund ihm etwas erzählt, wenn er ihn anruft?«

»Das können wir nur Montisi fragen«, antwortete Vianello lächelnd. »Er hat heute dienstfrei. Sie könnten ihn zu Hause erreichen.«

Das war schnell getan, und Montisi erklärte sich bereit, mit seinem Freund zu sprechen. Zehn Minuten später rief er zurück, um zu sagen, daß der Freund nicht zu Hause sei und erst abends zurückkommen werde.

Brunetti und Vianello blieb somit nichts weiter zu tun, als zu grübeln und sich Sorgen zu machen. Der Sergente, der lieber in seinem eigenen Zimmer grübelte, ging wieder nach unten.

Brunetti sah die Gefälligkeiten, die er schuldete oder sich verdient hatte, wie einen Satz Spielkarten, der vom vielen Gebrauch schon ganz fettig und abgegriffen war: Du sagst mir dies, ich sage dir das; du gibst mir das eine, ich zahle es dir mit dem anderen zurück; du schreibst für meinen Vetter einen Empfehlungsbrief, und ich sorge dafür, daß dein Antrag auf Zuteilung eines Liegeplatzes für dein Boot ganz oben auf den Stapel kommt.

Wie er nun so an seinem Schreibtisch saß und ins Leere starrte, zog er im Geiste dieses Päckchen hervor und begann die Karten durchzublättern. Er fand eine, legte sie beiseite und blätterte weiter. Er fand eine weitere, überlegte kurz, ob er sie auch herausnehmen sollte, steckte sie dann aber wieder zurück und blätterte bis zum Ende. Dann nahm er sich die weggelegte Karte vor und versuchte sich zu erinnern, wann er sie zuletzt in der Hand gehabt hatte. Nie hatte er sie in der Hand gehabt, nein, nicht er, sondern Paola, die mit der Tochter dieses Mannes vor deren Abschlußexamen an der Universität ein paar Tage gepaukt hatte. Das Mädchen hatte mit einer guten Note bestanden, was Brunetti jetzt sicherlich mehr als berechtigte, die Karte auszuspielen.

Ihr Vater, Generale Aurelio Costantini, war vor zehn Jahren von der Guardia di Finanza in aller Stille in den Ruhestand geschickt worden, nachdem er von dem Vorwurf, gemeinsame Sache mit der Mafia gemacht zu haben, freigesprochen worden war. Der Vorwurf stimmte zwar, aber die Beweise waren unzureichend gewesen, und so hatte man den Generale stillschweigend bei voller Pension auf die Weide gestellt, wo er nun die Früchte seiner vielen Jahre treuer – und doppelter – Dienste genoß.

Brunetti rief ihn zu Hause an und erklärte ihm die Situation. Ebenso freundlich wie direkt ergänzte er, daß es diesmal nicht um die Mafia gehe. Der Generale, dem dabei vielleicht durch den Kopf ging, daß seine Tochter sich um einen Lehrauftrag an der Ca'Foscari beworben hatte, gab sich über die Maßen hilfsbereit und versprach, Brunetti noch vor dem Mittag wieder anzurufen.

Ein Mann, ein Wort. Schon lange vor dem Mittag rief der Generale an, um zu sagen, er sei auf dem Weg zu einem Treffen mit einem Freund, der noch in der Guardia di Finanza arbeite, und wenn Brunetti sich in ungefähr einer Stunde auf ein Gläschen mit ihm treffen wolle, könne er ihm eine Kopie von Targhettas kompletter Personalakte geben.

Brunetti rief zu Hause an und war erleichtert, daß er nur mit dem Anrufbeantworter zu sprechen brauchte, auf dem er die Mitteilung hinterließ, daß er zum Mittagessen fortbleibe und abends zur gewohnten Zeit nach Hause kommen werde.

Der Generale war ein höflicher, weißhaariger Mann mit der aufrechten Körperhaltung eines Kavallerieoffiziers sowie der manierierten Aussprache der Oberschicht und ihrer Nacheiferer. Er schlürfte einen Prosecco, während Brunetti, der den Umfang der vor ihnen auf dem Tresen liegenden Akte gesehen hatte, rasch zwei Sandwichs verzehrte, die ihm das Mittagessen ersetzten. Sie redeten übers Wetter, wie man es in der Stadt schon seit drei Monaten tat, und beteuerten beide, wie sehr sie hofften, daß es bald regnen werde, denn nichts anderes könne die Augiasställe wieder sauber bekommen, zu denen die engsten *calli* inzwischen geworden waren.

Auf dem Rückweg zur Questura machte Brunetti sich Gedanken über sein widersprüchliches Verhalten gegenüber diesen beiden Männern, von denen das Material stammte, das er jetzt unterm Arm trug: Galardi hatte lediglich getan, was Betrunkene nun einmal tun, und Brunetti wollte nichts mit ihm zu schaffen haben. Generale Costantini, dessen Schuld über jeden Zweifel erhaben war, hatte dem Staat Schaden zugefügt, indem er dessen Geheimnisse an die Mafia verkauft hatte, und mit ihm traf Brunetti sich in aller Öffentlichkeit, lächelte, forderte Gefälligkeiten ein und wäre nicht auf die Idee gekommen, die Beziehungen in Frage zu stellen, die der Mann noch zur Guardia di Finanza hatte.

Sowie er aber wieder in seinem Dienstzimmer war und die Akte aufgeschlagen hatte, lösten alle derartigen jesuitischen Gedanken sich in nichts auf, und er widmete sich nur noch der Personalakte Carlo Targhetta. Der jetzt zweiunddreißigjährige Targhetta hatte zehn Jahre lang bei der Finanza gearbeitet, bevor er sich »zum Ausscheiden aus dem Dienst entschloß«, wie es in der Akte hieß. Der gebürtige Venezianer hatte in Catania, Bari und Genua Dienst getan, bis er vor drei Jahren nach Venedig versetzt wurde, ein Jahr vor dem Ereignis, das zu seinem Abgang führte. Die Akte war voll des Lobes von seinen sämtlichen Vorgesetzten, die von seinem Pflichtbewußtsein und seiner »äußersten Rechtschaffenheit« sprachen.

Soweit Brunetti es den Lobeshymnen in der Akte entnehmen konnte, war Targhetta zur Zeit seines Ausscheidens für die Entgegennahme anonymer Anrufe zuständig gewesen, mit denen Fälle von Steuerhinterziehung gemeldet wurden. Einen solchen Anruf hatte er nicht vorschriftsgemäß weitergemeldet – vorsätzlich, wie die Finanza behauptete, während Targhetta beteuerte, es sei ein Versehen gewesen. Die Guardia di Finanza hatte es sich erspart, entscheiden zu müssen, was nun stimmte, indem sie Targhetta die Gelegenheit gegeben hatte, den Dienst zu quittieren, und er hatte das Angebot angenommen, obwohl er ohne Versorgungsbezüge ausschied.

Der Akte lag eine Tonbandkassette bei, auf der ein Datum stand, von dem Brunetti annahm, daß es der Tag des Anrufs war, der die Ereignisse in Gang gesetzt hatte. An den rückseitigen Deckel des Aktenordners war ein Stoß Papier geklammert, auf dem dasselbe Datum stand. Ein Blick darauf bestätigte die Vermutung, daß es sich um Abschriften der Anrufe handelte. Brunetti ging mit der Kassette in eines der Zimmer hinunter, in denen die Verhöre mitgeschnitten wurden, legte die Kassette in einen Recorder, drückte auf PLAY und klappte die Akte auf.

Es folgte ein langes Gespräch, dessen Übertragung auf dem ersten Blatt stand. Eine Frau wollte darin ihren Mann anzeigen, einen Metzger, der sein Einkommen nicht vollständig angebe. Der Aussprache nach wohnte sie auf der Giudecca, und die Art, wie sie von ihrem Mann sprach, verriet jahrzehntelangen Groll. Jeglicher Zweifel an ihren Motiven schwand, als sie die Beherrschung verlor und kreischte, das werde ihn und »*quella puttana di Lucia Mazotti*« erledigen. Ihre wüsteren Auslassungen waren jeweils durch züchtige drei Sternchen ersetzt.

Die nächsten Anrufe kamen von alten Frauen, die meldeten, daß sie von ihrem Zeitungsverkäufer keine Quittungen bekommen hätten, worauf Targhetta sie mit wahrer Engelsgeduld – das mußte Brunetti zugeben – darüber informierte, daß Zeitungsverkäufer keine Quittungen auszustellen brauchten. Allerdings vergaß Tar-

186

ghetta nicht, ihnen für ihren Bürgersinn zu danken, obschon der Überdruß, mit dem er das tat, deutlich herauszuhören war, zumindest für Brunetti.

»Guardia di Finanza«, hörte er die inzwischen wohlvertraute Stimme Targhettas wieder sagen.

»Ist das die richtige Nummer?« fragte eine Männerstimme in starkem Veneziano.

Brunetti hatte bei den vorherigen Anrufen bemerkt, daß Targhetta sich immer auf Italienisch meldete, sowie aber am anderen Ende Veneziano gesprochen wurde, verfiel auch er sofort in diesen Dialekt, um dem Anrufer die Scheu zu nehmen. Das tat er auch jetzt, als er fragte: »Weswegen rufen Sie denn an, Signore?«

»Wegen einem, der seine Steuern nicht bezahlt.«

»Ja, dann haben Sie die richtige Nummer gewählt.«

»Gut. Also notieren Sie sich mal den Namen.«

»Gewiß, Signore«, sagte Targhetta abwartend.

»Spadini. Vittorio Spadini. Aus Burano.«

Es entstand eine längere Pause, dann hörte man Targhetta – diesmal ohne eine Spur Veneziano und in viel amtlicherem Ton – fragen: »Könnten Sie mir darüber mehr sagen, Signore?«

»Dieser Dreckskerl fischt sich täglich Millionen zusammen«, sagte der Mann mit einer Stimme, die vor Bosheit oder Wut ganz gepreßt klang. »Und zahlt nie eine Lira Steuern. Verkauft alles schwarz, das wird also nie versteuert. Alles, was er verdient, ist Schwarzgeld.«

Bis dahin hatte Targhetta immer um nähere Auskünfte über den Beschuldigten gebeten: wo er wohne, was für eine Art Geschäft er betreibe. Diesmal fragte er statt dessen: »Würden Sie mir Ihren Namen nennen, Signore?« Das hatte er noch nie getan.

»Ich denke, diese Leitung ist anonym«, versetzte der Anrufer, augenblicklich mißtrauisch.

»Normalerweise ja, Signore, aber in einem Fall wie diesem – Sie sprachen von Millionen täglich, nicht wahr? – wüßten wir schon gern ein bißchen über den, der die Anzeige erstattet.«

»Also, meinen Namen kriegen Sie nicht«, erklärte der Mann hitzig. »Notieren Sie sich lieber diesen Saukerl. Sie müssen überhaupt nichts weiter tun, als mal zur Fischhalle von Chioggia gehen, wenn er entlädt, und sich ansehen, wieviel er gefangen hat, und dann sehen Sie auch gleich, wer es kauft.«

»Ich fürchte, das können wir nicht, solange Sie uns Ihren Namen nicht nennen, Signore.«

»Du brauchst meinen Namen nicht, du Miststück! Spadini sollst du schnappen, sonst keinen!« Damit knallte der Mann den Hörer auf.

Es folgte eine kurze Stille, dann hörte man wieder Targhetta sagen: »Guardia di Finanza.«

Brunetti schaltete das Gerät aus und nahm sich die Abschriften vor. Die Gespräche waren alle schriftlich festgehalten, und zwar wie der Text zu einem Schauspiel, wobei die Rollen jeweils »Finanziere Targhetta« und »Cittadino« – Bürger – hießen.

Er blätterte die restlichen Seiten durch und zählte drei weitere Anrufe. Er schaltete das Gerät wieder ein und las mit, während er die Gespräche abhörte.

Als er das letzte Blatt umdrehte, hinter dem er die leere Innenseite des hinteren Aktendeckels zu finden erwartete, fand er statt dessen mehrere lose, handbeschriebene Zettel, die von einer Büroklammer zusammengehalten wurden. Sie waren an den oberen Rändern in Rubriken eingeteilt: Datum, Uhrzeit, Name des Beschuldigten und so weiter, unten war Platz für die Initialen des Beamten, der den Anruf entgegengenommen hatte. Brunetti zählte die Blätter und fand nur sechs. Er las den Namen des Metzgers, die der beiden Zeitungsverkäufer und drei weitere Namen von den letzten Anrufen, aber der eine Anruf, der Spadini galt, war nicht verzeichnet. Sieben Anrufe auf dem Band und sieben Abschriften, aber nur sechs Protokollnotizen, alle unten säuberlich mit »ct« abgezeichnet.

Er spulte zurück und fand im Suchlauf die Stelle, wo der nicht protokollierte Anruf anfing. Er hörte ihn noch einmal ab, wobei er alle Aufmerksamkeit auf die Stimme des Anrufers richtete. Seine Mutter hätte sofort herausgehört, woher der Sprecher stammte, und wenn das nicht irgendwo auf dem Festland war, hätte sie wahrscheinlich sogar sagen können, in welchem *sestiere* der Mann aufgewachsen war. Brunetti konnte bestenfalls erkennen, daß er wahrscheinlich von einer der Inseln kam, vielleicht von Pellestrina. Er hörte das Gespräch ein weiteres Mal ab, und jetzt vernahm er die

Überraschung in Targhettas Stimme, als der Name Spadini fiel. Targhetta hatte sie nicht verbergen können, und von diesem Augenblick an hatte er angefangen, den Anrufer abzuwimmeln – anders konnte man das, was er tat, nicht nennen. Je mehr ihm dieser mitzuteilen versuchte, um so beharrlicher versuchte Targhetta ihm weiszumachen, daß er seinen Namen nennen müsse – ein Ansinnen, das mit Sicherheit jeden Zeugen abschreckte, besonders wenn er es mit der Guardia di Finanza zu tun hatte.

Brunetti sah, wie klug es von der Guardia di Finanza war, die Gespräche aufzuzeichnen. So also kontrollierte man die Kontrolleure. Targhetta, der nicht gewußt zu haben schien, daß die Gespräche registriert wurden, hatte geglaubt, er brauche den Anruf nur nicht zu protokollieren, und schon sei jede Spur davon getilgt. Als er dann mit einer Aufzeichnung des fehlenden Gesprächs konfrontiert wurde – falls das so zugegangen war –, glaubte er sich damit herausreden zu können, das Protokoll sei irgendwo verlorengegangen. Offenbar hatte man ihm das jedoch nicht abgenommen, denn wie sonst wäre sein plötzlicher Weggang nach zehn Dienstjahren zu erklären?

Aber konnte einer, der seit zehn Jahren bei der Finanza arbeitete, so dumm sein und nicht wissen, daß die Gespräche aufgezeichnet wurden? Immerhin wußte Brunetti aus langer Erfahrung, daß solche Aufzeichnungen, selbst wenn es sie gab, nicht unbedingt noch einmal abgehört wurden. Targhetta konnte darauf gehofft haben, daß seine Unterlassung unbemerkt blieb. Oder er war, wie seine Stimme ja verriet, derart überrascht gewesen, daß er instinktiv reagiert und den Anrufer abgewimmelt hatte, ohne sich über die Folgen seines Tuns Gedanken zu machen.

Blieb nur noch ein Teilchen in das Puzzle einzufügen – oder – so dachte Brunetti, als er das Blatt hervorzog, auf dem er die Verbindungslinien zwischen den beteiligten Personen gezogen hatte – nur noch eine Linie zu ziehen, nämlich die zwischen Targhetta und Spadini. Das ging leicht. In der Geometrie hatte er vor langer Zeit gelernt, daß die kürzeste Verbindung zwischen zwei Punkten die Gerade war. Nur war er damit seinem Ziel, die Verbindung zu verstehen, noch keinen Schritt näher gekommen; dafür würde er zuvor das Schweigen der Pellestrinotti brechen müssen.

189

23

SOWIE BRUNETTI ENTSCHIEDEN HATTE, daß er unbedingt mit Targhetta sprechen müsse, überlegte er noch eine Weile hin und her, ob er Paola anrufen und ihr sagen solle, daß er nach Pellestrina fuhr. Er wollte seine Motive nicht gern von ihr in Frage stellen lassen – und sie auch selbst nicht so genau unter die Lupe nehmen. Besser also, sich von Montisi hinausfahren zu lassen und es hinter sich zu bringen.

Vianello wollte er auch nicht mitnehmen, und über sein Motiv für diese Entscheidung dachte er erst gar nicht nach. Er spulte das Band zurück, steckte es in die Tasche und machte einen Abstecher in den Bereitschaftsraum, um einen batteriebetriebenen kleinen Recorder auszuleihen, nur für den unwahrscheinlichen Fall, daß er auf Pellestrina jemanden fand, der bereit war, sich das Band anzuhören, um möglicherweise die Stimme des Anrufers zu identifizieren.

Der Tag war kühler geworden, und im Norden erschienen dunkle Wolken, die ihm Grund zu der Hoffnung gaben, daß endlich Regen nahte. Auf der Fahrt nach Pellestrina blieb er unter Deck und vertrieb sich die Zeit mit der gestrigen Zeitung und einer Motorboot-Zeitschrift, die einer der Bootsführer liegengelassen hatte. Bei Pellestrina angekommen, wußte er so einiges über 55-PS-Motoren, aber noch immer nichts Genaueres über Carlo Targhetta oder Vittorio Spadini.

Als sie sich dem Anleger näherten, ging er zu Montisi in die Kabine hinauf.

Montisi warf einen Blick zurück zur Stadt und meinte: »Gefällt mir nicht.«

»Was?« fragte Brunetti. »Hier draußen zu sein?«

»Nein. Wie der Tag sich anfühlt.«

»Was soll denn das nun wieder heißen?« fragte Brunetti, der von Seefahrern und ihren Sprüchen plötzlich die Nase voll hatte.

»Die Luft. Wie die sich anfühlt. Dieser Wind. Riecht nach Bora.«

In der Zeitung war von schönem Wetter und steigenden Temperaturen die Rede gewesen. Brunetti sagte ihm das, aber Montisi schnaubte nur voller Verachtung. »Ich fühle das einfach«, behauptete er störrisch. »Das ist die Bora. Wir wären besser nicht hier draußen.«

Brunetti wandte den Blick nach vorn und sah helle Sonne auf stillem Wasser tanzen. Er verließ die Kabine, als das Boot an den Liegeplatz glitt. Kein Lüftchen regte sich, und als dann Montisi auch noch den Motor abstellte, störte kein Laut mehr die friedvolle Stille des Tages.

Brunetti sprang vom Boot und vertäute es, nicht wenig stolz darauf, daß er das konnte. Er ließ Montisi zurück, damit er sich andere Seeleute suchen und mit ihnen übers Wetter reden konnte; er selbst ging ins Dorf und suchte das Restaurant auf, in dem er seine Ermittlungen begonnen hatte.

Als er dort eintrat, verstummte die Unterhaltung, ging dann aber kurz darauf nur um so lebhafter weiter, weil alle auf einmal die Stille ausfüllen wollten, die durch das Eintreten eines Commissario der Polizei hervorgerufen worden war. Brunetti ging an den Tresen und verlangte ein Glas Weißwein, und während er darauf wartete, blickte er sich um, zwar ohne zu lächeln, aber auch nicht so, daß der Eindruck entstand, er habe für sein Hiersein einen besonderen Grund.

Er nickte dem Barkellner zu, als dieser den Wein brachte, und hob die Hand, damit der Mann nicht einfach wieder kehrtmachte. »Kennen Sie Carlo Targhetta?« fragte er, denn er hatte beschlossen, mit unnützen Versuchen, die Pellestrinotti zu überlisten, keine Zeit mehr zu vertun.

Der Barkellner legte das Kinn schief, um so deutlich wie möglich zu zeigen, daß er über die Frage nachdachte, dann sagte er: »Nein, Signore. Nie gehört.«

Ehe Brunetti sich an den alten Mann wenden konnte, der neben ihm am Tresen stand, rief der Barkellner so laut, daß alle im Raum es hören konnten: »Kennt hier jemand einen Carlo Targhetta?«

Die Antwort kam im Chor: »Nein, Signore. Nie gehört.« Und schon ging die allgemeine Unterhaltung weiter, allerdings sah Brunetti das eine oder andere verschwörerische Lächeln hin und her gehen.

Er wandte seine Aufmerksamkeit dem Wein zu und griff träge nach dem heutigen *Gazzettino,* der zusammengefaltet auf dem Tresen lag. Er klappte die Titelseite auseinander und begann die Schlagzeilen zu lesen. Nach und nach merkte er, wie die allgemeine Aufmerksamkeit von ihm abließ, besonders als ein Mann mit feistem Gesicht eintrat und verkündete, es habe zu regnen angefangen.

Brunetti breitete die Zeitung auf dem Tresen aus. Mit der linken Hand nahm er den Kassettenrecorder aus der Tasche und schob ihn unter die Zeitung. Unterwegs hatte er das Band bis zu der Stelle vorlaufen lassen, wo der Anrufer Spadini unmittelbar einer Straftat bezichtigte und seine Stimme laut und hitzig wurde. Nun hob er die Zeitung an einer Ecke an, um kurz einen Blick auf das Gerät zu werfen. Er stellte es auf volle Lautstärke, legte den rechten Zeigefinger auf die Abspieltaste und ließ die Zeitung wieder herunterklappen. Den Finger weiter auf der Taste, nahm er sein Glas und trank einen Schluck, scheinbar ganz auf die Zeitung konzentriert.

Drei Männer gingen hinaus, um sich den Regen anzusehen, während die Dagebliebenen verstummten und warteten, daß die anderen zurückkamen und berichteten.

Brunetti drückte auf PLAY. »Dieser Dreckskerl fischt sich täglich Millionen zusammen. Und zahlt nie eine Lira Steuern. Verkauft alles schwarz. Alles, was er verdient, ist Schwarzgeld.«

Dem alten Mann neben ihm fiel das Weinglas aus der Hand, es zersplitterte am Boden. »*Maria Santissima*«, rief er aus. »Das war Bottin. Er ist gar nicht tot.«

Sein Gejammer übertönte den nächsten Wortwechsel auf dem Band, aber alle in der Bar hörten Targhetta sagen: »... wüßten wir schon gern ein bißchen über den, der die Anzeige erstattet.«

»*O Dio*«, rief der Alte und griff mit zittriger Hand an den Tresen, um sich daran festzuhalten. »Das ist Carlo.«

Brunetti schob seine Hand unter die Zeitung und drückte auf STOP. Das laute Klicken hallte in die Stille hinein, verletzte sie, aber veränderte sie nicht. Der alte Mann verstummte, aber seine Lippen bewegten sich weiter in stummem Gebet oder Protest.

Die Tür ging auf, und die drei Männer kamen zurück, die Schultern dunkel und die Köpfe naß vom Regen. Ausgelassen wie Kinder, die man vorzeitig aus der Schule gelassen hat, riefen sie laut: »Es regnet, es regnet«, dann verstummten sie, als sie die geladene Atmosphäre im Raum wahrnahmen.

»Was ist denn hier los?« fragte einer, ohne sich an jemand Bestimmten zu wenden.

Brunetti antwortete mit ruhiger Stimme: »Sie haben mir von Bottin und Spadini erzählt.«

Der Mann, zu dem er das gesagt hatte, sah sich in der Bar um und fand die Bestätigung in den abgewandten Blicken und dem anhaltenden Schweigen. Er schüttelte die Arme, wobei das Wasser nach allen Seiten spritzte, ging an die Bar und sagte: »Einen Grappa, Piero.«

Der Barkellner stellte ihm wortlos das Glas hin.

Nach und nach kam die Unterhaltung wieder in Gang, aber verhalten. Brunetti winkte dem Kellner und zeigte auf den alten Mann neben ihm. Der Kellner brachte ein Glas Weißwein für den Alten, der es nahm und in einem Zug hinunterkippte, als wäre es Wasser, worauf er das Glas auf den Tresen knallte. Brunetti nickte, und der Kellner füllte es wieder. Brunetti wandte ihm seine Aufmerksamkeit zu und fragte: »Targhetta?«

»Sein Neffe«, antwortete der Alte und kippte das neue Glas hinunter.

»Wessen Neffe, Spadinis?«

Der Mann sah Brunetti an und hielt das Glas dem Kellner hin, der es von neuem füllte. Statt zu trinken, stellte der Alte es auf den Tresen und starrte hinein. Er hatte die wäßrigen Augen des Gewohnheitstrinkers, der zum Aufstehen Wein trank und abends mit Wein auf der Zunge zu Bett ging.

»Wo ist Targhetta jetzt?« fragte Brunetti, wobei er die Zeitung zusammenfaltete, als hätte er die uninteressanteste Frage gestellt, die er sich nur ausdenken konnte.

»Zum Fischen wahrscheinlich, mit seinem Onkel. Ich hab sie vor einer halben Stunde noch am Anleger gesehen.« Der Alte schürzte mißbilligend die Lippen, und Brunetti wartete schon darauf, daß er etwas über die Bora sagen würde und die Luft, die sich nicht gut anfühle, aber statt dessen sagte er: »Hat wahrscheinlich

193

wieder diese Frau mitgenommen. Bringt Unglück, eine Frau auf dem Boot.«

Brunetti spannte die Hand um die Zeitung. »Was für eine Frau?« zwang er sich im Ton eines Unbeteiligten zu fragen.

»Na, die er gerade vögelt, die aus Venedig.«

»Aha«, sagte Brunetti und zwang seine Hand, die Zeitung loszulassen und das Weinglas zu nehmen. Nachdem er ein Schlückchen getrunken hatte, nickte er anerkennend zu dem alten Mann und dem Kellner hinüber. Dann vertiefte er sich mit einer bewußten Anstrengung wieder in die Zeitung, als interessierte er sich überhaupt nicht für diese Frau aus Venedig und dafür, was Carlo mit ihr anstellte, um so mehr hingegen für die Fußballergebnisse des Vortags.

Licht zuckte über die Fensterscheiben, kurz darauf krachte Donner, daß die Flaschen hinter der Bar wackelten. Die Tür ging auf, und noch ein Mann kam herein, naß wie ein Otter. Als er kurz in der offenen Tür stehenblieb, wurde alles Geräusch in der Bar übertönt vom Prasseln des Regens, der nur so vom Himmel herunterklatschte und vom Straßenpflaster hochspritzte. Noch ein Blitz, und alle in der Bar wappneten sich für die Detonation, die gleich folgen mußte. Und schon war sie da, grollte noch sekundenlang nach, und kaum begann sie abzuebben, wurde sie abgelöst vom Kreischen der Bora, die von Norden heruntergefegt kam. Selbst in der Bar fühlte man den plötzlichen Temperatursturz.

»Wo könnten sie jetzt sein?« fragte Brunetti den alten Mann.

Der trank seinen Wein und sah Brunetti fragend an. Brunetti nickte dem Kellner zu, und wieder wurde das Glas gefüllt. Bevor der Alte es anrührte, sagte er: »Sie sind noch nicht so lange weg. Versuchen wahrscheinlich, da rauszukommen.« Er deutete dabei mit dem Kinn zur Tür und über die Tür hinaus in das Tosen von Blitzen, Sturm und Regen, das den Tag in ein Chaos verwandelt hatte.

»Wie denn?« fragte Brunetti, der gegen seine aufkommende Angst ankämpfen mußte, damit es nur nach mäßigem Interesse an den Tücken der Lagune und den Männern klang, die in ihren Wassern fischten.

Der Alte wandte sich an den Mann rechts von ihm, den ersten,

194

der aus dem Regen zurückgekommen war. »Marco«, fragte er, »wohin würde Vittorio abdrehen?«

Brunetti war sich der angespannten Stille bewußt, als die Fischer alle miteinander abwarteten, wer wohl als erster dem Alten folgen und von der Fahne gehen würde, indem er mit dem Polizisten sprach.

Der Befragte starrte in sein Glas, und ein Instinkt hielt Brunetti davon ab, dem Kellner zu winken, daß er es füllen solle. Statt dessen stand er nur ruhig da und wartete auf die Antwort.

Der mit Marco Angesprochene sah den Alten an. Schließlich hatte der ihm die Frage gestellt. Wenn der Polizist die Antwort mithörte, war das nicht seine Schuld. »Ich denke, er wird versuchen, nach Chioggia zu kommen.«

Ein Mann an einem weiter entfernten Tisch meinte ungerührt: »Das schafft er doch nie bei Bora und auslaufender Flut. Wenn er dem Porto di Chioggia nur schon nahe kommt, wird er rausgespült aufs Meer.« Keiner widersprach, überhaupt sagte keiner etwas. Man hörte nur Regen und Wind, die jetzt zu einem einzigen gewaltigen Lärm verschmolzen.

Von einem anderen Tisch ließ sich eine Männerstimme vernehmen: »Vittorio ist ein Miststück, aber er weiß, was er tut.«

Ein anderer erhob sich halb und zeigte mit ausgestrecktem Arm zur Tür. »In so was weiß keiner, was er tut.« Sein hitziger Einwurf wurde sogleich von einem neuen Blitz beantwortet, der jetzt näher war, denn der lang anhaltende Donner folgte schnell.

Als der Lärm sich wieder auf das Regengeprassel reduzierte, sagte einer, der in der Nähe der Tür saß: »Wenn das schlimmer wird, versucht er wahrscheinlich, an der Riserva auf Grund zu laufen.« Brunetti hatte ausgiebig die Karte studiert und sich von Montisi allerlei dazu erklären lassen, weshalb er wußte, daß die Riserva di Caroman gemeint sein mußte, ein ödes, sandiges Rechteck, das wie ein Tropfenanhänger am Südende des langen, dünnen Fingers hing, der Pellestrina hieß.

»Sie meinen, er würde sein Boot da auf Grund setzen?« fragte Brunetti.

Der Mann setzte zu einer Antwort an, aber was er sagte, ging in einem gewaltigen Donner unter, der das ganze Haus zu erschüttern

195

schien. Als es endlich wieder still war, versuchte er es noch einmal. »Anlegen kann er da nirgends, aber stranden lassen kann er das Boot wahrscheinlich.«

»Warum kommt er nicht hierher zurück?«

Der alte Mann schüttelte müde den Kopf, entweder über die Unmöglichkeit einer solchen Tat bei solchem Wetter oder über die Dummheit des Menschen, der so etwas fragte. »Nichts drin. Wenn er im Kanal zu wenden versucht, kann es ihm passieren, daß der Wind und die Flut ihn umschmeißen. Er kann nur versuchen, nach Caroman zu kommen. Damals, 1927«, begann er, und es klang aus seinem Munde, als hätte er auch diesen Sturm selbst miterlebt, »also, da ist es Elio Magrini so ergangen. Es hat ihn einfach auf den Rücken geschmissen wie eine Schildkröte. Sie haben ihn nie gefunden, und was von seinem Boot noch übrig war, das lohnte die Bergung nicht.« Er hob sein Glas, vielleicht im Gedenken an Elio Magrini, und leerte es in einem einzigen, langen Zug.

Die ganze Zeit hatte Brunetti sich die verschiedenen Möglichkeiten durch den Kopf gehen lassen: Da der Wind von Nordwesten kam und das ablaufende Wasser vor sich her trieb, war die schmale Landzunge, die nach Caroman hinunterführte, wahrscheinlich überflutet. Er und Montisi würden nur mit dem Boot dort hinkommen, und wenn es stimmte, was der Alte gesagt hatte, würde dies bedeuten, daß sie das Polizeiboot auf Grund setzen müßten.

»Und Sie meinen wirklich, sie ist mit hinausgefahren? Bei dem Wetter?« fragte Brunetti im abgeklärtesten Ton, den er zuwege brachte.

Der Alte blies die Luft zwischen zusammengepreßten Lippen aus, was seinen ganzen Widerwillen gegen die Dummheit nicht nur Signorina Elettras, sondern aller Frauen zum Ausdruck brachte. Ohne noch ein weiteres Wort zu verlieren, verließ der Alte den Tresen und ging sich an einen der Tische setzen.

Brunetti legte ein paar Tausendlirescheine auf den Tresen, steckte den Kassettenrecorder wieder ein und begab sich zur Tür. Kurz bevor er sie erreichte, wurde sie von außen aufgestoßen, aber niemand kam herein; nur Wind und Regen schlugen sie ein paarmal gegen die Wand. Brunetti ging in den Regen hinaus und zog gewissenhaft die Tür hinter sich zu.

Er war auf der Stelle patschnaß; das ging so schnell, daß er nicht einmal Zeit hatte, sich zu überlegen, wie er sich gegen den Regen schützen könnte. Eben noch trocken, war er im nächsten Augenblick naß bis auf die Haut und die Schuhe voll Wasser, als wäre er in einen Teich hineingelaufen. Er schlug den Weg zum Anleger ein, wo er hoffentlich Montisi antreffen würde. Doch binnen Sekunden mußte er sich eine Hand vors Gesicht halten: Die vom Wind gepeitschten Regentropfen drangen ihm in die Augen und blendeten ihn. Das Wasser machte seine Kleider und Schuhe so schwer, daß er nur langsam vorankam.

Sowie er aus dem Schutz der Häuser war, die auf der Lagunenseite die Straße säumten, stürzte sich der Wind auf ihn, als wollte er ihn zu Boden schlagen. Zum Glück standen entlang der Mole ein paar Straßenlaternen, und in dem trüben Lichtschein, den sie durch den so plötzlich verfinsterten Tag zu schicken vermochten, fand er den Weg zum Boot. Daß er nur langsam vorankam, war gut so, denn sonst wäre er noch gestürzt, als er über den Poller stolperte, an dem das Boot festgemacht war.

Er hielt sich mit beiden Händen an dem pilzförmigen Ding fest, lehnte sich zu dem Schatten hinüber, den er für das Boot hielt, und rief Montisis Namen. Da keine Antwort kam, bückte er sich und tastete nach der Leine, doch als er sie fand, hing sie schlaff in seiner Hand, denn der Wind hatte das Boot fest an den Anleger getrieben. Er ging an Bord, wo er, geblendet durch eine plötzliche Regenbö, gegen die Kabinentür taumelte.

Montisi öffnete und steckte den Kopf zur Tür heraus, und als er sah, daß es Brunetti war, zog er ihn nach drinnen. Erst da, wo er vor dem Regen geschützt war, merkte Brunetti, wie taub für alle anderen Geräusche ihn das Prasseln des Regens gemacht hatte, der auf die Straße niederging. Er brauchte eine kleine Weile, um sich an die relative Stille in der Kabine zu gewöhnen.

»Können Sie sich in so was bewegen?« fragte er Montisi mit lauter Stimme, um sich gegen das Regenrauschen durchzusetzen.

»Was meinen Sie mit ›bewegen‹?« fragte der Bootsführer zurück, der das Offensichtliche wohl nicht glauben mochte.

»Runterfahren nach Caroman.«

»Das ist verrückt. Wir können bei diesem Wetter gar nicht raus.«

Wie um ihn zu bestätigen, schlug ein Regenschwall gegen die Steuerbordfenster der Kabine und ertränkte Stimmen und Gedanken. »Wir müssen warten, bis das vorbei ist, bevor wir nach Hause können.« Der Wind war noch stärker geworden, so daß Montisi richtig schreien mußte.

»Ich meine nicht nach Hause.«

»Wie?« fragte Montisi, der sich verhört zu haben glaubte.

»Elettra ist bei ihnen. Auf Spadinis Boot. Jemand hat gesagt, sie sind zum Fischen ausgelaufen.«

Montisis Gesicht erstarrte vor Überraschung, vielleicht auch vor Angst. »Ich habe sie gesehen. Jedenfalls habe ich ein Boot gesehen, ein Fischerboot. Das ist vor zwanzig Minuten hier vorbeigefahren. Zwei Männer darauf, und auf der anderen Seite lehnte noch jemand an der Reling und zog eine Leine aus dem Wasser. Sie meinen, das war sie?«

Brunetti nickte, denn es ging leichter als sprechen.

»Die sind doch verrückt, bei solchen Verhältnissen hinauszufahren«, sagte Montisi.

»Jemand hat mir gesagt, sie würden wahrscheinlich Kurs auf Caroman nehmen und versuchen, dort auf den Strand aufzulaufen.«

»Das ist auch verrückt«, schrie Montisi. »Wer hat das gesagt?« fragte er dann.

»Einer der Fischer.«

»Von hier?«

»Ja.«

Montisi schloß die Augen, als versuchte er sich die Insel mit den daneben verlaufenden Kanälen zu vergegenwärtigen. Etwas weiter südlich wurde das Land vom Porto di Chioggia zerschnitten, einen Kilometer breit und dennoch schmal genug, um für reißende Gezeitenströme zu sorgen, besonders wenn starke Winde nachhalfen. An einem Tag wie heute wäre es selbstmörderisch, diesen Kanal in einem so leichten Gefährt wie dem Polizeiboot überqueren zu wollen. Selbst ein großes Fischerboot wie das, was er gesehen hatte, käme da in Schwierigkeiten. Vor diesem Kanal kam allerdings noch eine letzte Landspitze, wo nistende Vögel und die bröckelnden Ruinen einer Festung zu Hause waren. Aber selbst wenn dort jemand sein Boot auf Grund laufen ließ, konnten die

Wellen es losreißen und um die Inselspitze herum aufs Meer hinaustragen.

Montisi öffnete die Augen wieder und sah Brunetti an. »Wissen Sie das bestimmt?«

»Was?«

»Daß sie mit an Bord ist.« Es war typisch für den mürrischen, oft leicht zu erzürnenden Montisi, diese Frage zu stellen.

»Sicher bin ich nicht. In der Bar hat einer gesagt, daß sie bei ihnen auf der Mole war.«

»Kann ja wohl sonst niemand gewesen sein«, sagte Montisi, mehr zu sich selbst als zu Brunetti. Er drängte sich an dem Commissario vorbei, öffnete die Kabinentür und trat kurz hinaus. Mit geschlossenen Augen hob er die Handflächen vor sich in die Höhe wie ein Inder, der auf die Stimme einer seiner Gottheiten lauscht. Mit immer noch geschlossenen Augen drehte er den Kopf zu der einen Seite, dann zu der anderen, als horchte er auf etwas, das Brunetti nicht hören konnte.

Er kam in die Kabine zurück und befahl: »Holen Sie von draußen zwei Schwimmwesten.« Brunetti beeilte sich zu gehorchen. Augenblicke später war er mit den Westen wieder da, auch nicht nasser als vorher. Er beobachtete Montisi beim Anlegen seiner Schwimmweste und tat es ihm gleich.

»So«, sagte Montisi. »Der Wind wird kurz abflauen und dann stärker werden.« Brunetti hatte zwar keine Ahnung, woher Montisi das wissen wollte, aber er wäre nicht auf die Idee gekommen, dies anzuzweifeln. Mit erhobener Stimme fuhr Montisi fort: »Wir fahren jetzt da runter. Sollten wir im Kanal auf Grund laufen, müßte ich uns wieder freibekommen, wenigstens so lange, wie der Wind nicht stärker wird. Wenn wir nach Caroman kommen, müssen Sie den Scheinwerfer nehmen und nach dem Boot oder den Insassen suchen. Sollten sie auf Grund gegangen sein, würde ich versuchen, uns unmittelbar daneben an Land zu setzen.«

»Und wenn sie gar nicht dort sind?« fragte Brunetti.

»Dann versuche ich zu wenden und hierher zurückzukommen.«

Brunetti, dem die Geschichte von Elio Magrini einfiel, war einen Moment versucht, seinen Bootsführer zu fragen, ob sie das wohl riskieren sollten, aber er besann sich und fuhr sich statt dessen mit beiden Händen über Gesicht und Haare, damit ihm das Wasser nicht mehr so in die Augen lief.

Montisi ließ den Motor an und schaltete Scheinwerfer und Scheibenwischer ein, was aber gegen die zunehmende Dunkelheit und den strömenden Regen nicht viel half. Im rechten Moment fiel Brunetti noch ein, hinauszueilen und die Leine vom Poller zu lösen, um sie in losen Schlingen um eine Stange an der Reling des Boots zu legen. Dann ging er in die Kabine zurück und stellte sich hinter Montisi. Gedankenlos wischte er mit seinem durchnäßten Ärmel über die angelaufenen Fenster der Kabine, kaum aber waren sie klar, beschlugen sie schon wieder neu, so daß er immer wieder darüber wischen mußte.

Montisi betätigte noch einen Schalter, und Luft strömte von innen über die Scheibe und beseitigte den Dunstfilm. Langsam lenkte er das Boot rückwärts von der Mole. Sofort taumelte es, wie von einer Riesenhand getroffen, nach links, wodurch Brunetti gegen die rechte Kabinenwand flog. Montisi faßte das Ruder fester und warf sich mit seinem ganzen Gewicht nach rechts, um der Gewalt des Windes etwas entgegenzusetzen.

Schmutzgrauer Schaum spritzte gegen die Scheibe; die Kabinentür flog auf und knallte wieder zu. Immer wieder drückte der Wind das Boot nach links. Montisi betätigte erneut einen Schalter, und ein starker Scheinwerfer auf dem Bug unternahm den kläglichen Versuch, das Chaos der Finsternis, das sich vor ihnen auftat, zu durchdringen. Kaum hatte der Lichtstrahl ein Loch hineingebohrt, kaum konnten sie ein paar Meter weit sehen, kam brüllend eine neue Welle oder Gischtwolke angerollt, um ihnen erneut die Sicht zu nehmen.

Eine Seite der Kabinentür flog wieder auf und krachte Brunetti in den Rücken, aber die Schwimmweste dämpfte den Anprall, er bemerkte ihn kaum. Auch davon, daß die Temperatur stetig fiel, während die Bora über sie hinwegbrüllte, bekam er nicht viel mit. Wieder machte das Boot einen Satz nach links, und wieder brachte Montisi es in die vermutliche Mitte der Fahrrinne zurück. Vom Achterdeck hörten sie plötzlich ein gewaltiges Krachen, und ein Stück Holz durchschlug das rechte Kabinenfenster und streifte Brunettis Hand, bevor es ihm vor die Füße fiel.

Mit dem Mund ganz nah an Montisis Ohr schrie er: »Was war das?«

»Weiß ich nicht. Muß aus dem Wasser kommen.« Brunetti blickte nach unten, aber es war nichts als ein flaschengroßes Stück morsches Holz. Er stieß es mit einem ungeduldigen Fußtritt weg, doch schon im nächsten Augenblick rollte ein plötzlicher Windstoß es ihm wieder vor die Füße. Durch das kaputte Fenster strömte Regen herein, der Montisi durchnäßte und die Temperatur in der Kabine noch weiter senkte.

»*O Dio, o Dio*«, hörte er jetzt Montisi vor sich hin knurren. Plötzlich riß der Bootsführer das Ruder nach links und dann ebenso schnell wieder nach rechts, aber da hatten sie beide schon den schweren Schlag gegen die Backbordwand des Polizeiboots gefühlt.

Brunetti erstarrte. Ob das Boot nun sinken würde? Da Montisi ebensowenig wissen konnte wie er, was passiert war, belästigte er ihn nicht mit Fragen. Es folgten noch zwei kleinere Schläge, aber das Boot machte immer noch Fahrt, obwohl der Wind, der sie von rechts angriff, immer stärker zu werden schien.

Aus dem Nichts tauchte plötzlich irgend etwas an ihrer Backbordseite auf, und Montisi warf sich regelrecht auf das Ruder und versuchte es mit seinem ganzen Gewicht nach rechts zu reißen. Das Etwas verschwand aus ihrem Blickfeld, aber dann vernahmen sie von hinten ein furchtbares Krachen, so laut wie vorher der Donner, und das Boot drehte sich, schwerfällig, als wäre es plötzlich so voller Wasser wie Brunettis Kleidung.

Montisi riß das Ruder nach links, und sogar Brunetti spürte, wie langsam das Boot darauf reagierte. »Was ist los?«

»Wir sind an irgendwas gestoßen. Ich glaube, es war ein Boot«, antwortete Montisi, während er immer noch am Ruder riß. Er schob den Gashebel vor, und Brunetti hörte den Motor darauf ansprechen, aber das Boot schien sich kein bißchen schneller zu bewegen.

»Was machen Sie?«

»Ich muß uns an Land bringen«, sagte Montisi, der angestrengt nach vorn spähte, um etwas zu sehen.

»Wo?«

»Caroman, hoffe ich«, antwortete Montisi. »Ich glaube nicht, daß wir schon vorbei sind.«

»Wenn aber doch?« fragte Brunetti.

Zur Antwort schüttelte Montisi nur den Kopf, und Brunetti wußte nicht, ob er die Möglichkeit verneinte oder die Konsequenzen.

Montisi hantierte wieder am Gashebel, doch obwohl der Motor lauter wurde, wirkte es sich auf ihre Geschwindigkeit nicht aus. Eine Welle brach von der Seite über ihren Bug, spülte übers Deck und klatschte gegen die Kabinenwand. Das Wasser schoß durch das zerschlagene Fenster herein und ergoß sich über sie beide.

»Da, da, da!« schrie Montisi. Brunetti strengte die Augen an und versuchte durch die Scheibe zu spähen, aber vor ihnen war nur eine graue Wand. Montisi sah sich kurz nach ihm um. »Gehen Sie nicht hinaus, bevor wir auf Grund sind«, sagte er. »Sobald wir aufsitzen, steigen Sie an Deck. Verlassen Sie das Boot nicht über die Seite. Gehen Sie ganz nach vorn, und springen Sie dann, so weit Sie können. Wenn Sie im Wasser landen, gehen Sie weiter vorwärts, und sobald Sie aus dem Wasser heraus sind, gehen Sie auch weiter.«

»Wo sind wir?« fragte Brunetti, obwohl die Antwort ihm gewiß nichts sagen würde.

In dem Moment krachte es gewaltig. Das Boot stoppte, als wäre es frontal gegen eine Mauer gefahren, beide Männer wurden zu Boden geschleudert. Jetzt legte sich das Boot auf die Steuerbordseite, und durch das kaputte Fenster strömte Wasser herein. Brunetti rappelte sich hoch und packte Montisi, der eine lange Schnittwunde seitlich am Kopf hatte und sich nur noch in Zeitlupe bewegte, wie unter Wasser. Noch eine Welle brach durchs Fenster herein und ergoß sich über sie.

Brunetti half dem Bootsführer auf dem schrägen Boden mühsam beim Aufstehen. »Geht schon wieder«, meinte Montisi.

Der eine Flügel der Kabinentür hing nur noch an einem Scharnier, und Brunetti stieß sie mit dem Fuß auf. Noch während er Montisi nach draußen hievte, stürzte sich das Wasser von allen Seiten auf sie. Eingedenk der Anweisungen, die Montisi ihm gegeben hatte, zog und schob Brunetti den Bootsführer auf das schrägstehende Deck hinauf, dann stemmte er sich selbst nach oben.

202

Brunetti bugsierte Montisi mit der einen Hand vor sich her, während die Wellen das havarierte Boot durchschüttelten, daß die Decksplanken unter ihren Füßen schwankten. Schritt für Schritt näherten sie sich wie zwei Betrunkene dem Bug und dem Suchscheinwerfer, der die Dunkelheit vor ihnen durchbohrte. Sie erreichten die Reling, und ohne eine Sekunde zu zögern, sprang Montisi mit einem schwerfälligen Satz vom Boot und verschwand im grauen Nichts.

Eine Welle riß Brunetti von den Beinen. Er bekam die Halterung des Suchscheinwerfers zu fassen und wollte sich daran festklammern, aber eine neue, noch stärkere Welle packte ihn von hinten und warf ihn zu Boden. Er brachte die Knie unter sich, dann die Füße, schleppte sich schließlich erneut zum Bug. Im selben Moment, als er sein Gewicht nach vorn verlagerte, um so weit wie möglich zu springen, brauste eine ungeheure Welle von hinten heran und schleuderte ihn kopfüber in die brüllende Finsternis.

24

SIE HATTEN SICH KNAPP VERFEHLT. Um die Zeit, als Montisi und Brunetti, die auf dem Weg nach Pellestrina waren, an San Pietro in Volta vorbeifuhren, stand eine strahlende Signorina Elettra in marineblauen Leinenhosen an Deck eines großen Fischerboots und konnte das Auslaufen kaum erwarten, während Carlo und der Mann, den sie immer nur Zio Vittorio nennen hörte, den großen Doppeltank füllen ließen. Soweit Elettra überhaupt noch etwas anderes wahrnehmen konnte als Carlo, wenn sie mit ihm zusammen war, gewahrte sie jetzt, allerdings nur vage, eine niedrige Wolkenbank jenseits der undeutlich zu sehenden Türme der Stadt. Doch wenn sie in Richtung Adria blickte, die ein Stück weit hinter den niedrigen Häusern von Pellestrina und dem Damm, der es vor ihren Wassern schützte, versteckt war, sah sie nur vereinzelte flauschige Wölkchen an einem Himmel von so durchscheinendem Blau, daß ihre ohnehin schon große Freude noch größer wurde.

Als Vittorio dann sein Boot von der Tankstelle oberhalb der Kirche San Vito ablegte, lag das Polizeiboot bereits an der Mole von Pellestrina, und als das Fischerboot auf dem Weg nach Süden dort vorbeikam, war Brunetti schon in der Bar und trank seinen ersten Schluck Wein.

Zu sagen, daß Signorina Elettra sich vor Zio Vittorio fürchtete, wäre übertrieben gewesen, aber die Behauptung, sie fühlte sich wohl in seiner Gegenwart, hätte auch nicht gestimmt. Ihre Reaktion auf ihn lag irgendwo dazwischen, doch da er Carlos Onkel war, gelang es ihr gewöhnlich, das Unbehagen zu ignorieren, das er in ihr erzeugte. Zio Vittorio war jederzeit zuvorkommend zu ihr und schien sich immer zu freuen, sie in Carlos Haus und an seinem Tisch zu sehen. Vielleicht käme es einer Erklärung ihrer Empfindungen nah, zu sagen, daß sie jedesmal, wenn sie mit Vittorio sprach, hinterher den Verdacht hatte, er habe seinen heimlichen Spaß an der Vorstellung, wo sie in Carlos Haus sonst noch gewesen war.

Zio Vittorio war kein großer Mann, kaum größer als sie, und hatte den gleichen muskulösen Körperbau wie sein Neffe. Da er die meiste Zeit seines Lebens auf dem Meer zugebracht hatte, war sein Gesicht so dunkel wie Mahagoni, wodurch die grauen Augen – von denen man sagte, sie ähnelten denen seiner Schwester, Carlos Mutter – um so heller wirkten. Er trug sein schütteres Haar straff nach hinten gekämmt und bändigte es mit einer Pomade, die nach Zimt und Eisenspänen roch. Sein Gebiß war makellos: Eines Abends hatte er damit Walnüsse geknackt und Elettra nur angelächelt, als sie ihr Entsetzen darüber nicht verhehlen konnte.

Er mußte um die Sechzig sein, ein Alter, das ihn für Elettra automatisch' in jenes geschlechtslose Nichts beförderte, in dem jedes offen gezeigte Interesse an Sex bestenfalls peinlich war, wenn nicht schlimmer. Und doch schien noch hinter seinen harmlosesten Bemerkungen das Wissen um sexuelle Aktivität zu lauern, als ob es ihm völlig unmöglich wäre, sich ein Universum vorzustellen, in dem Männer und Frauen auch auf andere Weise in Beziehung zueinander stehen könnten. Irgendwo unter dem wohligen Schauer, der sie immer noch überlief, wenn sie an Carlo dachte, lauerte dieses verschwommene Unbehagen, obwohl sie es zu ignorieren gelernt hatte, besonders an einem Tag wie diesem, wenn der Himmel im Osten soviel Schönes verhieß.

Das schwere Boot setzte rückwärts in den Kanal und wandte sich nach Süden, wieder an Pellestrina vorbei und auf die schmale Mündung des Porto di Chioggia zu, durch den sie aufs offene Meer hinausfahren würden. Ans Fischen war an diesem Tag nicht zu denken: Onkel Vittorio hatte zu Carlo gesagt, er wolle mit dem Boot nur aufs Meer hinaus, um einen frisch eingebauten Austauschmotor zu testen. Beim Auslaufen hatte dieser Motor noch einwandfrei geklungen, aber als sie gerade auf Höhe des Ottagono di Caroman waren, rief Vittorio ihnen nach hinten zu, daß etwas nicht stimme. Nur Sekunden später spürten Carlo und Elettra eine plötzliche Veränderung im Rhythmus des Motors, der zu stottern begann, worauf sich das Boot nur noch ruckweise vorwärts bewegte.

Carlo ging nach vorn. »Was ist?« fragte er.

Der Ältere schaltete die Zündung aus, dann wieder ein, dann wieder aus. In der kurzen Stille, die sich dadurch er gab, antwortete er: »Würde sagen, Schmutz in der Kraftstoffleitung.« Er schaltete den Motor wieder ein, und diesmal sprang er sofort an und tukkerte in stetigem Rhythmus wie gewohnt vor sich hin.

»Klingt für mich gut«, meinte Carlo.

»Hm«, brummte sein Onkel, der nur scheinbar Carlo zuhörte, in Wirklichkeit aber den Motorgeräuschen lauschte. Er legte die linke Hand flach auf die Steuerkonsole und schob mit der Rechten den Gashebel vor. Der Motor wurde lauter, doch plötzlich gab er einen häßlichen Rülpser von sich, dem ein paar Erstickungslaute folgten, bevor er ganz verstummte.

Carlo hatte zu seinem Leidwesen schon einsehen müssen, daß er weder ein richtiger Fischer noch Mechaniker war, selbst wenn er im ersten Beruf inzwischen schon einiges gelernt hatte. In einem Fall wie diesem unterwarf er sich voll und ganz der größeren Erfahrung und Weisheit seines Onkels und wartete, bis man ihm sagte, was er tun solle. Das Boot wurde langsamer und lag schließlich reglos auf dem Wasser.

Vittorio sagte zu Carlo, er solle dableiben und den Motor anlassen, wenn er es ihm sage, dann ging er selbst zum Achterdeck und verschwand durch eine Luke nach unten in den Maschinenraum. Nach einigen Minuten rief er Carlo zu, er solle den Motor starten. Der Anlasser gab ein trockenes Klicken von sich, sonst tat sich nichts, worauf Carlo die Zündung wieder ausschaltete und wartete. Minuten vergingen. Elettra kam an die Tür, fragte, was los sei, aber er lächelte sie nur an, sagte ihr, daß alles in Ordnung sei, und schickte sie mit einer Handbewegung wieder nach hinten, wo sie aus dem Weg war.

Vittorio rief erneut, und als Carlo diesmal den Anlasser betätigte, sprang der Motor beim ersten Versuch an und reagierte auf jedes noch so leichte Antippen des Gashebels. Vittorio stieg aus der Luke und kam in die Kabine zurück. »Die Kraftstoffleitung, dachte ich's mir doch«, sagte er. »Ich brauchte nur ...«, aber da wurde er unterbrochen, weil sein *telefonino* sich meldete. Während er danach griff, schickte er Carlo mit einem Handzeichen aus der Kabine.

Carlo ging rückwärts hinaus, wobei er achtgab, daß er die Türen nicht zuschlagen ließ, und lief nach hinten, wo er Elettra stehen sah, die Hände fest um die hintere Reling gespannt, das Gesicht zur Sonne gewandt. Der Motor lief immer noch rund und übertönte seine Schritte, doch als er stumm hinter sie trat und beide Hände an ihre Hüften legte, zeigte sie sich in keiner Weise überrascht, sondern ließ sich rückwärts an ihn sinken. Er beugte sich über sie und küßte sie auf den Kopf, vergrub sein Gesicht in ihrer Lockenpracht. So stand er mit geschlossenen Augen da und wiegte ihrer beider Körper in einem stetigen Rhythmus hin und her. Erst als er ein tiefes Grummeln vernahm, das nichts mit dem Motor zu tun hatte, öffnete er die Augen. Zu seiner Linken waren die Türme der Stadt, die man am Morgen noch von ferne hatte sehen können, mit einemmal nicht mehr da, verschluckt von einer tief herunterhängenden Wolkenbank, die sich schon über das Dorf Pellestrina gelegt hatte und sich schnell ihrem Boot näherte.

»*O Dio*«, sagte er, und als sie den Schrecken in seiner Stimme hörte, öffnete auch sie die Augen und sah eine finstere Wand sich auf sie zu wälzen. Instinktiv legte er die Arme um sie und zog sie an sich; dabei drehte er den Kopf in Richtung Kabine. Sein Onkel telefonierte immer noch und blickte starr zu ihnen herüber und zu dem Unwetter, das sich so rasend schnell näherte.

206

Vittorio sagte noch etwas, schaltete das *telefonino* aus und steckte es wieder in seine Jackentasche. Mit steifem Arm drückte er die Kabinentür auf und rief Carlo zu sich.

Carlo ließ Elettra los und ging zu seinem Onkel. Im Gehen fühlte er auf einmal, wie sich der hintere Teil des Bootes hob, als hätte eine Riesenhand es aus dem Wasser gedrückt, um ihn schneller vorwärtszubefördern. Er blickte sich nach Elettra um und sah, daß sie sich wieder mit beiden Händen an der Reling festhielt.

Er öffnete die Tür. »Ja, was gibt's?«

Statt zu antworten, packte sein Onkel ihn mit beiden Händen am Revers und riß ihn zu sich, bis Carlos Gesicht ganz nah vor dem seinen war. »Habe ich dir nicht gesagt, daß sie uns Scherereien macht«, sagte er. Er schüttelte Carlo ein paarmal, und als der junge Mann sich losreißen wollte, zwang er ihn noch tiefer zu sich hinunter. »Ihr Chef ist da. In der Bar. Die wissen von Bottin und dem Anruf.«

»Wer weiß was?« fragte Carlo, gründlich verwirrt. »Die Guardia di Finanza? Die weiß das doch schon lange. Oder was glaubst du, warum die mich rausgeschmissen haben?«

»Nicht die Finanza, du Trottel!« schrie Vittorio ihn an, wobei er schon sehr laut werden mußte, um den Wind zu übertönen, der von hinten angefegt kam und das Boot vorwärtstrieb. »Die Polizei. Ihr Chef, dieser Commissario, er hatte das Tonband bei sich. Er hat es in der Bar abgespielt, und Pavanello, dieser Saufkopf, hat ihm gesagt, daß es Bottin war, mit dem du geredet hast.« Er ließ Carlos Revers los, stieß ihn mit dem Handrücken von sich weg und schrie: »Das müßten doch Idioten sein, um jetzt nicht zu kapieren, daß ich sie umgebracht habe.«

Seit dem Tag, an dem Carlo seiner Familie gesagt hatte, warum er bei der Guardia di Finanza entlassen worden war, hatte er halb gefürchtet, halb gewußt, daß sein Onkel sich irgendwie rächen würde, aber nun schockierte Vittorios plattes Geständnis ihn doch. »So etwas darfst du nicht sagen«, protestierte er, »ich will davon nichts wissen!« Hinter ihm schlug die Kabinentür mehrmals hintereinander auf und zu, und er fühlte Regen auf seinen Schultern.

Vittorio zeigte zum Bootsheck. »Was hast du ihr erzählt?«

»Nichts«, schrie Carlo.

Der Wind und die schlagende Tür verschluckten Vittorios Worte zum Teil, doch die Wut, mit der sie hervorgestoßen wurden, erschreckte Carlo zur Genüge: »Du wußtest, wo sie arbeitet. Ihre dämliche Kusine hat es ja überall herumerzählt. Und ich hab dir gesagt, du sollst die Finger von ihr lassen, aber du warst ja schlauer. Was machen wir jetzt mit ihr?« Der Sturm fiel wütend über sie her. Er wirbelte alle Gedanken und Erinnerungen zu einem Knäuel zusammen, das er Carlo entriß, um es aufs Meer hinauszutragen, bis ihm nur noch der Gedanke an Elettra blieb. Er stürzte aus der Kabine und schlug sich zum Bootsheck durch. Dort schlang er die Arme um eine zitternde Elettra, gerade als der Himmel barst und kübelweise Regen über sie ausgoß.

Er taumelte, ließ mit einem Arm los und packte die Reling. Ohne es bewußt zu wollen, schlang er den linken Arm noch fester um sie und führte sie mehr oder weniger gewaltsam zur Kabine, drückte die Tür mit der Schulter auf, und zusammen taumelten sie nach drinnen, wo sie sogleich nach links geschleudert wurden, als das Boot mit voller Breitseite von einer Welle getroffen wurde.

Noch eine Woge traf das Boot und warf Elettra gegen Vittorio, der sie aber nur mit dem Ellbogen wegstieß und sich wieder dem Ruder zuwandte, um das er beide Hände fest gespannt hielt. Carlo versuchte nach vorn hinauszusehen. Die Scheibenwischer kämpften sinnlos gegen die Wassermassen, die über das Glas strömten. In der Dunkelheit, die sich auf sie gesenkt hatte, halfen auch die drei Suchscheinwerfer nichts, und Carlo sah nur den Regen und die drohenden, weiß schäumenden Wellen.

Der Lärm umtoste sie von allen Seiten, und plötzlich nahm der Wind so an Lautstärke zu, daß er alles andere übertönte. Carlo fühlte, wie sich seine Nackenhaare aufstellten und ein Klumpen Angst sich in ihm bildete, noch ehe er erkannte, daß die plötzliche Zunahme der Windlautstärke nur dadurch zustande kam, daß der Motor verstummt war.

Er sah nur, ohne allerdings etwas zu hören, wie Vittorio auf den Starterknopf drückte und dabei die andere Hand flach auf die Steuerkonsole legte, um zu fühlen, ob der Motor ansprang. Immer wieder drückte Vittorio den Knopf, ließ los und drückte, und nur ein einziges Mal fühlte Carlo ein rhythmisches Wummern unter seinen Füßen. Aber es dauerte nur ganz kurz und war schon wieder zu Ende, bevor er es richtig wahrgenommen hatte. Wieder sah er den Daumen seines Onkels auf den Knopf drücken, loslassen, drücken, dann fühlten seine Füße, wie der Motor erwachte und unter ihnen stotternd seine Arbeit wieder aufnahm. Vittorio nahm die Hand vom Starterknopf und packte wieder das Ruder. Er stellte sich auf die Zehenspitzen, um eine größere Hebelwirkung zu haben, und setzte sein ganzes Gewicht ein, um das Ruder nach backbord zu drehen. Einmal wehrte sich das Ruder und hob ihn halb vom Boden. Carlo drängte sich an der entsetzten Elettra vorbei, packte mit beiden Händen eine der Radspeichen und versuchte dem Onkel mit seinem eigenen Gewicht zu Hilfe zu kommen. Das Boot reagierte auch, und er spürte an der Verlagerung seines Gleichgewichts, wie es dem Befehl des Ruders gehorchte und sich schwerfällig nach backbord drehte.

Carlo hatte keine Ahnung, wo sie waren oder was sein Onkel vorhatte. Kein Gedanke an Land- und Seekarten, Caroman oder den Porto di Chioggia, der jetzt eine regelrechte Wasserrutsche war, über die sie in die Adria mit ihren tödlichen Wellen gespült würden. Er stemmte die Füße beiderseits des Steuerruders fest auf den Boden, und zusammen brachten sie das Boot noch weiter nach backbord. Vittorio nahm die rechte Hand vom Ruder und schob den Gashebel vor. Carlo fühlte in den Füßen, wie die Vibrationen des Motors stärker wurden, aber seine Wahrnehmung von der Welt draußen war so wirr, daß er nicht feststellen konnte, ob sich in den Bewegungen des Bootes etwas änderte. Dann erstarb von einer Sekunde auf die andere der Motor, unter furchtbarem Krachen stoppte das Boot, und Carlo flog gegen das Ruder und sein Onkel auf ihn. Als er aufblickte, sah er gerade noch, wie Elettra, die beim ersten Anprall gegen die Kabinenwand geschleudert worden war, von dieser zurückfederte und durch die Kabinentür aufs Deck hinausflog. Ein Krachen folgte, ein Beben, und plötzlich lag das Boot still.

Carlo stieß seinen Onkel von sich weg und stand auf. Er fühlte einen Schmerz in der linken Seite, aber seine einzige Sorge war, Elettra zu folgen. Mit jeder Bewegung fühlte er den Schmerz erneut, ignorierte ihn und kämpfte sich durch die Tür nach draußen,

209

wo Donner krachten, Winde heulten und Regen prasselte. In dem Lichtschein, der aus der Kabine fiel, sah er Elettra auf dem Deck knien, sich aber schon wieder erheben. Eine Welle brach übers Heck, schwappte nach vorn, riß sie wieder zu Boden und spülte sie Carlo genau vor die Füße. Er wollte sich bücken, um ihr zu helfen, aber als er sich bewegte, schlug der Schmerz in seinem Inneren wieder zu, so daß er erstarrte und plötzlich Angst um sich – und darum auch um sie – hatte.

Hilflos stand er da und blickte auf sie hinunter, und die Zeit blieb stehen. Elettra konnte ein Knie unter sich ziehen und sah zu ihm auf. Sie fuhr sich mit der linken Hand durchs Haar und versuchte es aus dem Gesicht zu bekommen, aber es war so mit Regen und Meerwasser vollgesogen, daß sie es nur ein wenig zur Seite schieben konnte. Er erinnerte sich, wie er sie einmal im Schlaf beobachtet hatte, da war ihr Gesicht so ähnlich wie jetzt von den Haaren zugedeckt gewesen – und in diesem Moment krachte ihm die Kabinentür in den Rücken, und Vittorio kam aufs Deck hinausgestürzt.

Es ging so schnell, daß Carlo ihn auch dann nicht hätte hindern können, wenn er nicht gelähmt gewesen wäre von dem Schmerz in seiner Seite und der Angst vor dem noch größeren Schmerz, den jede Bewegung verursachte. Vittorio warf sich mit unverständlichem Gebrüll auf Elettra, packte mit der linken Hand ihren Haarschopf und riß sie daran, noch immer brüllend, zur Backbordseite. Mit der rechten Hand griff er in seine Jackentasche und holte das Messer hervor, mit dem er die Fische auszunehmen pflegte. Schon holte er weit aus und stieß zu, wobei er ihr Gesicht oder ihren Hals zu treffen versuchte.

Carlo handelte, ohne zu denken. Mit der einen Hand an die Reling geklammert, trat er instinktiv mit dem Fuß nach seinem Onkel und traf ihn am Unterarm, gerade als er zustach, wodurch der Stich nach oben abgelenkt wurde. Das Messer fuhr durch Vittorios linken Jackenärmel und öffnete seinen Arm bis zum Handgelenk, bevor es durch Elettras Haare zischte, an denen er sie noch immer gepackt hielt, und ihre Kopfhaut leicht streifte. Seinen Schrei entriß ihm der Wind, das Messer flog ihm aus der Hand, während in seiner anderen Hand Elettras abgemähte Haare flatterten.

210

Vittorio öffnete langsam die Hand, und die Haare wehten im Wind davon. Er drückte seinen Arm an den Leib und drehte sich zu seinem Neffen um, als wollte er ihm Gewalt antun, aber was er hinter Carlo sah, veranlaßte ihn, kehrtzumachen und zum Bug zu rennen. Ohne eine Sekunde zu zögern, sprang er mit einem weiten Satz ins Wasser, wobei er den Arm an sich gedrückt hielt, so gut es ging. Die Welle brach über sie herein und schleuderte Carlo zuerst zu Boden, dann gegen die schrägstehende Bootswand. Im Zurückfließen wollte sie ihn zum Heck spülen, aber da war Elettras Körper im Weg, und so endeten sie als ein wirres Knäuel halb in, halb außerhalb der Kabine, die Gliedmaßen ineinander verschlungen wie in einer bitteren Parodie der Vergangenheit.

Wieder gehorchte er seinem Instinkt und versuchte auf die Beine zu kommen, was ihm erst gelang, als Elettra sich neben ihm hinkniete und ihn vom Boden hochstemmte. Alles Reden wäre sinnlos gewesen bei dem Getöse, und so packte er wortlos ihren Arm und zog sie, gehemmt durch seine Schmerzen, zum Bug. Ziehend und schiebend schleppten sie sich zur Bugspitze hinauf, von wo er sie, ohne eine Sekunde nachzudenken, hinunterstieß. Die Suchscheinwerfer spendeten genug Licht, daß er sehen konnte, wie sie im Wasser versank und genau vor ihm wieder auftauchte. Er sprang ihr nach, und das Wasser schlug über seinem Kopf zusammen. Als er wieder auftauchte, brüllte er ihren Namen − und fühlte, wie eine Hand in seine Haare griff und ihn zog, obschon ihm jeder Richtungssinn abhanden gekommen war. Seine Arme trieben kraftlos neben seinem Körper, er merkte, daß er nicht mit den Beinen stoßen konnte und überhaupt nicht die Kraft für irgend etwas anderes hatte, als sich hinter dieser Hand, die an ihm zog, im Wasser treiben zu lassen. Irgend etwas stieß gegen seine Füße, und das ärgerte ihn nur ein bißchen. Die Schwerelosigkeit war eine Wohltat, denn sie nahm ihm den Schmerz in der Seite. Er wollte nicht schwimmen oder aufstehen müssen, wenn das Schweben im Wasser so viel leichter war, so viel schmerzloser.

Aber die Hand zog an ihm, und es stand nicht in seiner Macht, sich ihr zu widersetzen. Als seine Füße einmal ganz kurz den Boden berührten, verstand der Schmerz das als eine Einladung zurückzukehren. Stechend und schneidend nahm er seine ganze Körperseite ein, bis Carlo sich krümmte, seine Füße wieder frei schwebten und sein Gesicht ins Wasser tauchte. Unnachsichtig griff die Hand wieder in sein Haar und riß ihn schräg nach vorn, fort von der angenehmen Geborgenheit des tiefen Wassers und der Bequemlichkeit und wohltuenden Schwerelosigkeit, die es bot. Er ließ es geschehen, daß er noch einen Meter und noch einen Meter durchs Wasser gezogen wurde, aber ganz plötzlich konnte er nicht mehr. Ganz ruhig und nach seinem Verständnis auch vernünftig griff er mit der rechten Hand nach den Fingern, die noch immer an ihm zogen, tätschelte sie ein paarmal und sagte dann so klar und ruhig, wie er konnte: »Danke, aber das ist jetzt genug.« Seine Worte blieben ungehört, und eine riesige Welle spülte über ihn hinweg.

25

BRUNETTI LAG AUF DEM SAND wie ein gestrandeter Wal, zu keiner Bewegung mehr fähig. Er hatte Unmengen Wasser geschluckt, und das Aushusten hatte ihn völlig erschöpft. Er lag im Regen, während Wellen seine Füße flirtend umspielten, als wollten sie sagen, er solle nicht so faul da im Sand liegen und lieber ins Wasser kommen und ein paar ordentliche Züge schwimmen. Ihre Lockungen blieben unbeachtet. Hin und wieder – und ganz ohne einen bewußten Gedanken – krallte er die Finger in den Sand und schob sich ein paar Zentimeter weiter, weg von diesen frivolen Wellen.

Seine Panik legte sich allmählich. Der Wind heulte mit unverminderter Wut, der Regen prasselte nicht weniger schwer, aber der feste Boden unter ihm, die Sicherheit des Strandes, der Sand, die Mutter Erde, sie lullten ihn in ein ruhiges Gefühl der Geborgenheit. Sein Verstand begann zu arbeiten, und er ertappte sich bei der Frage, ob sein Jackett wohl in die Reinigung mußte oder womöglich ganz ruiniert war, was ihn ärgerte, denn es war sein bestes Jackett, das er sich letztes Jahr gegönnt hatte, als er nach Mailand mußte, um endlich im Prozeß wegen eines vor zwölf Jahren begangenen Mordes auszusagen. Der Gedanke ging ihm durch den Kopf, daß dies unter den herrschenden Umständen sonderbare Gedanken waren, und als nächstes grübelte er über seine eigene Fähigkeit nach, gerade diese Gedanken sonderbar zu finden. Paola, die ihn immer der Einfalt zieh, würde stolz auf ihn sein, wenn er ihr berichtete, welch verschlungene Gedanken er zu denken vermochte, als er da ganz ruhig auf einem Strand irgendwo hinter Pellestrina lag. Über die Sache mit dem Jackett würde auch sie sich ärgern, dessen war er gewiß; sie hatte immer gesagt, es sei das schönste, das er habe.

Er lag bäuchlings im Regen und dachte an seine Frau, und nach einer Weile brachte ihn dieser Gedanke dazu, ein Knie unter sich zu ziehen, dann das andere, und schließlich half er ihm sogar, ganz aufzustehen. Er blickte sich um, sah aber nichts. Wind und Regen betäubten noch immer sein Gehör. Er wandte sich in die Richtung, aus der er nach seiner Ansicht gekommen sein mußte, und suchte, ob irgend etwas von dem Boot oder dem einen Scheinwerfer zu sehen war, der noch gebrannt hatte, als er ins Wasser sprang, aber überall war nur Dunkelheit.

Er legte den Kopf in den Nacken und brüllte in das Unwetter hinein: »Montisi, Montisi!« Als nur der Wind antwortete, rief er: »Paolo, Paolo!« Aber noch immer vernahm er nichts. Er ging ein paar Schritte, die Hände vor sich ausgestreckt wie ein Blinder und immer wieder rufend. Auf einmal stieß er mit der Hand gegen etwas: eine harte Fläche, die sich senkrecht vor ihm erhob. Es mußte die Mauer der ehemaligen Festung Caroman sein, die er nur als ein Symbol und einen Namen auf der Landkarte kannte.

Er ging noch näher heran, bis er mit der Brust die Mauer berührte, und breitete die Arme aus, um sie nach beiden Seiten abzutasten. Dann drehte er sich seitwärts, um zum Tasten beide Hände benutzen zu können, und bewegte sich auf diese Weise, immer dicht an der Mauer entlang, langsam nach rechts.

Als er plötzlich etwas hinter sich hörte, hielt er inne, weniger überrascht ob des Geräusches selbst als über die Tatsache, daß er es hören konnte. Er versuchte seinen Kopf ganz leer zu machen und erneut in den Sturm hineinzuhorchen; nach einer Weile war er sicher, daß dieser an Lautstärke abnahm. Jetzt vernahm er deutlich den Überschlag einer Welle, dieses unverkennbare Donnern, wenn

Wasser auf harten Sand klatscht. Während er diesen Geräuschen nachlauschte, schien es ihm, als ob der Wind noch weiter abnähme. Und im gleichen Maße, wie der Wind schwächer wurde, begann Brunetti stärker zu frieren, aber das war vielleicht nichts weiter als das Abklingen der durch den Schock ausgelösten Betäubung. Er nestelte die Schwimmweste auf und ließ sie zu Boden fallen.

Er machte noch ein paar Schritte, die tastenden Finger vorsichtig wie die Fühler einer Schnecke vor sich ausgestreckt. Plötzlich verschwand die Fläche unter seiner linken Hand, und als er in dieses Nichts hineingriff, fühlte er die harte Umgrenzung eines Durchgangs. Noch immer blind, tastete er ihn mit beiden Händen ab, setzte dann einen Fuß vor und suchte nach einer Stufe, die aufwärts oder abwärts führte.

Es ging abwärts. Mit beiden Händen an die Seitenwände des schmalen Durchgangs gestützt, ging er die erste Stufe hinunter, dann eine zweite und eine dritte, bis sein behutsam tastender Fuß einen weiteren Raum unter sich fühlte.

In der Stille – nämlich von den Geräuschen des Windes ab geschnitten – erwachten seine anderen Sinne, und ihn überwältigte ein fürchterlicher Gestank nach Urin und Schimmel und wer weiß was noch. Hier drinnen, wo die Windstöße ihn nicht mehr trafen, hätte ihm nun wärmer werden müssen, aber er fror jetzt noch viel mehr als draußen, als hätten Kälte und Nässe erst durch die Stille die Kraft bekommen, ihn ganz zu durchdringen.

Lauschend blieb er stehen, ganz nach vorn konzentriert, wohin dieses Nichts ihn führen würde, sowie nach hinten, die Stufen wieder hinauf und hinein in den abflauenden Sturm. Er ging nach rechts, bis er an eine Mauer kam, drehte sich um und lehnte sich mit dem Rücken daran, froh um etwas Festes, das ihm Halt gab. Lange stand er so da, den Blick auf den vermuteten Eingang gerichtet, bis er von draußen tatsächlich einen Lichtschimmer hereindringen sah. Er ging darauf zu, und sowie es etwas heller um ihn wurde, hielt er sich die Uhr ganz dicht vor die Augen. Mit Staunen sah er, daß es noch früher Abend war. Er näherte sich den jetzt lichtbeschienenen Stufen, angezogen von der Hoffnung auf Helligkeit und die Stille, die sich die Stufen hinunter ergoß.

Eine wahre Pracht umfing ihn draußen: Im Westen senkte die

214

Sonne sich gemächlich dem Horizont entgegen, wobei sie immer wieder hinter den vereinzelten Wolken verschwand, die der Sturm wegzufegen vergessen hatte, so daß sie die nun stillen Wasser der Lagune mit ihren Spiegelbildern tüpfelten. Er wandte sich nach Osten und sah, noch unweit der Küste, die Rückseite der Gewitterfront auf ihrem Weg nach Restjugoslawien, als wollte sie sehen, was für neuen Schaden sie dort noch anrichten könnte.

Brunetti schüttelte es plötzlich, als Hunger, Stress und die langsam sinkende Temperatur seinen Körper packten. Er schlang sich die Arme um den Leib und setzte sich in Bewegung. Wieder rief er nach Montisi, und wieder bekam er keine Antwort. Soweit er sehen konnte, war das Land um ihn herum auf drei Seiten von Wasser umschlossen, während ein schmaler Streifen Strand nach Norden führte. Nach allem, was er von seinem jüngsten Kartenstudium noch im Gedächtnis hatte, mußte dies das Naturschutzgebiet Caroman sein, obschon von dem Wild, das hier geschützt werden sollte, nirgendwo etwas zu sehen war; es war wohl vor dem Sturm geflohen oder in Deckung gegangen.

Er drehte sich um und sah hinter sich die Festungsruine. Dahin ging er zurück: Vielleicht gab es ja weitere Zugänge, und der Bootsführer hatte in einem von ihnen Zuflucht gefunden. Links von dem Durchgang, den er selbst benutzt hatte, befand sich ein zweiter, der nach oben führte. Brunetti ging die Stufen hinauf, weil er sich von der Bewegung etwas Wärme für seinen durchgefrorenen Körper versprach, doch er fand weder Wärme noch Montisi. Er ging wieder hinaus und dahin zurück, wo er angefangen hatte, ohne etwas zu sehen. Noch weiter links fand er einen weiteren Durchgang, der ebenfalls abwärts führte.

Am Eingang rief er den Namen des Bootsführers. Zur Antwort erhielt er ein Geräusch, vielleicht eine Stimme, und er ging die Stufen hinunter. Unten saß, von dem die Stufen herabfließenden Sonnenlicht beschienen, Montisi mit dem Rücken an der Mauer, den Kopf im Nacken. Als Brunetti sich ihm näherte, sah er, wie blaß der Mann war, aber immerhin blutete die Kopfwunde nicht mehr. Montisi hatte ebenso wie er seine Schwimmweste abgelegt.

»Na, Montisi«, sagte er in einem Ton, der herzlich und souverän klingen sollte. »Nichts wie raus hier und zurück nach Pellestrina.«

Montisi lächelte zustimmend und versuchte aufzustehen. Brunetti half ihm, und sowie er aufrecht stand, wirkte der Mann auch wieder einigermaßen sicher auf den Beinen.

»Wie geht's denn?« fragte Brunetti.

»Hab schreckliches Kopfweh«, antwortete Montisi lächelnd, »aber das beweist wenigstens, daß der Kopf noch da ist.« Er befreite sich von Brunettis Arm und ging die Stufen hinauf. Oben angekommen, drehte er sich um und rief nach unten: »Mein Gott, war das ein Sturm. So was hatten wir seit 1927 nicht mehr!«

Da der Schatten, den Montisis Körper warf, auf die Treppe fiel, hielt Brunetti den Blick auf die Stufen gesenkt, um zu sehen, wohin er seine Füße setzte. Als er ihn dann wieder hob, sah er, daß Montisi ein Ast gesprossen war. Noch ehe er sich klargemacht hatte, wie unmöglich das war, sprang ihn die Panik wieder an, die er während des Sturms gefühlt hatte. An Menschen wachsen keine Äste; es sprießt kein Holz aus der Brust eines Mannes. Höchstens wenn es von der anderen Seite hineingestoßen wurde.

Noch während sein Kopf das zu verarbeiten versuchte, setzte sein Körper sich schon in Bewegung und schaltete alles Nachdenken aus, das Fragen nach Ursache und Wirkung, die Fähigkeit, Schlüsse zu ziehen, alles eben, wodurch sich angeblich das Menschsein definiert. Es war sein Körper, der die Stufen hinaufsprang, den Mund öffnete und einen Schrei zähnefletschender Angriffslust ausstieß. Montisi drehte sich ganz langsam um, wie ein Bräutigam, der die Braut küssen will, und fiel Brunetti entgegen, der keine Chance hatte, das Gewicht dieses Körpers, der sich im Fallen weiter drehte, aufzufangen. Das Stück Holz, das aus seiner Brust ragte und entweder ein abgebrochenes Ruder oder ein spitz zulaufender Ast war, streifte Brunettis Beine, verfing sich in der Wolle seiner Hose und hinterließ einen roten Striemen an seinen Oberschenkeln.

Derselbe Instinkt, der Brunetti schon gesagt hatte, daß Montisi nicht mehr zu helfen war, jagte ihn jetzt die Treppe hinauf ins schwindende Licht eines friedvollen Frühlingsabends. Und da stand er vor einem kleingewachsenen Mann, der einen Brustkasten wie ein Faß hatte – es war einer der beiden Männer, die er in Signora Follinis Laden gesehen hatte. Der Mann hielt die Hände rechts und links vor den Körper gestreckt wie ein Ringer vor dem

Angriff. Zuerst hatte ihn Brunettis Schrei verblüfft, dann sein plötzliches Erscheinen, aber jetzt hatte er sich schon wieder gefangen und kam breitbeinig, der ganze Körper eine geballte Drohung, auf Brunetti zu. Seine linke Hand schimmerte rot im Schein der untergehenden Sonne.

Brunetti war unbewaffnet. Seit er erwachsen war, hatten Wortgewandtheit und Geistesgegenwart ihm jederzeit als Waffen genügt, und auch seitdem er Polizist war, hatte er es selten nötig gehabt, sich zu verteidigen. Aber er war in Venedig aufgewachsen, in einer armen Familie, deren Vater zu Trunk und Gewalttätigkeit neigte. Da hatte er früh gelernt, sich zu wehren, nicht nur gegen seinen Vater, sondern gegen jeden, der sich über ihn oder das Verhalten seines Vaters lustig machte. Er ließ alle Kultiviertheit fahren und trat dem Mann zwischen die Beine.

Spadini krümmte sich und sank mit einem Aufschrei zu Boden, die Hände hilflos vor den Leib gepreßt. Da lag er nun, ächzend und klagend, vor Schmerz gelähmt. Brunetti sprang die Stufen hinunter, drehte Montisi, der ihn aus erstaunten Augen anblickte, behutsam auf den Rücken, schlug seine Jacke zurück und nahm das Klappmesser aus der Tasche seiner Uniformhose, wohin er es den Bootsführer hundertmal hatte stecken sehen, tausendmal, jahrelang – mehr Jahre, als Chiara alt war. Dann sprang er die Stufen wieder hinauf.

Der Mann lag noch immer auf dem Boden und ächzte und stöhnte unvermindert laut. Brunetti schaute sich um und sah eine Plastiktüte auf dem Boden; die hob er auf und schnitt sie mit Montisis Messer in Streifen. Er riß dem Mann die Hände vom Unterleib weg und hinter den Rücken, grob, weil er ihm weh tun wollte, und fesselte sie. Dasselbe machte er noch mit einer zweiten Tüte, und es kümmerte ihn überhaupt nicht, wie fest er die Streifen um die Handgelenke zog. Anschließend versuchte er zum Test die Arme des Mannes auseinanderzuziehen, aber die Fesseln hielten. Mit einer dritten Plastiktüte, die er ebenfalls in Streifen schnitt, fesselte er dem Mann die Füße. Ihm fiel etwas ein, was er einmal in einem Bericht von Amnesty International gelesen hatte, und er nahm einen weiteren Streifen, zog ihn zwischen den Hand- und Fußgelenken des Gefangenen durch, riß dann seine Beine nach hinten und band sie so fest. Brunetti hoffte sehr, daß diese rückwärts gekrümmte Lage noch schmerzhafter war, als sie aussah.

Er ging, noch langsamer diesmal, wieder die Stufen hinunter zu Montisi. Wohl wissend, daß man ein Mordopfer nicht anrühren sollte, bevor ein Arzt es für tot erklärt hatte, beugte er sich dennoch über den Bootsführer und drückte ihm die Augen zu, wobei er die Finger lange auf den Lidern verweilen ließ. Als er die Hände wieder hob, blieben die Augen zu. Dann durchsuchte er die Taschen von Montisis Jacke, danach noch die seiner blutigen Weste, und fand schließlich das *telefonino*.

Er ging nach draußen zurück und wählte 112. Am anderen Ende klingelte es fünfzehnmal, bevor jemand abnahm. Zu müde, um dazu etwas zu sagen, nannte er seinen Namen und Dienstgrad und erklärte, wo er sich befand. Er schilderte kurz die Situation und bat darum, sofort ein Boot oder einen Hubschrauber zu schicken.

»Wir sind hier die Carabinieri, Commissario«, sagte der junge Bedienstete. »Vielleicht sollten Sie sich mit Ihrem Anliegen besser an Ihren eigenen Chef wenden.«

Die Kälte, die bis in Brunettis Knochen vorgedrungen war, griff jetzt auf seine Stimme über. »Hören Sie, junger Mann. Es ist genau 18.37 Uhr. Wenn aus Ihrem Wachbuch nicht hervorgeht, daß Sie binnen zwei Minuten nach diesem Anruf ein Boot oder einen Hubschrauber angefordert haben, werden Sie es bereuen.« Noch während er das sagte, gingen ihm die wildesten Pläne durch den Kopf: den Namen in Erfahrung zu bringen, dann Paolas Vater zu bitten, den Chef des Mannes unter Druck zu setzen, damit er ihn entließ, und zuletzt den anderen Bootsführern zu stecken, wer sich geweigert hatte, Montisi zu helfen.

Er hatte die Liste seiner Möglichkeiten noch nicht durch, als der Carabiniere »Jawohl, Commissario« antwortete und auflegte.

Brunetti wählte aus dem Gedächtnis Vianellos Nummer.

»Vianello«, meldete sich dieser nach dem dritten Klingeln.

»Lorenzo, ich bin's«, sagte Brunetti.

»Was ist denn los?«

»Montisi ist tot. Ich bin auf Caroman, bei der Festung.« Er wartete, ob Vianello etwas sagen würde, aber der Sergente wartete stumm ab.

»Ich habe den Täter, hier vor mir auf dem Boden.« Der Täter lag zu seinen Füßen, das Gesicht krebsrot angelaufen, weil es ihn so anstrengte, an den Fesseln zu zerren, die ihn in dieser hilflosen, schmerzhaft gekrümmten Lage festhielten. Als Brunetti auf ihn hinuntersah, öffnete der Mann den Mund, wohl um zu protestieren oder um Gnade zu bitten.

Brunetti gab ihm einen Tritt. Er zielte nicht auf eine bestimmte Stelle, nicht auf den Kopf, nicht aufs Gesicht. Er trat einfach nach ihm und traf ihn, wie der Zufall es wollte, an der Schulter, genau am Halsansatz. Der Mann stöhnte auf und verstummte.

Brunetti widmete seine Aufmerksamkeit wieder Vianello. »Ich habe schon angerufen, daß ein Boot oder Hubschrauber geschickt wird.«

»Wen haben Sie angerufen?« wollte Vianello wissen.

»Ich habe 112 gewählt.«

»Die taugen nichts«, verfügte Vianello. »Ich rufe jetzt Massimo an und bin in einer halben Stunde draußen. Wo sind Sie genau?«

»Bei der Festung«, antwortete Brunetti, nicht im mindesten neugierig, wer Massimo war oder was Vianello im einzelnen vorhatte.

»Ich bin gleich da«, sagte Vianello und legte auf.

Brunetti steckte das *telefonino* ein und vergaß es auszuschalten. Ohne den Mann am Boden auch nur noch eines Blickes zu würdigen, ging er hin und setzte sich auf einen großen Stein bei der Festungsmauer, lehnte sich mit dem Rücken an die Mauer und starrte mit leerem Blick in Richtung Westen. Die schwächer werdende Sonne wärmte sein Gesicht. Er streckte der Sonne die Hände entgegen wie ein Frierender, der sie am Feuer zu wärmen versucht. Er überlegte, ob er seine Jacke ausziehen sollte, fand es aber nicht der Mühe wert, obwohl er wußte, daß ihm wärmer sein würde, wenn er das durchnäßte Zeug vom Leib hätte.

Er wartete darauf, daß etwas geschah. Doch es geschah nicht viel. Der Mann am Boden ächzte und wand sich, aber Brunetti warf nur hin und wieder einen Blick zu ihm, und auch das nur, um sich zu vergewissern, daß die Fesseln an seinen Händen und Füßen noch fest saßen. Einmal ertappte er sich bei der Überlegung, daß er jetzt einen der herumliegenden Steine nehmen, Spadini damit den Schädel einschlagen und hinterher behaupten könnte, der Mann

219

habe ihn angegriffen, nachdem er Montisi getötet habe, und sei bei dem darauffolgenden Handgemenge ums Leben gekommen. Es beunruhigte Brunetti, daß er so etwas dachte, aber noch mehr beunruhigte es ihn, als er sich klarmachte, daß er den Gedanken vor allem deshalb nicht in die Tat umsetzte, weil ihm klar war, daß die Fesselungsspuren an den Hand- und Fußgelenken des Gefangenen den wahren Hergang verraten würden.

Langsam sank die Sonne unter das Grau der Küstenlinie und nahm die Wärme des Tages mit sich fort. Im Norden verblaßte das Licht und ließ die Zinnen und Türme jener Scheußlichkeit namens Marghera verschwinden. Brunetti vernahm Fliegengesumm. Bei genauem Hinhören stellte er fest, daß es keine Fliegen waren, sondern ein Motor, der sich mit hohem, durchdringendem Heulen schnell näherte. Ein Boot von der Questura? Vianello und der heroische Massimo? Brunetti hatte keine Ahnung, wer von seinen potentiellen Rettern es sein mochte; auch konnte es ebensogut nur ein Wassertaxi sein; oder jemand, der im eigenen Boot nach Hause eilte, nachdem der Sturm jetzt vorbei und Friede wieder eingekehrt war. Einen Augenblick stellte er sich vor, wie wohltuend es wäre, Vianellos Bärengestalt wiederzusehen, doch da fiel ihm ein, daß Vianello Montisis bester Freund bei der Polizei gewesen war.

Montisi hatte drei Kinder. Einer war Arzt geworden, die zweite Psychologin, der dritte Archäologe, und das alles vom Gehalt eines Bootsführers bei der Polizei. Und dennoch war Montisi immer der erste gewesen, der darauf bestand, eine Runde Kaffee oder anderes Trinkbares auszugeben; in der Questura ging das Gerücht, Montisi und seine Frau unterstützten eine junge Bosnierin, die mit dem jüngsten Sohn Archäologie studiert habe und nur noch zwei Examina brauche, um fertig zu werden. Brunetti wußte nicht, ob das stimmte, und nun würde er es nie erfahren. Es spielte auch keine Rolle mehr.

Das Geheul kam näher und verstummte, dann hörte er eine Männerstimme nach ihm rufen.

26

BRUNETTI KAM MÜHSAM AUF DIE FÜSSE und fühlte zum ersten Mal in seinem Leben einen Warnschuß aus den Gefilden des Alters. So würde das also sein: die schmerzende Hüfte, das Ziehen in den Oberschenkelmuskeln, die Unzuverlässigkeit des Bodens unter den Füßen und die niederdrückende Erkenntnis, daß alles einfach nicht der Mühe wert war. Er machte sich auf in Richtung Strand, ungefähr dahin, von wo die Stimme nach ihm gerufen hatte. Einmal stolperte er, als sein rechter Fuß sich in einem Stück Seetang verfing, und einmal fuhr er erschrocken zurück, als ein Vogel unmittelbar vor seinen Füßen aufflog, zweifellos um ihn von seinem Nest wegzulocken und seine Jungen zu schützen.

Seine Jungen zu schützen, seine Jungen zu schützen – und wer schützte jetzt Montisis Kinder, auch wenn sie nicht mehr so jung waren? Er hörte etwas aus der entgegengesetzten Richtung und sah auf, weil er hoffte, es wäre Vianello – doch statt dessen sah er Signorina Elettra. Oder jedenfalls sah er eine durchnäßte junge Frau, die ziemlich große Ähnlichkeit mit Signorina Elettra hatte. An ihrer Jacke fehlte ein Ärmel, und durch einen langen Riß in ihrem Hosenbein konnte er ihre Wade sehen. Ihr einer Fuß war nackt, ein blutiger Kratzer zog sich über den Spann. Am meisten aber überraschte ihn ihr Haar, denn es war über dem rechten Ohr kaum noch ein paar Zentimeter lang und stand ihr vom Kopf ab wie die Haarbüschel an den Ohren junger Jaguare.

»Alles in Ordnung?« rief er zu ihr hinüber.

Sie hob die Hand. »Kommen Sie mit, kommen Sie, ihn suchen. Bitte.« Sie wartete nicht auf seine Antwort, sondern machte kehrt und entfernte sich in die Richtung, aus der sie gekommen sein mußte. Er sah, daß sie mit dem linken Fuß, dem ohne Schuh, ein wenig hinkte.

»Commissario«, hörte er hinter sich Vianello rufen.

Brunetti drehte sich um, und da stand er, in Jeans und dickem Wollpullover; über dem Arm noch einen zweiten Pullover. Hinter ihm stand ein Mann, ebenfalls in Zivil, aber mit einer Jagdflinte in der Hand: zweifellos dieser Massimo, von dem Vianello gesagt hatte, daß er ihn schnell hier herausbringen werde.

»Da drüben, bei der Festung, liegt ein Mann auf dem Boden. Passen Sie auf ihn auf«, rief Brunetti dem mit der Flinte zu, dann winkte er Vianello zu sich und folgte Signorina Elettra.

Der Strand war mit Unrat übersät, diesen hunderterlei Dingen, die bei jedem Sturm vom Grund der Lagune hochgewirbelt werden, um am Strand zu verrotten oder aber beim nächsten Sturm zurückbefördert zu werden in ihre nasse Deponie. Er sah Teile von Rettungsbojen, zahllose Plastikflaschen – teilweise fest zugeschraubt –, abgerissene Stücke von Fischnetzen, Schuhe und Stiefel und so viel Plastikbesteck, daß man eine ganze Armee damit hätte ausrüsten können. Immer wenn Brunetti ein Stück Holz sah, sei es ein abgebrochenes Ruder oder einen abgerissenen Ast, mußte er den Blick abwenden. Dann schon lieber Flaschen und Plastikbecher.

Als sie Signorina Elettra einholten, kniete sie im Sand. Vor ihr lag im seichten Wasser ein Fischerboot mit eingedrückter linker Seite, und drum herum begann sich auf dem Wasser ein schwarzer Ölteppich auszubreiten.

Sie hörte die beiden kommen und blickte auf. »Ich weiß nicht, was passiert ist, aber er ist fort.«

Vianello ging zu ihr, legte ihr den zweiten Pullover um die Schultern und bot ihr die Hand, um ihr aufzuhelfen. Sie ignorierte die Hand, streifte den Pullover von ihren Schultern und ließ ihn in den Sand fallen.

Vianello ging neben ihr in die Hocke. Eilig hob er den Pullover auf, legte ihn ihr wieder um die Schultern und knotete die Ärmel unter ihrem Kinn zusammen. »Kommen Sie jetzt mit uns«, sagte er im Aufstehen und half ihr auf die Beine.

Er begann zu reden, unterbrach sich aber, als er etwas aus Richtung Pellestrina hörte. Alle drei drehten wie die Hühner auf der Stange ihre Köpfe in die Richtung, aus der dieses mißtönende Jaulen kam, das die Ankunft der Carabinieri verkündete.

Elettra begann unbeherrscht zu zittern.

Sie standen wartend am Strand, während das Boot der Carabinieri näher kam. Es schwenkte in einem engen Bogen herein, und der Bootsführer ließ es ein paar Meter vor dem Strand ausgleiten.

Drei Carabinieri in kugelsicheren Westen standen am Bug und hielten Gewehre auf die am Strand Stehenden gerichtet. Als der Mann am Ruder Vianello erkannte, rief er den anderen zu, sie sollten ihre Waffen sinken lassen, was sie dann auch widerstrebend taten.

»Zwei Mann kommen her und fassen mit an!« rief Brunetti, ohne sich darum zu kümmern, daß er auch als Commissario diesen Leuten nichts zu befehlen hatte. »Bringen Sie die Frau ins Krankenhaus.« Die drei Carabinieri blickten fragend ihren Bootsführer an, der nickte. Einen Landesteg gab es hier nicht, deshalb würden sie ins Wasser springen und an Land waten müssen. Während sie noch zögerten, drehte Signorina Elettra sich zu Brunetti um und sagte: »Ich kann nicht ohne ihn zurück.«

Ehe Brunetti antworten konnte, nahm Vianello sie einfach auf die Arme, ging ins Wasser und watete zum Boot. Brunetti sah noch, wie sie zu protestieren anfing, aber was sie sagte und was Vianello darauf erwiderte, war bei dem Geplatsche nicht zu hören. Als Vianello das Boot erreichte, kniete einer der Carabinieri sich auf die Decksplanken und nahm ihm Signorina Elettra aus den Armen.

Er setzte sie ab, und Brunetti sah Vianello noch hinübergreifen und den Pullover fester um ihre Schultern legen, dann setzte das Boot sich wieder in Bewegung. Vianello im Wasser und Brunetti am Strand sahen ihm nach, wie es immer kleiner wurde, aber Signorina Elettra drehte sich nicht noch einmal zu ihnen um.

Vianello kam an Land zurück, und schweigend gingen die beiden Männer zurück zu Massimo und seinem Gefangenen. Vianellos Freund saß auf demselben Stein, auf dem zuvor Brunetti gewartet hatte, die Flinte auf den Knien. Als der Gefesselte die beiden Polizisten näher kommen sah, schrie er im Befehlston: »Schneiden Sie mich los!« Keiner kümmerte sich um ihn.

»Montisi ist da unten«, sagte Brunetti, wobei er auf den Durchgang mit den abwärtsführenden Stufen zeigte. Man konnte jetzt, nachdem das Tageslicht weitgehend geschwunden war, nicht mehr so leicht hineinsehen.

»Gib mir mal deine Taschenlampe, Massimo«, sagte Vianello zu seinem Freund. Massimo kramte aus einer der vielen Taschen seines Jägerrocks eine dünne schwarze Taschenlampe und reichte sie ihm.

»Warten Sie hier«, sagte Brunetti zu dem Mann mit der Flinte, dann ging er mit Vianello fort. Vianello leuchtete ihnen den Weg. Auf den Stufen nach unten betete Brunetti zu einem Etwas, an das er nicht glaubte, es möge dafür sorgen, daß sie Montisi da unten lebend antrafen; verwundet und benommen, aber lebend. Als Kind hatte er dem, der Macht über so etwas haben mochte, immer ein Geschäft angeboten, aber diese Gewohnheit hatte er vor langer Zeit abgelegt, und so bat er jetzt nur um die Gefälligkeit, ohne eine Gegenleistung anzubieten.

Ja, verwundet war Montisi, aber nicht am Leben, und nie mehr würde ihn irgend etwas erschrecken. Sein letzter irdischer Schock war dieser unvorstellbare Schmerz in seiner Brust gewesen, als er sich auf den Stufen zu Brunetti umdrehte und einen Scherz über seinen noch vorhandenen Kopf machte und die Gewalt des Sturms bestaunte.

Vianello leuchtete nur kurz über das Gesicht des Freundes und ließ die Lampe gleich wieder sinken, bis ihr Schein jetzt auf seine Schuhe, ein Stückchen verschmutzten Erdboden und Montisis linke Schulter fiel, gerade so weit, um das spitze Stück Holz zu zeigen, das so grotesk aus seiner Brust hervorstand.

Nach einer Minute ging Vianello zu den Stufen zurück, wobei er achtgab, daß er die Taschenlampe nicht wieder auf Montisis Gesicht richtete. Brunetti folgte ihm. Oben angekommen sahen sie, daß Vianellos Freund sich nicht vom Fleck gerührt hatte, seine Flinte auch nicht, und schon gar nicht der zu einem Bündel verschnürte Gefangene.

»Bitte«, flehte letzterer, jetzt ohne alles Herrische, alles Drohende im Ton. »Bitte!«

Vianello nahm ein Messer aus der Gesäßtasche seiner Jeans, klappte es auf und kniete sich neben ihn. Brunetti fragte sich halb und halb, ob der Sergente dem Mann nun die Fesseln oder die Kehle durchschneiden würde, und das eine war ihm so egal wie das andere. Gerade verschwand die Hand mit dem Messer, verdeckt von Vianellos Körper. Der Gefangene zuckte, dann streckte er die von den Handgelenken befreiten Beine aus.

224

Einen Augenblick lag er reglos da und stöhnte, weil ihm jede Bewegung weh tat, aber dabei beobachtete er Vianello aus zusammengekniffenen Augen. Der Sergente klappte soeben mit der Handfläche das Taschenmesser zu und wollte es wieder in die Tasche stecken. Diesen Augenblick wählte der Gefesselte für seinen Angriff. Er zog die Knie unters Kinn, ächzend, weil es seinen überdehnten Muskeln weh tat, stieß die gefesselten Füße von sich und traf Vianello an der Hüfte, daß er hinschlug.

Wieder zog Spadini die Füße an, um gleich noch einmal nachzusetzen, doch da erhob sich Massimo und ging, die Flinte nach unten gerichtet, zu ihm hin. Der Gefesselte spürte, daß da etwas auf ihn zukam, und streckte friedlich die Beine aus, ohne noch einmal nach Vianello zu treten, der gerade wieder auf die Füße kam. »Gut, gut«, sagte Spadini lächelnd, »ich höre ja schon auf.« Massimo drehte lässig den Flintenlauf nach oben um und ließ den Kolben auf Spadinis Nase krachen. Brunetti hörte das Nasenbein brechen – es war ein feucht klingender, knirschender Ton, wie wenn man einen Kakerlak oder Käfer tottritt.

Spadini jaulte auf und wälzte sich, die Hände nach wie vor auf den Rücken gefesselt, auf der Flucht vor dem Mann mit der Flinte in Kreisen fort. Derweilen setzte Massimo den Gewehrkolben seelenruhig auf ein Grasbüschel zu seinen Füßen, wischte ihn ein paarmal darauf hin und her, begutachtete dann sein Werk und fand den Kolben hinreichend sauber. Ohne sich um das Schluchzen des Mannes zu kümmern, dem immer noch Blut aus der zerschmetterten Nase floß, das unter seinem Kopf im Sand versickerte, ging Massimo zu dem Stein an der Mauer zurück und setzte sich wieder.

Er sah Brunetti an. »Ich bin nämlich mit Montisi immer fischen gegangen.«

Jetzt sprach niemand mehr, bis aus Richtung Pellestrina ein Geländewagen der Carabinieri nahte. Sie kamen über den Sand angerast, ohne sich darum zu kümmern, was für Schäden sie an den Dünen anrichteten, auch ohne Rücksicht auf die nistenden Vögel, die den Rädern ihres Gefährts nicht entkamen.

27

DIE CARABINIERI, DIE DEM JEEP ENTSTIEGEN, wunderten sich kaum über das, was sie sahen, und die Erklärung, die Brunetti ihnen schließlich bot, schien sie noch weniger zu interessieren. Einer von ihnen ging die Stufen hinunter, und als er wieder heraufkam, forderte er über sein *telefonino* bereits eine Ambulanz an, um die Leiche abzuholen.

Die beiden anderen hatten inzwischen Spadini in den Jeep gestoßen, ohne ihm erst umständlich die Fesseln von den Händen zu nehmen, so daß er nun wie ein ungesichertes Paket auf der Rückbank saß und wackelte. Da weder Brunetti noch Vianello die Leiche des Bootsführers unbewacht zurücklassen wollte, schlugen sie das Angebot der Carabinieri aus, sie bis zu ihrer Station auf dem Lido mitzunehmen. Sie sahen noch, wie ein Carabiniere sich zu Spadini auf die Rückbank setzte, dann stiegen die beiden anderen vorn ein, und der Jeep brauste ab.

Vianellos Körpermasse hatte nichts urtümlich Beruhigendes mehr für Brunetti, darum ging er ans Wasser hinunter. Vianello zog es vor, links von dem Zugang stehenzubleiben, der in den Bunker hinunterführte. Eine Zeitlang beobachtete er Brunetti, der reglos dastand und die reglose Stadt in der Ferne beobachtete, die nun, nachdem der Sturm sich verzogen hatte, wieder sichtbar war. Beide waren durchnäßt und durchgefroren, aber beide achteten darauf nicht weiter, bis Massimo mit einem Kapitänsrock für Brunetti von seinem Boot zurückkam. Er half dem Commissario aus dem eigenen Jackett heraus und in das andere hinein. Brunettis Jackett blieb auf dem Boden liegen. Als von Norden eine Sirene nahte, wandte Vianello seine Aufmerksamkeit dorthin und überließ Brunetti seinen Gedanken.

Brunetti ging zu der Festung zurück, sowie er die Ambulanz vorfahren hörte. Weder er noch Vianello ging mit den beiden Sanitätern nach unten, um ihnen bei ihrer Arbeit zu helfen. Als sie wieder erschienen, ihre Last in einer prekären Schräglage, damit sie überhaupt mit ihr die Treppe herauf und durch den schmalen Durchgang kamen, lag ein blaues Tuch über der Leiche, das in der

Mitte hochstand, so daß es aussah wie eine kleine Pyramide. Die Sanitäter gingen zu ihrem Wagen und schoben die Bahre durch die Hecktür hinein. Bevor sie diese wieder schlossen, stiegen Brunetti und Vianello ein und klappten die Notsitze an beiden Seiten hinunter. Schweigend fuhren sie zum Lido und von dort auf einem Ambulanzboot mit dem gleichfalls schweigenden Montisi nach Venedig zurück.

In der Questura angekommen, leitete Brunetti die formelle Inhaftnahme Spadinis wegen des Mordes an Montisi ein, denn alles, was den Mann mit den Morden an den Bottins und Signora Follini in Verbindung brachte, waren, wie er wußte, bestenfalls Indizien: Man konnte ihm zwar ein Motiv nachweisen, aber einen direkten Beweis dafür, daß er eines dieser Verbrechen begangen hatte, galt es erst noch zu finden. Mit Sicherheit würde er Alibis vorweisen können, mit Sicherheit würde er sie alle von Fischern bekommen, die unter Garantie alle zu schwören bereit waren, daß Spadini zu den Zeiten, als die Bottins ermordet wurden und Signora Follini ertrank, mit ihnen zusammen war.

Brunetti erklärte den Leuten in der Leichenhalle, daß sie den Pfahl, der Montisi getötet hatte, nicht anrühren dürften, und ließ einen Kriminaltechniker hinschicken, der Fingerabdrücke davon nehmen sollte, bevor er herausgezogen wurde. Diesmal war es unwahrscheinlich, daß Spadini jemanden fand, der ihm ein Alibi gab.

Seine Gedanken wandten sich Montisis Witwe und den drei Kindern zu, die nun keinen Vater mehr hatten. Männer gehen hin und töten einander, oft in Verteidigung ihrer Ehre – von allen Vorwänden ist das der lächerlichste –, und überlassen es den Frauen, den Preis dafür zu bezahlen. Ihm fiel die andere Frau ein, die hier im Spiel gewesen war – Signorina Elettra –, und er fragte sich, wie groß das Leid war, das ihr all dies eingetragen hatte. Er schob diesen Gedanken jedoch wieder beiseite, stand auf und machte sich – ohne dabei an Ehre zu denken – auf den Weg zu Montisis Witwe.

Später, zu Hause, erklärte er Paola alles, so gut es ging. »Sie konnte immer nur sagen, daß er nicht einmal mehr ein Jahr bis zur Pensionierung hatte und sich doch nichts weiter gewünscht hätte, als fischen zu gehen und sich an seinen Enkelkindern zu freuen.« Die

Worte klebten an ihm wie die feurigen Gewänder, die Kreons Tochter zum Verderben wurden: Er konnte sich drehen und winden und sich von ihnen zu befreien versuchen, sie klebten an ihm und brannten.

Brunetti und Paola saßen auf ihrer Dachterrasse, die Kinder hockten wie Einsiedler in ihren Zimmern und bereiteten sich auf ihre Jahresabschlußprüfungen vor. Im Westen hatte das Tageslicht sich längst von ihnen allen verabschiedet, zurückgeblieben waren nur noch Geräusche und die Erinnerung an Gestalt und Konturen.

»Was wird sie jetzt machen?« erkundigte Paola sich.

»Wer, Anna?« fragte er, mit den Gedanken noch bei Montisis Witwe.

»Nein, die hat ihre Familie. Elettra.«

Überrascht ob der Frage antwortete er: »Das weiß ich nicht. Ich habe darüber noch nicht nachgedacht.«

»Ist er denn tot, der junge Mann?« fragte sie.

»Man sucht ihn«, konnte Brunetti darauf nur antworten.

»Wer?«

»Die Guardia di Finanza hat zwei Boote nach ihm ausgeschickt, wir auch eines.«

»Und?« fragte Paola, die diese Art Antwort schon kannte.

»Ich glaube nicht daran. Nicht nach so einem Sturm.«

Paola wußte darauf nichts zu sagen und fragte statt dessen: »Und der Onkel?«

Brunetti hatte darüber schon die ganzen letzten Stunden nachgedacht. »Ich glaube nicht, daß wir auf Pellestrina jemanden finden, der zugibt, etwas über die Morde zu wissen. Selbst wenn es um einen wie Spadini geht, machen die Leute den Mund nicht auf.«

»Mein Gott, und wir meinen immer, die von der *omertà* Verkrüppelten säßen alle im Süden«, rief Paola. Als Brunetti darauf nicht einging, fragte sie: »Und der Mord an Montisi?«

»Da wird er sich auf keinen Fall herauswinden können. Er wird dafür zwanzig Jahre bekommen«, sagte Brunetti und dachte, wie wenig sich dadurch wirklich änderte.

Beide schwiegen lange.

228

Endlich fragte Paola, um ihre Gedanken wieder dem Leben zuzuwenden: »Wird Elettra darüber hinwegkommen?«

»Das weiß ich nicht«, räumte Brunetti ein und überraschte sich dann selbst mit dem Zusatz: »So gut kenne ich sie ja eigentlich nicht.«

Darüber dachte Paola erst einmal ausgiebig nach, und schließlich meinte sie: »So richtig kennen wir sie eigentlich nie.«

»Wen?«

»Die echten Menschen.«

»Was verstehst du unter ›echten‹ Menschen?«

»Im Gegensatz zu Romanfiguren«, erklärte Paola. »Das sind die einzigen, die wir jemals gut kennen, richtig kennen.« Wieder ließ sie ihm einen Augenblick zum Nachdenken und sagte dann: »Vielleicht liegt das daran, daß sie die einzigen sind, über die wir zuverlässige Informationen bekommen.« Sie sah ihn an und fuhr dann fort, ganz als stünde sie vor ihren Studenten und wollte sehen, ob sie ihr noch folgten: »Erzähler lügen nie.«

»Und wie kenne ich dich?« fragte er fast empört, denn all das schien ihm so dahingesagt, vielleicht waren es aber auch die Umstände, unter denen sie es angeschnitten hatte. »Kenne ich dich denn auch nicht richtig?«

Sie lächelte. »So gut wie ich dich.«

Er sprang sofort darauf an. »Diese Antwort gefällt mir nicht.«

»Das spielt keine Rolle, mein Lieber.« Sie schwiegen wieder. Nach einer ganzen Weile legte sie ihm die Hand auf den Arm. »Sie schafft das schon, solange sie noch die Gewißheit hat, daß ihre Freunde sie lieben.«

Es fiel Brunetti nicht ein, ihren Gebrauch des Wortes »lieben« in Frage zu stellen.

»Das tun wir ja.«

»Ich weiß«, sagte Paola und ging nach den Kindern sehen.

Karte der Lagune von Venedig auf den folgenden Seiten

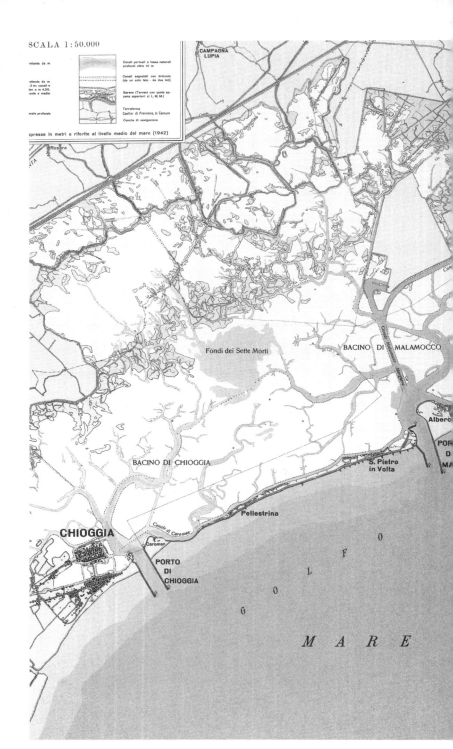

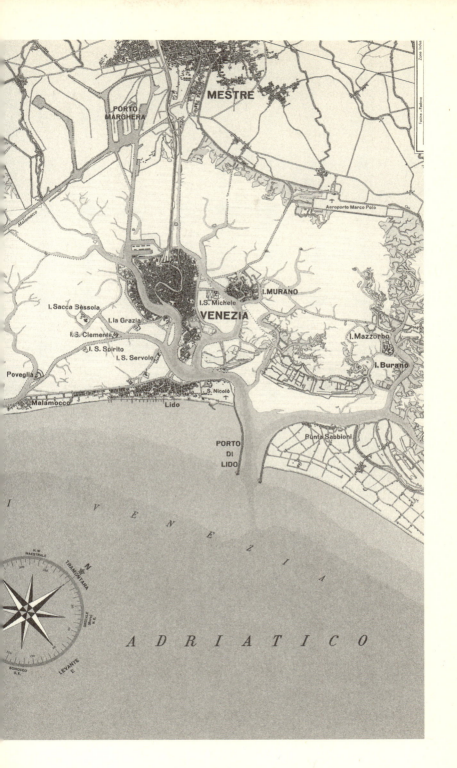